の

ジェイムズ・P・ホーガン

月面調査隊が真紅の宇宙服をまとった死体を発見した。すぐさま地球の研究室で綿密な調査が行なわれた結果、驚くべき事実が明らかになった。死体はどの月面基地の所属でもなく、世界のいかなる人間でもない。生物学的には現代人とほとんど同じにもかかわらず、5 万年以上も前に死んでいたのだ。いったい彼の正体は？　謎は謎を呼び、一つの疑問が解決すると、何倍もの疑問が生まれてくる。調査チームに招集されたハント博士は壮大なる謎に挑む……。ハードSFの巨匠ホーガンのデビュー長編にして、不朽の名作。第 12 回星雲賞海外長編部門受賞作。

登場人物

ヴィクター・ハント……原子物理学者
グレッグ・コールドウェル……国連宇宙軍本部長
リン・ガーランド……コールドウェルの秘書
クリスチャン・ダンチェッカー……生物学者
ドン・マドスン……言語学者
フランシス・フォーサイス－スコット……メタダイン常務取締役
ロブ・グレイ……メタダイン実験工学部長

星を継ぐもの

ジェイムズ・P・ホーガン
池　央耿　訳

創元SF文庫

INHERIT THE STARS

by

James Patrick Hogan

星を継ぐもの

父の思い出に

プロローグ

どこか深いところからゆっくりと浮かび上がるように、彼は意識を取り戻しかけていた。

本能的に彼は意識の回復を嫌った。彼はあたかも何らかの意思の力によって、無意識と意識の隔たりを埋める容赦ない時の流れを押し留め、極限の消耗の苦痛とはいっさい縁のない無窮の非存在に立ち帰ろうとするかのようであった。

ハンマーさながら、胸郭を内側から突き破るばかりに躍り狂っていた心臓の鼓動は鎮まって、体中の毛穴から彼の精力と共に滝のように流れ出た汗はすっかり冷えきっていた。手足は鉛のように強張（こわば）りつつも、空気を求めて喘（あえ）いでいた肺は再び穏やかな、規則的なリズムを取り戻していた。呼吸音は密閉されたヘルメットの中でやけに大きく耳を打った。

はたしてどれだけ多くが死んでいったのか、彼は記憶を辿（たど）って考えた。死者は永遠に解放されたのだ。彼には解放はなかった。いつまで持ちこたえられるだろう？　それも、いったい何のために？　そもそもゴーダに生存者が残っているのだろうか？

「ゴーダ……？　ゴーダ……？」

彼の自衛意識ももはや眼前の真実を遮り隠しはしなかった。

「何はともあれ、ゴーダまで辿り着かなくては」

彼は目を開けた。何十億という星が瞬きもせず冷ややかに彼を見下ろしていた。身動きしようにも体が言うことを聞かなかった。まるで肉体は甘美な休息の一刻を最後のぎりぎりの瞬間まで引き延ばそうとしているかのようだった。彼は大きく息を吸い、たちまち全神経の末端にまで走る激しい痛みに歯を食いしばりながら岩の上に起き上がった。波のような吐き気が襲ってきた。ヴァイザーの内側で彼はがっくり頭を垂れた。吐き気は去った。

彼は大きく呻いた。

「ああ、いくらか気分がよくなったな、兄弟」ヘルメットの中のスピーカーから張りのある明るい声が聞こえてきた。「太陽もだいぶ傾いた。急がなきゃあ」

彼はゆっくりと顔を上げ、焼けただれた岩と黒ずんだ灰燼に覆われた、悪夢の一場のような周囲の荒廃に視線を這わせた。

「どこ……」声は咽喉につかえた。彼は唾を飲み、唇を舐めてからあらためて声をかけた。

「どこだ、きみは？」

「きみの右手寄りの、低い崖を越えたところの高台だ。ほら、ちょうど……斜面の下に大きな岩がかたまっている」

彼は視線を転じ、ほどなく墨汁のような空を背景に明るいブルーの斑点のように見えている人影を認めた。輪郭はぼやけて、かなり距離があると思われた。彼は瞬きして、今一度相手の姿をはっきり捉えようと目を凝らした。ブルーの斑点に焦点を結ぶと巨人コリエルの姿がくっきりと視野に浮かんだ。コリエルは重装備の戦闘服に身を固めていた。

「きみの居場所はわかった」一呼吸して彼は言った。「どんな様子だ?」

「高台から向こうはずっと平らだ……しばらくは歩きやすいだろう。その先はまた岩が多くなっている。ここへ来てみろよ」

彼は背後の岩に両手を這わせて摑まりどころを探り、腕に力をこめて体を前に押し出すように立ち上がった。膝ががくがくした。彼は顔を歪めながら僅かに残された体力を意のままにならぬ両腿に集中した。早くも心臓は再び躍りだし、肺は激しく波打っていた。懸命の努力も空しく、彼は背中から岩壁にくずおれた。彼の乱れた呼吸音がコリエルの受信機に伝わった。

「もうだめだ……動けない……」

ブルーの人影がスカイラインで向き直った。

「何を言うんだ。しっかりしろ。あと一息だぞ。もう、すぐそこまで来ているんだ、兄弟。……もうすぐそこだ」

「いや……だめだ……もう終わりだよ……」

巨人はしばらく耳を澄ました。

「今そっちへ行くからな」

「いや……きみはそのまま行ってくれ。誰かが向こうまで行かなきゃならないんだ」

返事がなかった。

「コリエル……？」

彼はコリエルが立っていたあたりをふり返った。すでにコリエルは斜面を降りて岩陰に隠れ、交信は遮られていた。一、二分後、巨人はすぐ近くの岩の背後から姿を現わし、軽々と大きく跳躍しながらやってきた。赤い服でうずくまっている彼の傍まで来ると、コリエルは跳躍を止めて歩行に移った。

「しっかりしろよ、兄弟。さあ、立つんだ。向こうでおれたちを頼りにしている連中がいるんだ」

彼は腋の下から抱え上げられるのを感じながら抗う術もなかった。まるでコリエルの衰えることを知らぬ精力の何ほどかが彼の体内に流れ込んでくるかのようであった。しばらくは首が据わらなかった。彼は巨人の肩章にヴァイザーを付けた頭を預けた。

「わかったよ」やっとのことで彼は言った。「行こう」

それから何時間ものあいだ、刻々に影の伸びる荒野を、針で突いたような赤と青の点を先端に、二条の微かな足跡は西に向かって蛇行した。彼は夢遊病者のように歩き続けた。痛みを覚えることもなく、疲労を感じることもなかった。いっさいの知覚は失われていた。どこまで行っても、スカイラインは少しも変わらぬように思われた。いくばくもなく、彼は目を上げてスカイラインを見ようともしなくなっていた。そうする代わりに、彼は前方の目立った岩や柱石に狙いを定め、そこに行き着くまでの歩数を数えるようになった。「二百十三歩距離を縮めた……」彼はそれを何度も何度もくり返した。岩はゆっくりと後方に去った。しかし、一つ岩を越せば前方には新たな岩が立ち上がっていた。無情にも、岩はいつ果てるとも知れなかった。踏み出す足の一歩一歩が意志の力の勝利であった。次の一歩を進めることそれだけに、非常な緊張と精神力を要した。彼がよろけるとコリエルがその腕を支えた。倒れればコリエルが必ず彼を助け起こした。巨人は疲れを知らなかった。

とある場所で彼らは立ち止まった。そこは幅四分の一マイルほどの峡谷であった。地表に畝をなす不連続の低い断崖が両側に迫っていた。彼は手近の大岩の根方にへたり込んだ。コリエルは数歩先に進んで前方の地形を観察していた。頭上に立ち並ぶ柱石は崖縁で一か所跡切れていた。そこから急峻な切れ込みが谷底に向かって下り、峡谷の本流の側壁を抉っていた。そして、その切れ込みのつきるあたりから砕岩と瓦礫が山をなしつつさらに五十フィートほど下って、彼らのいるところからさして遠くないあたりで峡谷の底に達していた。コリエルは片手を伸ばして崖端の切れ込みの向こうを指さした。

「ゴーダはだいたいあっちの見当だ」コリエルは前方を仰いだままの姿勢で言った。「あそこを登って向こうの尾根を越えるのが一番の早道だろうな。平らなところを選んでこの谷を巻いたんじゃあ時間がかかってしようがない。きみはどう思うね？」

問いかけられて彼は顔を上げた。口には出さずとも、絶望の色はありありと見えていた。漏斗状に岩壁の溝に向かって立ち上がるロックフォールは彼の目には大きな山と映った。その向こうに、太陽の輝きの中で眩く白い峨々とした尾根が聳えていた。とうていそこを登ることは不可能だった。

コリエルは不安が彼の胸に根を降ろす隙を与えなかった。躓き、滑り、こけつ転びつしながらも、彼らはともかく切れ込みが谷の斜面を這い上がる登り口まで辿り着いた。その先で谷は狭まりながら左手に曲がって、今しがた彼らがやってきた谷底を視界から遮っていた。

二人はさらに登った。周囲の岩に太陽の光はぎらぎらと反射し、底無しの黒い穴かとまがう影は刃物で切ったような先鋭な輪郭で尖った岩石の表面に無数の奇怪な紋様を描き出していた。彼の頭脳は網膜に躍るそれらの黒と白の狂おしい幾何学紋様からもはや形を認識することもなかった。紋様は拡散し、収縮し、あるいは融合し、旋回して彼の視覚をめまぐるしく不快に刺激した。

彼はついに岩石の地面にどうと突っ伏し、ヘルメットの中でヴァイザーに顔を打ちつけた。コリエルは彼を助け起こした。

「しっかりしろ。あの尾根まで行けばきっとゴーダが見える。あとはずっと下りだから……」

しかし、赤い服を着けた相棒はがっくりと膝を折って倒れたまま、もう動こうとはしなかった。ヘルメットの中で彼の頭は弱々しく左右に揺れていた。それを見てコリエルは、すでに無意識のうちに理解していたことが今や避け難い現実となったことを知った。コリエルは深い溜息をついてあたりを見回した。

登って来る途中、今いるところの少し手前で彼らは岩壁に口を開けた間口五フィートほどの洞窟を見た。それはどうやら打ち捨てられた鉱坑のなごりであるらしかった。あるいは探鉱のための試掘の跡かもしれない。巨人は体を屈め、足下に横たわってすでに意識を失っている相棒の背嚢を掴み、その体を引きずって洞窟に向かって斜面を降りた。洞窟は十フィートほどの奥行だった。コリエルは手早く明りを用意した。鈍い光が洞窟の天井や側壁を照らし出した。それから相棒のバックパックを開けて食糧を取り出し、相棒の体をできるだけ楽な姿勢になるようにそっと壁に寄りかからせて、食糧コンテナを手の届くところに置いた。立ち上がろうとしてふと見ると、ヴァイザーの奥で相棒が力なく目をしばたたいていた。

「しばらくここで休むといい」コリエルの声にいつものぶっきらぼうな響きはなかった。「ゴーダから救援隊を呼んでくるからな。なあに、待たせやあしない」

赤い服の相棒は弱々しく片手を上げた。かろうじて聞き取ることのできる微かな声が伝わってきた。

「きみは……できるだけのことはしたんだ……他のやつじゃあとても……」

コリエルは手袋の上から相棒の手を握りしめた。

「投げたらだめだぞ。諦めたらもうおしまいだ。とにかく、もう少し頑張るんだ」ヘルメットの中で巨人の頰は濡れていた。彼は出口まで後退って最後の挨拶をした。「それじゃあな、兄弟」彼は洞窟を出た。

コリエルは石を積んで洞窟の位置を示すケルンを建てた。ゴーダへ行き着くまで、同じようなケルンをいくつも建てることになるだろう。彼は体を起こすと挑むように彼を取り巻く空漠の荒野を見渡した。岩々は彼に向かって声もなく嘲笑を投げかけているかと思われた。頭上の星たちは瞬きもしなかった。巨人は崖端の切れ込みをふり仰ぎ、尾根を守るかのように林立する柱石と段丘を睨みつけた。尾根はさらにその向こうに迫り上がっていた。彼は唇を歪めて歯を剝いた。

「ようし、これで貴様とおれの一騎打ちというわけか、え?」彼は宇宙に向かって悪態をついた。「いいだろう、罰当たりめが……やれるものならやってみろ」

ゆっくりと作動するピストンのように足を踏み出して、巨人はしだいに勾配を増す斜面を登っていった。

1

穏やかな、しかし底力のある唸りを発して、銀色の魚雷を思わせる巨大な飛行機はゆっくりと迫り上がり、角砂糖の塊のようなロンドンの中心街の上空二千フィートに達した。全長三百ヤードを越える機体の尾部はすんなりと三角型に拡がり、そこに一対の垂直尾翼が鋭角に突き出ていた。飛行機は一瞬空間に停止して、はじめて解放された自由の空気を味わうかのようであった。先端は北を探知して滑らかに向きを変えた。やがて噴射音は高まり、シップはそれとはわからぬほど徐々に、しかし着実に速度を増しながら高度を上げつつ前進に移った。一万フィートに達したところでエンジンの出力は全開となり、亜軌道スカイライナーは宇宙のとばくち指して突き進んだ。

　Cデッキ三十一列の席に、バークシャーはレディングに居を構えるメタダイン・ニュークリオニック・インストゥルメント社の理論研究主任ヴィクター・ハント博士が坐っていた。メタダインはそれ自体アメリカ合衆国オレゴン州ポートランドに本社を持つマンモス企業IDCC（インターコンチネンタル・データ・アンド・コントロール・コーポレーション）の一下部機構であった。ハントは客室の壁面表示装置のスクリーンの中でしだいに遠ざかっていくロンドンの景観をぼんやりと眺めながら、今一度この数日間の出来事に多少なりとも納得の行く説明を付けられぬものかと思案をめぐらせた。

　物質／反物質の粒子消滅に関する彼の研究は順調に進んでいる。フォーサイス－スコットはハントの報告に非常な関心を寄せている。それゆえ、実験の進捗情況はよく承知しているはずなのだ。そのフォーサイス－スコットがある朝ハントをオフィスに呼び出し、研究をすべて一時中止して可及的速やかにポートランドのIDCCへ行ってもらえないかと言ったのだ。何とも解（げ）せないことだった。常務取締役の態度や口ぶりから、その指示が質問の形を取っているのは一応ハントの立場を配慮した礼儀の上であることが明らかだった。現実にはごく稀（まれ）なことながら、ハントといえども無条件に従うしかない至上命令に違いなかった。

　ハントが説明を求めるとフォーサイス－スコットは隠しだてするふうもなく、自身ハントがなぜそれほどまでして直ちにIDCCに行かなくてはならないのか、その理由を知らないと言った。前の晩フォーサイス＝スコットのところにIDCCの社長フェリックス・ボーランからテレビ電話がかかり、優先処理を必要とする事柄ゆえ、実用に供された唯一のトライマグニスコープの第一号機とその据え付けに携わる技術者集団を直ちにアメリカへ送れと言ってきたのだ。加えてボーランはハント本人がアメリカに渡り、スコープを使用して進められつつあるプロジェクトに不特定期間、責任者の立場で従事することになるだろう、これは一刻も猶予ならぬ問題である、と言った。ハントのためにフォーサイス＝スコットはボーランのテレビ電話をデスクのディスプレイで再生して見せた。そうすることでフォーサイス＝スコットは重役とは名ばかりで、彼もまた指揮系統の中間に位置する代弁者にすぎない事実を自ら認めたのだ。それよりもさらに不思議なことに、ボーランもまたその装置と発明者がなぜ必要とされているのか、正確には説明できない様子であった。

トライマグニスコープはハントが二年がかりで取り組んだ中性微子物理学のある分野の研究の収穫として開発された装置であり、その研究はメタダイン社としてはおそらく同社の歴史はじまって以来最も大きな成果と言うに足りるものであった。ハントはニュートリノ・ビームが固体を通過する時、原子核の近くである種の相互作用に影響され、通過後のビームに測定可能な変化が生じることを立証したのである。物体を三方向から同調交差するニュートリノ・ビームでラスタ走査することによって、ハントは一見もとの物体とは寸分違わぬ三次元カラー・ホログラムを構成するに充分な量の情報を取り出す方法を確立した。それだけではない。ビームは物体の中を走査するため、この方法によれば表面のみならず物の内部をも手に取るように観察することができた。この透視能力と、もともとこの方法に備わった高倍率とが相俟って、かつてどのような装置をもってしても不可能だった各種の観察が容易になったのである。細胞内の量的物質交代、バイオニクス、神経外科、冶金学、結晶学、分子エレクトロニクス、工学関係の検査、品質管理、応用分野は無限だった。引き合いは殺到し、会社の株価は急騰した。そのトライマグニスコープの第一号機と発明者をアメリカに移し、周到に立てられた生産計画、販売予定を狂わせることは、会社に壊滅的な打撃を与えないとも限らなかった。それは誰よりもボーランがよく知っているはずだった。それやこれやを考えれば考えるほど、ハントにははじめのうち筋が通るように見えたいろいろな説明が理屈に合わないと思われてきた。そして自分が呼び出されることになった問題が何であるにせよ、それはフェリックス・ボーランとＩＤＣＣによって象徴される世界を大きく超えたところに横たわるものに違いないという確信は一層深まった。

　どこか天井のあたりから響いてくる声にハントの思索の糸は絶たれた。

「乗客の皆さま、今日は。機長のメイスンです。ブリティッシュ・エアウェイズを代表いたしまして、一言ご挨拶申し上げます。本日はようこそボーイング一〇一七機にご搭乗いただきましてありがとうございます。本機はすでに航行高度五十二マイル、時速三千百六十ノットで水平飛行に入っております。針路は北磁極の西三十五度、現在進行方向右手五マイルにリヴァプールを見下ろしながら海上に出るところであります。もうご自由に座席をお立ちになって結構です。バーには飲物と軽食の用意がございます。サンフランシスコ到着は現地時間十時三十八分、今からちょうど一時間五十分後の予定です。一時間三十五分後に降下を開始いたしますが、その時は皆さまどうぞご着席くださいますように。降下開始前十分、さらにその五分後に放送を通じてそのことをお伝えいたします。どうぞ充分に空の旅をお楽しみください。ありがとうございました」

機長が放送を打ち切るのを合図に、常連の客たちは一斉に席を立ってテレビ電話のブースに向かった。

ハントの隣の席でメタダイン社の実験工学部長ロブ・グレイは膝に乗せたブリーフケースの蓋を開けていた。彼は蓋の内側に組み込まれた表示装置のスクリーンを流れる情報に目を凝らした。

「ポートランド行きの定期便は到着十五分後ですね」彼は言った。「少々せわしないな。次の便は四時間後ですよ。どうします?」彼は眉を上げて横目遣いにハントを見た。

ハントは顔を顰めた。「サンフランシスコで四時間もぶらぶらしているわけにはいかんよ。エイビスのジェットを予約しよう……公共輸送機関を頼ることはないさ」

「わたしもそれがいいと思っていたところです」

グレイはスクリーンの下の小さなキーボードに指を走らせて番号を呼び出し、ちらりとそれに目をやってから別のキーを押して電話番号をディスプレイに映し出した。数列に表示された番号の一つを選んで、彼は口の中でそれをくり返しながらキーを叩いた。スクリーンの下部にその番号が出て確認を求める文字が浮かんだ。彼はYボタンを押した。スクリーンは何秒か空になり、次いで色彩が乱舞したと見る間に、歯磨きのコマーシャルでしか見られないような輝くばかりの笑顔を浮かべたプラチナ・ブロンドの女に変わった。

「お早うございます。こちら、エイビス・サンフランシスコ、シティ・ターミナル営業所でございます。わたし、スウ・パーカーと申します。どんなご用でしょう？」

グレイはスクリーンの上に組み込まれた小さな撮像レンズの隣のマイクに向かって呼びかけた。

「やあ、スウ。わたしはグレイだ。R・J・グレイ。今サンフランシスコに向かって飛んでいるところだがね、二時間ほどでそっちへ着くんだ。エアカーを一機予約したいんだ」

「かしこまりました。距離は？」

「そうだね、五百マイルといったところかな……」彼はちらりとハントをふり返った。

「七百マイル見ておいたほうがいい」ハントは言った。

「最低七百マイルにしてほしいんだがね」

「わかりました。そのようにいたします、グレイさま。機種はスカイローヴァー、マーキュリー・スリー、ハニービー、イエローバードとございますが、特にご希望は？」

「いや……何でもいいよ」

「それでは、マーキュリーをご用意いたします。使用期間のご予定は？」

「ああ、まだはっきり決まっていないんだがね」

「わかりました。コンピュータによる完全航行飛行制御をお望みですか？　全自動垂直離着陸機になさいますか？」

「そうだね、ああ、そのほうがいい」

「全手動の操縦免許はお持ちですね?」ブロンドの女は画面では見えないところでキーを操作しながら言った。

「ああ」

「個人データと口座データをどうぞ」

グレイはやりとりの間に財布からカードを取り出していた。彼はそれをスクリーンの脇のスロットに挿し込んでキーを押した。

ブロンドの女はこれも画面には見えないところに表示されているデータに目をやった。

「結構です」彼女は言った。「どなたかご同乗におなりですか?」

「一人ね。V・ハント博士」

「個人データをどうぞ」

グレイはハントが手回しよく差し出したカードを受け取って自分のカードと入れ替えた。儀式のような手続きがくり返された。スクリーンから女の顔が消え、代わって余白に必要事項を記入した契約書類に相当する表示が出た。

「確認の上、よろしければ承認のご回答をお願いいたします」スピーカーから画面の外の女の声が流れて来た。「料金はスクリーンの右側に出ております」

グレイはざっとスクリーンに目を走らせ、ふんと鼻を鳴らして彼が記憶している何桁かの数字を入力した。数字は画面には出なかった。〈承認〉と記された囲みの中に〝ポジティヴ〟の文字が出た。再びブロンドの笑顔が現われた。

「お引き渡しはいつにいたしましょう、グレイさま？」彼女は尋ねた。

グレイはハントをふり返った。

「空港でまず昼食にしますか？」

ハントは眉を顰めた。「何しろゆうべのパーティーの後だからね。何も受けつけんよ」ハントはかさかさに渇いた口を湿してあからさまに不快な表情を見せた。「夜にはどこかで美味いものを食べよう」

「十一時半頃にしてくれないか」グレイは言った。

「かしこまりました。お待ちしております」

「ありがとう、スウ」

「どうもありがとうございます。それでは、これで」

「よろしく」

グレイはスイッチを切り、座席の肘掛のコンセントからコードを抜いてブリーフケースの蓋の窪みに巻き込んだ。ケースの蓋を閉じて座席の下に置く。

「これでよしと」彼は言った。

トライマグニスコープはハント－グレイのコンビによって考案され実用化された、メタダイン社が誇る数々の広範囲にわたる技術的な傑作のうち最も新しい輝ける成果であった。ハントはアイディア・マンだった。組織の中にありながら、ハントはフリー・ランサーと少しも変わりない身分だった。彼は気の向くままに好きな研究、実験を進め、あるいはその研究上の必要のしからしめるところに従って行動する自由を与えられていた。理論研究主任という彼の肩書は誤解を招きやすい。実を言えば、理論研究に携わる部門があるわけではなく、すなわちそれはハントその人を意味する呼称であった。彼はメタダイン社の経営管理上の序列におさまることを嫌ってどこにも当て嵌まることのないその地位を周到に画策して確立したのだ。ハントは一人常務取締役のフランシス・フォーサイス－スコット卿を除いては上司を認めず、部下を擁することを潔しとしなかった。同社の組織図で見ると〈理論研究〉と記された囲みは〈研究開発〉の末広がりの系統樹の天辺近くに、他のいかなる部門と結ぶ線もなく、まるで付け足しのようにぽつんと置かれている。囲みの中にはヴィクター・ハント博士の名があるばかりである。もとよりそれは彼の好むところであった。メタダインはハントに必要な装置、設備、便宜、資金を提供し、一方ハントはメタダインにまず、核内部構造理論の世界的権威を給料支払台帳に載せる特権を与え、次に――と言っても、これが何よりも重大なことなのだが――彼の頭の中から絶えず湧いて出る発想という放射性降下物を注ぎかける。ハントとメタダインは理想的な共棲関係を保っているのである。

　グレイは技術屋だった。そして彼はハントの頭脳から降り注ぐ発想の受け皿であり、篩であった。グレイは生の発想の中に埋もれた珠玉のような技術的可能性の芽を見分ける天賦の勘を備えていた。彼はその発想を敷衍し、実験を重ねて市場性のある実用技術を開発し、新製品を作り、あるいは従来の製品に飛躍的な改良を加えた。ハント同様、グレイは地雷原さながらの不条理の時代を生き延び、無傷のまま独身で三十代の半ばを迎えていた。ハントと彼は仕事に対する情熱を分け合い、反面鋭敏な平衡感覚を発揮して、世俗的歓楽に対して人間としてしごく健全な関心を抱いていた。そして、二人は住所録も共有していた。あらゆる点から言って、ハントとグレイはまたとないコンビであった。

グレイは下唇を嚙んで左の耳朶をつまんだ。真面目な話に移ろうとする時、彼は決まって下唇を嚙み、左の耳朶をつまむのだ。

「見当が付きましたか？」彼は尋ねた。

「今度のボーランの話か？」

「ええ」

ハントはかぶりをふって煙草を吸いつけた。「お手上げだよ」

「ちょっと考えていたんですがね……フェリックスがスコープの大口の買手を見つけたっていうことはありませんかね。アメリカの大手の企業かどこかで。で、派手なデモンストレーションをやって見せようっていう趣向じゃありませんか」

ハントは再びかぶりをふった。「いや、フェリックスはメタダインの生産計画を狂わせてまでそんなことはせんよ。それに、おかしいじゃないか……実物を見せようというなら買手のほうをスコープのあるところへ連れてくればいいんだ。これじゃあ話が逆だよ」

「なるほど……となると、それはほかの考え方にも当て嵌まりますね……ＩＤＣＣの人間を特訓するためかと思ったんですが」

「そうだ、それだって同じことが言える」

「んー……」六マイルほど飛んでからグレイはあらためて口を開いた。「担当を向こうへ移すっていうことはありませんか？　スコープは大きな商売になりますからね。フェリックスはそれをアメリカ本社の扱いにしたがっているんじゃあありませんか」

ハントはしばらくその解釈を吟味した。「いや、わたしの立場を考えればそれはないだろう。フェリックスはフランシスに一目も二目も置いているからね。そういう姑息なやり方はしないはずだ。フランシスが充分商売をやれることはわかっているんだし。それに、フェリックスらしくないよ……あの男にしては、今度の話は曖昧すぎるじゃあないか」ハントは言葉を切って紫煙を吐いた。「いずれにせよ、どうやらこれには相当裏がありそうだ。わたしの見た限りでは、フェリックス自身どうも本当のところはわかっていないようだな」

「んー……」グレイはなおしばらく思案の体だったが、やがてそれ以上推理臆測の領域に足を踏み入れることを諦めた。彼はCデッキのバーに向かって流れていく乗客の波を見るともなしに眺めやっていた。「わたしも、どうも胃の調子がおかしいんですよ」彼は打ち明けた。「ヴィンダルー・カレーの上からギネスのビールを一ケースも流し込んだ感じで。行きましょう。コーヒーでも飲りませんか」

さらに一千マイル上空の星をちりばめた黒ビロードのような空間で通信衛星シリウス14号

は、その一瞬たりとも閉じることのない冷徹な電子の目で遙か下のあばた面の惑星表面を飛翔するスカイライナーの動きを追っていた。絶えずアンテナに飛び込んでくる二進法のデータの中からシリウス14号はボーイングに積載されたマスター・コンピュータ、ガンマⅨが発したカリフォルニア地方の最新の気象情況の問い合わせを認識した。シリウス14号はその信号をカナディアン・ロッキー上空に浮かぶシリウス12号に、そしてさらに12号はそれをエドモントンの追尾基地(トラッキング・ステーション)に伝達した。メッセージはオプティカル・ケーブルを通じてヴァンクーヴァー管制センターに伝えられ、そこからマイクロウェーブでシアトルの気象台に送られた。数千分の一秒後に、回答は先の伝達経路を逆に辿(たど)ってスカイライナーに届いた。ガンマⅨは気象情報を処理して針路と飛行計画に若干の修正を加え、応答の記録をプレストウイックの地上管制センターに送った。

2

雨は二日あまり降り続いた。

宇宙科学省材料工学調査部はウラル山脈の山襞(やまひだ)に雨に濡れてうずくまるように建っていた。ときおり雲の絶え間(たえま)から斜めに射す陽光が研究所の窓や原子炉のアルミニウムのドームに反射した。

分析室の女性科学者ヴァレリヤ・ペトロホフはオフィスのデスクに向かって、定期的に彼女の承認を求めるために提出される報告書に目を通していた。はじめの二部は高温腐蝕試験に関するごくありふれた内容のものだった。彼女はざっとページを繰り、添付されたグラフや表をあらためると所定の位置に署名して報告書を〈済〉と記された書類籠に放り込んだ。彼女は事務的に第三の報告書の第一ページを読みはじめた。と、ふいに当惑げに眉を寄せて視線を止めた。彼女は椅子の中で身を乗り出し、はじめから一行一行注意深く読み直した。さらにもう一度、彼女ははじめに帰って報告書全体の中身をつぶさに検討し、数式に出会うとその都度デスクの片隅のキーボード・ディスプレイを使って計算を確かめた。

「こんな話、聞いたことがないわ！」彼女は声を上げた。

長いこと彼女は身動きもせずに窓ガラスを伝い落ちる雨雫を見つめていたが、報告書の中身に心を奪われて、その目には何も映ってはいなかった。ややあって彼女は思い出したようにキーボードに向き直り、手早くコード番号を打ち込んだ。一連の関数方程式が画面から消えて、階下の制御室の操作卓に覆いかぶさるように坐っている彼女の助手の横顔に変わった。助手は正面に向き直った。

「あと二十分で始動です」質問に先んじたつもりで助手は言った。「プラズマはもう安定しています」

「あのね、それとは全然別のことなのよ」いつになく急き込んだ口調で彼女は言った。「あなたの報告書二九〇六のことなんだけど。今コピーを読んだところよ」

「ああ……それで？」助手はやや不安げな表情を浮かべた。

「それがね……ニオビウムとジルコニウムの合金で」彼女は質問というよりは既定の事実を述べる口調で続けた。「高熱酸化に対してこれまでに類のない耐蝕性があって、しかも融点が高い、というのは正直に言ってわたし、自分で試験してみなくては信じられないわ」

「これにくらべたらプラズマ容器なんてまるでバターですね」ヨゼフはうなずいた。

「それに、ニオビウムを含有しているのに純粋なジルコニウムよりも中性子捕獲断面積は小さいのね？」

「実験の結果から見ると、そういうことです……一平方センチ当たり一ミリバーン以下ですね」

「不思議だわね……」彼女は低く言い、それからさらに勢い込んで質問を重ねた。「おまけに、シリコン、カーボン、窒素といった不純物を含むアルファ相ジルコニウムでありながら、なおかつ耐蝕性は抜群なのね」

「高温の二酸化炭素、弗化物、有機酸、次亜塩素酸……考えられるものは全部試してみましたよ。どの場合も、最初は反応が起こるんですがね、たちまち不活性の防御層が形成されて反応を阻止するんです。各段階にしかるべき順序で、ある周期で試薬を与えてやればこの層は破ることもできるのかもしれませんが、それをするには完備した処理設備が必要でしょうね」

「で、この結晶構造だけれど」ヴァレリヤはデスクの報告書を指さした。「あなたは、〝繊維質〟という表現を使っているわね」

「ええ。他に言いようがなくて、まあ、そう言うのが一番近いんですよ。合金の主体は……そう、何と言うか、一種の微細な結晶の格子のまわりに形成されているらしいんですね。シリコンとカーボンが主です。ただ、局所的にチタニウムとマグネシウムの混合物が凝縮しているんです。まだ定量分析の結果が出ていないんですが。どう思います？」

女性科学者は一瞬どこか遠くを見つめる表情になった。

「正直に言って今は何とも言いようがないわ」彼女は白状した。「でも、この情報は一刻も早く上のほうへ伝えたほうがいいと思うわ。見た目よりよほど重要な意味がここに隠されているかもしれないから。ただ、その前にわたし自身、事実を確かめる必要があるわ。そこはしばらくニコライに任せて、あなた、わたしの部屋に来てちょうだい。はじめから、詳しく検討してみましょう」

3

ＩＤＣＣのポートランド本社は市域の東方約四十マイル、北にマウント・アダムズ、南にマウント・フッドを望む山間道路の要衝(ようしょう)に位置していた。遠い遠い過去のある時、このあたりにあった小さな内海はカスケード山脈を浸蝕(しんしょく)し、ついには太平洋に注(そそ)ぐ河となった。それが現在の大いなるコロンビア河である。

十五年前、そこは政府所有のボネヴィル核兵器研究所であった。この研究所でアメリカの科学者たちはジュネーヴのヨーロッパ連合科学研究所と共同して中間子力学理論を確立し、その理論に基づいて核爆弾を開発した。彼らの理論は熱核融合を何等倍も上回り、しかも放射能汚染の心配がない〝きれいな〟反応を予言した。サハラ砂漠に穿(うが)たれた爆破孔がこれを裏づけた。

歴史上のこの一時期を通じて、二十世紀の置土産だったイデオロギーや民族主義に根ざす緊張は、科学技術の進歩によってもたらされた、全世界的な豊饒(ほうじょう)と出生率の低下によって霧消した。古来歴史を揺るがせていた対立と不信は民族、国家、党派、信教等が渾然(こんぜん)と融和して巨大な、均一な地球社会が形成されるにつれて影をひそめた。すでにその生命を失って久しい政治家の理不尽な領土意識は自然に消滅し、国民国家が成熟期に達すると、超大国の防衛予算は年々大幅に削減された。新しい核爆弾の登場は、要するにいずれはそこに至るであろう歴史の流れを速めたにすぎなかった。軍備放棄はすでに全世界の合意に達していた。

軍備放棄の結果だぶついた資金、資源で大いに潤った活動分野の一つが、急速にその規模を拡大しつつある国連太陽系探査計画（UNSSEP）であった。すでにこの機関が掌握すべき責任事項のリストは厖大(ぼうだい)なものに脹(ふく)れ上がっていた。ほんのいくつかの例を挙げただけでも、地球、月、火星、金星、太陽の軌道を回るすべての人工衛星の運行管理、月ならびに火星の有人基地建設とその運営、金星の軌道を回る実験室の打ち上げ、ディープ・スペースへのロボット探査船打ち上げ、外惑星への有人飛行計画の立案と進行管理等々といった具合である。かくてUNSSEPは各大国の軍備縮小の度合いに見合った速度で規模を拡大し、あぶれた技術者や頭脳を吸収したのである。同時にナショナリズムが退潮し、各国の正規軍が解散すると新世代の若者たちはその冒険欲のはけ口を国連宇宙軍（UNSA）の制服勤務の部署に求めた。新しいフロンティア開拓を目指して太陽系を縦横に宇宙船が飛び回る興奮と期待の時代がここに幕を開けたのである。

そんなわけでボネヴィルの核兵器研究所は無用の長物となった。IDCCの首脳部がそれを見逃すはずはなかった。研究所の装置設備のほとんどはそのまま同社の研究開発に転用できると見て取ったIDCCは政府に研究所をすべての設備施設を含めて丸ごと買い取りたいと申し出た。政府はこれを認めて払い下げの交渉は成立した。その後何年かの間にIDCCはさらに設備を拡張し、建物の意匠を改め、最先端の原子核物理学研究所を作り上げると共に、世界企業の総本社機能をここに移したのである。

中間子力学理論から派生した数学理論は、それまでに知られていなかった三種の超ウラン元素の存在を予測した。まだまったく仮説の域を出なかったが、それらはハイペリウム、ボネヴィリウム、ジュネヴィウムと名づけられた。その理論はまた、超ウラン物質対結合エネルギー曲線に見出（みいだ）される〝不連続点（グリッチ）〟からそれらの元素は一度形成されれば極めて安定したものであろうと予測した。とはいえ、それらは少なくとも地球上では自然の状態で発見されることはあるまいと思われた。数学の理論の上では、その超ウラン元素の形成される条件は二通りしか考えられなかった。すなわち、中間子力学理論によって産み出された核爆弾が炸裂した時の中心部、ないしは超新星が中性子星に変わる時の大爆発である。はたせるかな、サハラ砂漠の実験後の粉塵から微かながらハイペリウムとボネヴィリウムの痕跡が検出された。ジュネヴィウムは認められなかった。が、それはともかく、その理論から導き出された第一の予測は大勢の支持するところとなったのである。将来、後に続く科学者たちが第二の予測を実証するか否か、その点は今のところまったく判断の外である。

　ハントとグレイは午後三時を少し回った頃ＩＤＣＣ本館屋上の発着所に降り立った。三時半には彼らは十一階にあるボーランの豪華なオフィスの革張りの安楽椅子に腰を落ち着けていた。ボーランは左手の壁にしつらえたチークのバーで三つのグラスにスコッチをなみなみと注いだ。彼は部屋の中央に戻って二人のイギリス人にグラスを渡し、デスクを回って腰を下ろした。

「まずは乾杯といこう」ボーランはグラスを上げた。二人もそれに倣った。「いやあ」ボーランは言った。「きみたち二人にまた会えて嬉しいよ。飛行機はどうだった？　それにしてもずいぶん早く着いたな。ジェット機を借りたのか」ボーランは話しながらデスクの上の葉巻の箱を開けて二人のほうへ押しやった。「葉巻はやるかね？」

「ああ、快適だったよ。ありがとう、フェリックス」ハントが答えた。「エイビスのジェットでね」彼はボーランの肩越しに窓外に拡がる松に覆われた丘の景色に目をやった。丘はなだらかな起伏を描きつつ、遠くコロンビアの河岸へ下っていた。「いい景色だね」

「気に入ったか」

「ここにくらべたら、バークシャーなどはまるでシベリアだよ」

ボーランはグレイのほうに向き直った。「どうしているね、ロブ？」

グレイは口の両端を下に歪(ゆが)めた。「最低ですよ」

「ゆうべ、さる女のところでパーティーがあってね」ハントが脇から説明した。「アルコール中の血液濃度が極度に低下しているんだ」

「お楽しみだな、え」ボーランはにやりと笑った。「フランシスも一緒か？」

「冗談でしょう」

「百姓女どもとどんちゃん騒ぎ？」グレイはイギリスの上流紳士の口ぶりを器用に真似てみせた。「ご免こうむる。よくまあそんなことが！」

彼らは笑った。ハントは葉巻の青い烟(けむり)の中でゆったり寛(くつろ)いだ。「そっちはどうかね、フェリックス？」彼は尋ねた。「今もって人生はきみに微笑(ほほえ)んでいるか？」

ボーランは両手を大きく拡げた。「人生は素晴らしいよ」

「アンジーは、最後に会った時のまま、相変わらずきれいかね？　子供たちはどうしている？」

「ああ、皆元気だ。トミーは今大学で、物理と宇宙航空工学をやっているよ。ジョニーは週末というとクラブの仲間とハイキングだ。スージーはわが家の動物園にスナネズミ二匹と仔熊を一匹飼い足した」

「そうか、ますますもって幸福家族というわけだな。きみも責任の重みに圧し潰されてはいない」

ボーランは肩をすくめて皓歯を覗かせた。「わたしが心臓発作に戦々兢々としている潰瘍持ちに見えるか？」

ハントは大きなマホガニーのデスクの向こうにゆったりと控えている碧眼赭面の、金髪を短く刈り込んだボーランを見つめた。ボーランは大方の世界企業の社長より十歳は若く見える。

しばらくはメタダインの社内事情をめぐる月並な話題が続いた。やがて当然のことながら話は跡絶えた。ハントは膝に肘をついて前屈みになり、底に残った琥珀色の液体を見つめながら、グラスを右から左に、そしてその反対に回した。と、彼は顔を上げて言った。

「トライマグニスコープのことだがね、フェリックス。いったい、どういうことなんだ？」

ボーランはこの質問を予期していた。彼は思案顔でゆっくり背筋を伸ばし、一呼吸あって話しはじめた。

「わたしがフランシスにかけた電話の再生は見たか？」

「ああ」

「実はその……」ボーランはどう言ったらよいかと迷う様子だった。「わたし自身、きみたち以上に大して知ってはいないのだよ」ボーランはざっくばらんな態度を示そうとしてか、両手でデスクを押さえつけるような格好をした。しかし、その溜息(ためいき)から彼がどうせ信じてはもらえまいと思っていることが窺(うかが)われた。事実そのとおりだった。

「それはないだろう、フェリックス。聞かせろよ」ハントの表情を見れば彼の胸の裡(うち)はその口から聞くまでもなかった。

「知らないはずはないでしょう」グレイも加勢した。「すべてはそっちから出たことなんだから」

「打ち明けた話をしよう」ボーランはハントからグレイに視線を移した。「なあ、世界的な視野から見て、うちの最大の顧客は誰だと思う？　これは秘密でも何でもない。国連宇宙軍だ。月との通信施設からレーザー通信の端末機群やロボット探査船に至るまで、ＵＮＳＡの仕事は全部うちが引き受けている。次期会計年度にうちはＵＮＳＡからどのくらい契約を取れると思う？　二億ドルだぞ……二億」

「それで？」

「だから、その……それだけの大口の得意先が力を貸してほしいと言ってきたんだ。いやとは言えまい。はじめから話そう。こういうことなんだ。ＵＮＳＡはスコープの納入先として大いに有望だな。それで、うちとしてはスコープの性能や、フランシスのところの開発情況などについて逐一情報を提供してきたわけだ。ところがある日……フランシスに電話を入れる前の日だ……ＵＮＳＡの人間がはるばるヒューストンからわたしに会いにやってきた。ヒューストンの大きな部隊の司令部からな。その男というのが、わたしの旧(ふる)い馴染(なじ)みで、首脳部に名を連ねる実力者だよ。で、そのスコープはこれこれのことができるか、こんなことはどうか、と尋ねるんだ。こっちは、ああ、できるとも、朝飯前だと言ってやった。そうしたら、相手はいくつか具体的な例を挙げて、もう実用化された装置はあるか、と言うんだ。で、製品としてはまだだが、イギリスで第一号機が稼動していると返事をした。実物を見たいならそのように手配すると言ってやったんだよ。ところがそれでは向こうの要求に合わない。その第一号機をヒューストンに運んで、技術者を派遣してくれ、ということなんだ。金はこっちの言いなりでいくらでも出す用意があるそうだ。ただし、装置を運べと言っている。何でもUNSA全体が打って一丸となって最優先で取り組む計画というのがあってな、それにスコープが必要だということなんだ。その計画の中身について尋ねたところが、それっきり向こうは貝のように口を閉ざして、目下のところ極秘である、とまあこういうしだいだよ」

「おかしな話だな」ハントは眉を顰めた。「そんなことをされたんじゃあ、メタダインのほうはたまったもんじゃない。がたがたになってしまうじゃないか」

「その点はわたしもちゃんと言ったさ」ボーランは両手を拡げて、どうしようもないという仕種をして見せた。「生産計画から稼動率予測から、何から何まで話してきかせたんだ。ところが先方は、これは重要なことで、それなりの理由があってこういう無理を言っているんだ、とこうなんだ。それはそうだろう」ボーランは自分だけはいかにも得心が行った様子で言った。「その男とは長い付き合いだからね、よほどのことがあって言っているのだろうという察しはつく。UNSAはこれによってわれわれがこうむる損害はどんなに大きな額だろうと無条件で補償すると約束しているよ」ボーランはしきりに自分としてはどうしようもないという態度を強調した。「そうまで言われて、わたしにどうする術があるものかね？　うちの最大の得意先である旧い友だちに、おととい来いと言えばよかったかね？」

ハントは顎をさすってグラスに残ったスコッチを一気にあおり、むずかしい顔で葉巻を深深と吸った。

「それで話は決まったわけだな？」ややあって彼は言った。

「そういうこと。これできみたちはだいたいわたしの知っていることは全部飲み込んだわけだ。ただ……きみたちがイギリスを発った後にUNSAから指示があって、その第一号機を直ちにヒューストンに近いある場所へ送れと言ってきたがね。何でも生物学関係の研究所だ。部品は明後日を皮切りに順次向こうへ運ぶことになるだろう。組み立て、据え付けの技術屋たちはすでに場所の準備に向こうへ行っている」

「ヒューストン……というと何ですか、わたしらもそっちへ行けということですか？」グレイが脇から尋ねた。

「そのとおりだ、ロブ」ボーランはそう言って鼻の脇を掻きながら、何やら含むところありげに眉を寄せた。「実は、その、ちょっと考えていたんだが……据え付けには多少時間がかかるだろう。つまり、今行ったところで、きみたちはすることもないわけだ。どうだ、二、三日ここでぶらぶらしていかないか、え？　だから、ああ……ここの技術屋に会って、スコープの構造や性能について話してもらって……言うなれば、ティーチ・インだな。どうかね、え？」

ハントは腹の内で密かにほくそえんだ。ボーランはかねてから、トライマグニスコープの潜在的大市場はアメリカでありながら、事実上すべてのノウハウがメタダインに握られていることについてフォーサイス－スコットに不満を訴えていたのだ。同族会社のアメリカ拠点ＩＤＣＣはそれまで以上にバックアップと情報を必要としている、というのがボーランの言い分だった。

「相変わらず抜け目がないな、フェリックス」ハントは一歩譲った。「あんたにそう言われちゃあ仕方がない。いいだろう、そうするよ」

ボーランは口が裂けるばかりににんまり笑った。

「今の話にあったＵＮＳＡの問題ですがね」グレイが話をもとに戻した。「具体例というのは、どういうことです？」

「具体例？」

「スコープにそれができるかどうか、具体例を挙げて質問したということじゃないですか」

「ああ、そのことか。うん……ええと、そう、人体の内部を調べたいと言っていたな。骨格、組織、血管、その他諸々。検死か何かを考えているんだろうな。それから、本を閉じたままスコープで中身が読めるかどうか訊いていた」

あまりにも馬鹿げた話だった。ハントはボーランからグレイに視線を転じ、再び狐につままれた顔でボーランをふり返った。

「検死にスコープを使うことなんぞありゃあしないじゃあないか」信じられない口ぶりで彼は言った。

「本の中身が知りたかったら開けてみりゃあいいじゃないですか」グレイも調子を合わせて言った。

ボーランは掌を返して両手を拡げた。「ああ、きみたちの気持ちはよくわかるとも。嘘じゃない。わたし自身、まるでわけがわからないんだ」

「そのために、UNSAは何千ドルも出すって言うのか？」

「何百万だ」

ハントは額に手をやって、呆気にとられた様子で頭をふった。「もう一杯スコッチを頼む、フェリックス」ハントは大きく吐息を洩らした。

4

一週間後、マーキュリー・スリーはIDCCの本社屋上から飛び発とうとしていた。操縦席のディスプレイ・スクリーンに現われた問い合わせに応えて、ハントは目的地をヒューストンの中心街、オーシャン・ホテルと告げた。エアカーの機首に格納されたDECミニコンピュータはポートランド地域交通管制センターの地下のどこかに設置されているIBMの大型コンピュータを呼び出し、短い応答を交わして、ソルトレイク・シティ、サンタフェ、フォート・ワース経由の飛行計画を表示した。ハントは了解の信号を送った。数分後、エアカーは南東を指して発進し、前方にそそり立つブルー・マウンテンに向かって高度を上げていった。

発進後しばらく、ハントはメタダインのコンピュータと対話して、し残してきた仕事を整理した。グレイト・ソルトレイクの輝く湖面が前方の視野に浮かぶ頃、彼は出発前に行なった最後の実験の報告に添える数式の計算を終え、結論をまとめにかかっていた。一時間後、コロラド河の上空二万フィートにさしかかったあたりで彼はMITを呼び出し、おりからこの大学が刊行しようとしている本の何点かにざっと目を通した。サンタフェで給油した後、ハントは手動操縦に切り替え、昼食に気のきいた場所を捜して市内をあちこち走り回った。午後遅く、ニューメキシコの上空でIDCCからの呼出しをキャッチし、それから二時間にわたってボーランの配下のエンジニアたちを相手にトライマグニスコープの技術上の問題についてやりとりを交わした。フォート・ワースを後にして、陽も西に傾く頃にはハントはすっかり寛いで犯罪映画を観ていた。グレイは隣のシートで正体もなく眠りこけていた。

特にどうと言うほどのことはない平凡な映画だった。悪玉の正体があばかれ、主人公が今しも死よりも苛酷な運命から彼の手で救われ、感涙にむせぶ女に愛を打ち明けると、現代の人類にモラルを訴える字幕が出た。ハントはモニター／コントロールのスイッチに手を伸ばし、テーマ音楽の半ばで映像を消すと、伸びをして煙草を揉み消し、シートに体を起こして宇宙の成り行きいかにと窓外に目をやった。

右手遥かにブラゾス河が蛇行しつつメキシコ湾に注いでいた。遠くにうっすらとかかる青灰色の靄の中で、河はさながら金糸の縫い取りであった。すでに前方には虹の七色に輝くヒューストンの超高層ビルが見えはじめていた。スカイラインに抜きん出て林立する高い建物群は密集隊形で気をつけの姿勢を保ちつつ戦いに備える小隊のようであった。眼下の人家は見る間にその数を増した。そして広い郊外に向かって開発が進められている新しい街がおぼろげながらしだいにその輪郭を明らかにしはじめていた。建物のかたまりがあちこちに点在し、ドームや建設半ばの鉄骨の描く格子模様、燃料タンクなどの間を道路が縫い、パイプラインがうねうねと走っていた。ずっと左手のほうには鋼鉄とコンクリートの旧い街並からいくつかの銀色の尖塔が立ち上がっていた。それらの銀色の尖塔は、ヴェガ衛星と地球を結ぶ巨大なフェリー・ロケットが発射台に聳えたつ姿であった。宇宙時代のメッカとなった街の大手を固める門衛として、ヴェガ・フェリーはいかにもふさわしい景観を呈していた。

ヴィクター・ハントは人間の飽くなき外部拡張の衝動を物語って八方に発展しつつある眼下の土地をじっと眺めた。胸の底のどこか深いところで、何やら漠然とした不安のようなものが頭をもたげていた。

ハントはイースト・ロンドンのはずれ、テームズ河の南岸のみすぼらしい町ニュークロスで生まれた。父親は生涯の大半をストライキに明け暮れ、街角のパブに入りびたって彼らをストライキに追いやった不平不満の種について議論をくり返していた。酒代がなくなり、不平をこぼすだけこぼすと、彼はデットフォードの波止場へ仕事をしに出かけた。ヴィクターの母親は製瓶工場で働いていたが、一日の稼ぎは一晩のうちにビンゴですってしまうのが常であった。ヴィクターはサッカーに熱中し、サリー運河に嵌まって死にかけたことがある。子供の頃、彼は一週間ほどウースターの叔父の家に厄介になった。叔父は毎日きちんとスーツを着こんでコンピュータを作る会社へ通勤していた。その叔父からヴィクターは二進法加算機の配線について学んだのだ。

その後間もなく、世の中は殺伐として彼の周囲では人々の間に争いが絶えぬようになった。そして、彼はウースターの叔父夫婦に引き取られたのだ。そこで彼はかつて夢想だにしなかったまったく新しい世界を知った。どんな望みも実現可能な、魔法を目のあたりにするような世界だった。それは、叔父の本棚を埋める夥しい書物に見馴れぬ記号や不思議な図面で表わされた世界であった。

十六の年にヴィクターは奨学金を得てケンブリッジに入学し、数学、物理学、電子工学を学んだ。彼は下宿に移った。相部屋のマイクは船遊びと登山が趣味だった。マイクの父親はさる大企業の営業担当重役だった。叔父がアフリカに転勤し、ヴィクターはマイクの家に養子として迎えられた。休みにはサリーのマイクの家に帰り、あるいはマイクのグループに加わって山に登った。はじめは湖水地方の初心者向きの山やノース・ウェールズ、スコットランドの山を歩いたが、やがてアルプスにも登るようになった。一度彼らはアイガーに挑戦したが、悪天候が禍いして登頂は果たせなかった。

博士号を取った後、彼はなお数年大学に留まって核物理数学の研究に没頭した。すでにその頃、彼の論文は広く学界の注目を集めていた。しかし、やがて彼は自分の好みに合ったより充実した生き方を望むなら、研究補助金に収入を頼ってはいられないという現実に直面した。彼は一時期政府の熱核融合事業の監督の任に当たったが、万事杓子定規の役人たち相手の仕事はとうてい肌に合わなかった。その後彼は三つの民間企業を転々としたが、年間予算やグロス・マージンや株式収益率や現金収支割引などといったことに多少とも意味があるように装うゲームに対してはただどす黒い嫌悪が募るばかりだった。そんなわけで、三十を迎える頃、彼は生まれながらの一匹狼として本来の生き方を貫く以外に道はないと確信するに至った。彼の比類なき才能は自他共に認めるところであった。彼はいくつもの学位を持っていた。業績もよく知られ、各種の賞を受けていた。学者として尊敬を一身に集めていた。そして、彼は失業者であった。

しばらくは科学雑誌に原稿を書いて暮らしを糊塗した。そうこうするうち、ある時彼はメタダインの研究開発部長から、フリー・ランサーとして同社の進めている実験の数学上の解釈について知恵を貸してほしいと持ちかけられたのである。仕事は絶えることがなかった。いくばくもなく彼とメタダインの関係は極めて親しく太いものになった。ついに彼は同社の設備人材を自分の研究に使用することを認めるという条件で正式な社員になった。好きなことをやってよい、というメタダインのお墨付きを手にしたのだ。こうして同社に「理論研究部」が誕生した。

しかし、今になってみると、何かが欠けているという気持ちがした。遠い昔、少年の頃彼の内部で目覚めた何かが、常に発見されるべき新しい世界に彼を駆り立ててやまなかった。彼は空に向かって立つヴェガ・シップに目をやった……

どこか地上から放たれた電磁波がコードに変換され、マーキュリーの飛行制御プロセッサーに働いて彼の思索の糸は絶たれた。コクピットの外の小さな翼が傾いてエアカーは旋回し、高度二千フィートで市の中心街に至る東向きの進入路に乗るべく、滑らかな降下に移った。

5

朝日が窓から射し込み、高みからヒューストンの中心街を見下ろす砂岩を刻んだような彫（ほ）りの深い顔を照らしていた。シャーマン戦車を思わせる、肩の張った逞（たくま）しい体は背後のカーペットに四角い影を落としていた。ずんぐりとした指は落ち着きなく小刻みに窓ガラスを叩いていた。国連宇宙軍（UNSA）航行通信局（ナヴコム）本部長グレッグ・コールドウェルはこれまでの成り行きをふり返って黙考にふけっているところであった。

　コールドウェルの予測に違（たが）わず、はじめの驚きと興奮が鎮まった今、誰もがプロジェクトに一役買いたがって機を窺（うかが）い、あるいは策を弄（ろう）していた。現に一部の組織の実力者たち――例えば、シカゴの生物科学局やファーンボロの宇宙医学研究所など――は、今回のプロジェクトはそもそも宇宙航法や宇宙通信とは無縁のものであり、ナヴコムが一枚加わること自体筋が通らないのに、ましてやそのナヴコムが主管の衝に当たるに至っては言語道断である、と公然と非難の声を上げていた。

コールドウェルはふてぶてしく結んだ口の端を僅かに歪めて、何やら期するところあり気にほくそえんだ。それぞれに、密かに得物を研いでいたということか。しかし、彼は一向に動じなかった。敵を見てひるむ彼ではない。二十年以上もの長きにわたって彼は熾烈な闘争を勝ち抜き、宇宙軍最大の機関の長にのし上がったのだ。白兵戦にかけては、彼は百戦練磨の古強者である。しかも、その間彼は自らの血を一滴たりとも流していない。以前のナヴコムなら、あるいは今回のようなプロジェクトは与り知らぬことだったかもしれない。これはナヴコムの手に余ることかもしれない。その意味では土台ＵＮＳＡにとって荷が勝ちすぎる仕事かもしれないのだ。それはともかく、現実にコールドウェルは責任者の立場にある。プロジェクトのほうからナヴコムの膝に転げ込んできたのだ。コールドウェルは自分の手で仕事をし遂げる決心だった。協力の申し出があれば、それは拒まない。しかし、プロジェクトはあくまでもナヴコムの名において推し進めなくてはならない。それが気に食わないと言うなら、この仕事を横取りしてみるがいい。そう、やれるものならやってみろ――。

背後のデスクに組み込まれたコンソールのチャイムが鳴ってコールドウェルはわれに返った。彼はくるりと向き直り、通話装置のボタンを押すとさびのあるバリトンで言った。

「コールドウェルだ」

個人秘書のリン・ガーランドがスクリーンから彼に笑いかけた。リンは二十八歳、顔立ちの整った女だ。紅毛を長く伸ばし、茶色の大きな目は知的である。

「受付から連絡です。IDCからお客さまがお二人。ハント博士とグレイさんです」

「すぐここへ通してくれ。コーヒーをいれて。きみも話を聞いたほうがいい」

「かしこまりました」

十分後、一同はあらたまった挨拶を交わして腰を下ろした。コールドウェルは数秒間無言で二人のイギリス人を見つめた。彼は口をすぼめ、濃い眉を一つに寄せていた。やがて、彼は身を乗り出し、デスクの上に両手を組んでおもむろに口を開いた。

「三週間ほど前になりますが、わたしは月面探査基地の一つ、コペルニクスⅢで開かれた会議に出席しました。目下あの地域では盛んに開鑿作業と現地踏査が行なわれています。もっぱら新しい建設計画の準備がその目的です。会議には地球から科学者が行ったほか、月面の各基地からも何人か集まりました。技術関係の顔ぶれと、宇宙軍の制服部門からも若干参加しています。実は、月面でいささか解釈に窮する発見がありまして、それでこの会議が招集されたのです」

コールドウェルはちょっと言葉を切って二人の客を交互に見やった。ハントとグレイは無言で視線を返した。コールドウェルは先を続けた。「調査隊の一班は測定用のレーダーを設置する候補地の地図作成に携わっていました。ちょうど整地作業が進められている場所から、かなり離れたところで測量に当たっていました……」

話しながら、コールドウェルはデスクの一端に組み込まれたキーボードに指を這わせた。彼は一面にディスプレイのスクリーンが並んでいる奥の壁を顎でしゃくった。スクリーンの一つに灯が入って、一冊のファイルの表紙が映し出された。表紙には「部外秘」と赤い文字が斜めに走っていた。表紙が消えると画面は等高線地図に変わった。等高線の様子からそこはかなり起伏の激しい荒涼とした場所であることが知れた。ゆっくりと明滅する光点が画面の中央に現われ、コールドウェルがキーボードの追跡ダイアルを操作するにつれて地図の上を横に移動した。カーソルは等高線に示された急峻な谷がもう一つの大きな谷に向かって切れ込んでいる崖の半ばで止まった。切れ込んでいるほうの谷は細く、そのあたりからグラフの曲線のように弧を描いて斜面を這い上がっている様子だった。

「これが、その問題の場所です」本部長は言葉を続けた。「カーソルは崖に切れ込んだ小さな谷が、左のほうへ伸びる峡谷の本筋にぶつかる位置を示しています。調査隊はここで車を降りて、この〈560〉と番号がふってある大きな岩山の上に出る道を捜して徒歩で斜面を登りました」コールドウェルの説明につれて、明滅するカーソルは調査隊の経路を辿って細い等高線の間をゆっくり移動し、合流点の少し上の湾曲部で小さなV字谷を渡った。カーソルはさらに進んで、等高線の間隔が狭まり、やがて太い一本の線になったあたりで止まった。

「ここは、高さ約六十フィートの絶壁になっています。調査隊はこの地点でまず最初に妙なものを見つけました……岸壁の立ち上がりのところに穴が開いていたのです。調査隊の指揮に当たっていた軍曹は、洞窟のようだったと言っています。どうです、不思議だとは思いませんか?」

ハントは眉を上げて肩をすくめた。「月面では、そういう洞窟はできないでしょう」彼は事もなげに言った。

「そのとおり」

画面はその一帯の画像に変わった。調査隊が車を降りた位置から撮影されたものに違いなかった。二つの谷が合流するところの絶壁の腹に洞窟の入口が見えていた。等高線地図から想像されるよりも絶壁はかなり高く、手前に急勾配のガレ場（ば）が拡がっていた。背景に、天辺（てっぺん）が平らな岩石の台地がそそり立っていた。地図で〈560〉と数字が付されていたのがこれであろうと思われた。コールドウェルは等高線地図に示された地形の実際のありさまを二人がよく呑み込むのを待って画面を変えた。ずっと上の、谷の入口から撮られた画像だった。湾曲部に接近し、さらにそこを越えていく間の一連の画像がそれに続いた。「これは動画の齣（こま）から取った画像です」コールドウェルは言った。「動画を残らず見ることはありませんから」そのシークエンスの最後は岸壁に開いた間口五フィートほどの洞窟であった。

「この種の穴は月面では皆無というわけではありません」コールドウェルは言った。「しかし、そうやたらに見られるものでもありません。それで、調査隊は念入りに調べる気になったのです。中はかなりひどい状態でした。落盤でしょう……それも、何度もあったようです。洞窟はほとんど埋まっていました……砕石と土砂で。少なくとも、最初に見た時はです」画面が変わって、彼の言葉どおりの光景が映し出された。「ところが、さらに奥を調べてみると、実に驚くべきものが見つかりました。土砂の下から、何と、死体が出てきたのです」

再び画面が変わって、前の一枚と同じアングルから撮られた洞窟内部が映し出された。しかし、そこには半ば除去された岩石や土砂の中に横たわる人体の上半身が見えていた。死体は宇宙服に包まれていた。灰白色の粉塵にうっすらと覆われた宇宙服は真紅であると思われた。ヘルメットは原形を保っているらしかったが、撮影用のライトがヴァイザーに反射して、中の顔はよく見えなかった。コールドウェルは二人が画面をとっくり眺め、眼前の事実について充分思案する時間を与えてから話を続けた。

「これがその死体です。そちらからお尋ねがある前に、当然予想されるいくつかの質問にお答えしておきましょう。第一に……答はノウです。死体の身元は不明です。それで、わたしらは仮にこの男を死に追いやったか、はっきりしたことは何も言えません。第二に……これも答はノウです。何がこの男を死に追いやったか、はっきりしたことは何も言えません。第三に……これもノウ。この男がどこからやってきたのか、わたしたちにはわかっていません」本部長はハントの面喰らった顔を見て、促すように眉を上げた。

「事故というのはあるものです。事故の原因を究明することは必ずしもやさしくはないでしょう……それはわかりますよ」ハントは言った。「しかし、身元がわからないというのは……？　つまり、身分証明書とか、何かそれに代わるものを携帯しているはずでしょう。持っていないはずはありませんね。仮にもし、そういうものがなかったとしてもですよ、国連の月面基地のどこかにいた人物であることは間違いないんですから、行方不明になれば誰かが気がつきそうなものじゃあありませんか」

コールドウェルの顔にはじめて微かな笑いが走った。

「もちろん、基地は残らず調べましたよ、ハント先生。結果は、手がかりなしです。いや、これはまだまだ序の口です。というのはですね、死体を研究所へ運んで詳しく調べたところ、それぞれの分野の専門家が説明できない不思議な事実が次々に浮かび上がってきたのです……念のために言っておきますが、UNSAは有能な人材を揃えていますよ。死体をここへ移してさらに調べているのですが、事態は一向に思わしくありません。それどころか、新しい事実が現われる度に、謎は深まるばかりです」

「ここへ移して？　と言うと……」

「ええ、そうです。チャーリーは地球に運ばれたのです。今、ウェストウッド生物学研究所に保存されています。ここからほんの数マイルのところです。後でお二人をそこへご案内しましょう」

室内を支配した沈黙は実際よりもかなり長く感じられた。ハントとグレイは矢継早に提示された意外な事実を頭の中で整理しようと努めた。ややあって、グレイが探るように言った。

「何者かが、何らかの理由でその男を消した、ということはありませんか？」

「いいえ、グレイさん、その種の考え方ははじめからまったく問題にする必要はありません」コールドウェルは重々しく間を置いて言った。「これまでわたしらが知り得た乏しい情報から、いくつか確信をもって断言できることがあります。第一に、チャーリーはこれまでに建設されたいかなる基地の人間でもないということ。いや……というより」コールドウェルは意味ありげに声をふるわせて、ゆっくりと言った。「現在われわれが知っている世界のいかなる国の人間でもないのです。それどころか、チャーリーがこの地球という惑星以外の住人でないとは言いきれないのです」

コールドウェルはハントとグレイの顔に視線を往復させた。二人の目には彼の言葉に対する隠し難い疑惑が浮かんでいた。底無しの沈黙が室内を満たした。唸りを発するかとさえ思われる困惑と緊張が彼らの神経を責め立てた。

コールドウェルはキーボードに指を走らせた。

スクリーンの一つに、奇怪な人面の大写しが飛び出した。骸骨が浮き出た顔の皮膚は古代の羊皮紙のように黒ずんで皺だらけに干からびていた。めくれ上がった唇の間に二列の歯が人を嘲笑うかのように覗いていた。中身のない黒い穴と化した眼窩がぼろぼろの鞣し革のような瞼の下から虚空を見つめていた。

今にも張り裂けるばかりの緊張を孕んだ空気の中で、コールドウェルは耳障りに圧し殺した声で言った。

「何者であるかはともかく……チャーリーは五万年以上前に死んでいるのです」

6

ヴィクター・ハント博士は宇宙軍のジェット機の下を流れ去るヒューストン郊外の鳥瞰図を見るともなしに眺めていた。コールドウェルの話をはじめて聞いた時の叩きのめされたような驚愕はすでに鎮まり、ハントはそれがいったい何を意味するのか、彼なりに少しずつ考えを整理しようと努めていた。

チャーリーの生きていた年代については疑いの余地もなかった。ありとある生物は放射性炭素同位元素およびその他のある種の元素を一定の割合で体内に吸収する。生物が生きている間、それら同位元素の比率は正常に保たれている。ところが、生物が死んで吸収が跡絶えると、放射性同位元素は予知可能なパターンで崩壊する。その崩壊の仕組みは極めて信頼性の高い有効な年代測定の尺度となる。同位元素の崩壊は、言うなれば生物の死の瞬間に始動する時計である。残留する同位元素の分析によって得られる数値から、その時計がどのくらい動き続けたかを計算することが可能である。チャーリーは再三にわたってそのような試験に付された。結果はことごとく僅かな誤差の範囲内で一致した。

一部に、この試験方法の有効性はチャーリーが摂取していた食物および呼吸していた大気の組成が現在の地球人のそれと同じであるという前提にある、という指摘があった。チャーリーは地球人ではないかもしれない以上、この前提は成り立たない。しかし、ほどなくしてこの議論は動かし難い解決を見た。チャーリーのバックパックから発見された各種の装置の機能についてはまだ不明な点が多々あったが、中の一つは驚異的な技術によって作られた超小型原子力発電機であることが判明した。ウラニウム235の燃料ペレットもすぐに発見された。自然崩壊の分析によって、前の数値ほど正確ではないが、まったく独立した第二の答が得られた。チャーリーのバックパックにあった発電機は約五万年前に作られたものと結論されたのである。この試験結果は、先の分析で得られた一連の数字がこうして裏づけられた以上、チャーリーが生きていた自然環境においては、食物も大気も現在の地球とさして変わりはないということを意味していた。

だとすれば……ハントは自身に言い聞かせた。チャーリーの種属はどこかで人間型の進化を遂げたのだ。この〝どこか〟が地球であるか、ないしは地球以外の場所であることは自明の理である。初歩的な論理の原則から言っても、それ以外の可能性は考えられない。ハントは記憶の底を浚い、地球上の生物の進化を説明する理論について知っている限りのことを思い出した。何世紀にもわたるこの分野の涙ぐましい研究努力にもかかわらず、現在確立されている考え方では説明しきれないものがなお残されているのではあるまいか？　数十億年という時間は想像を絶する長さである。不確実性の深淵のどこかで、現代の人類が登場するははるか以前に進化の過程を経験しつくして滅亡した別の人類が存在したかもしれないと考えることはあまりにも馬鹿げているだろうか？

一方、チャーリーが月世界で発見された事実は、極めて発達した技術文明を持った社会があったことを意味するものである。宇宙航行技術の開発に至る過程で、当然そこには高度な科学技術に裏づけられた、地域的にも広い範囲を覆う文明社会の営みがあったはずである。彼らは機械を作り、建物を建て、都市を築き、大量の鉄を使ったはずである。その発展の跡を留める記念碑はいたるところに残されたはずであろう。もし、かつて地球上に、そのような文明があったとすれば、過去何世紀かの間に行なわれた考古学的発掘によって何一つ遺跡が発見されなかったことをどう説明したらいいだろう。現実にはそのような発見は皆無である。むろん、それはすべて否定的な証拠から引き出された結論である。が、偏見に捉われることの少ないハントの思考をもってしてもなお、人類以前に別の文明を想定することはとうてい現実的とは言えそうもなかった。

そうなると、チャーリーは地球以外からやってきたと考えるしかない。と言っても、月それ自体でないことは明らかである。月はあまりにも小さく、たとえ局部的であったにせよ生命が発生するに足る大気がそれだけの長期間維持されたはずはない。まして文明に至っては問題外である。何よりも、チャーリーの宇宙服が、人類と同じく彼もまた月世界の住人ではなかったことを物語っているのだ。

残されるのは他の惑星のみである。ところが、そこで問題なのはチャーリーがどこから見ても人間の姿をしていることだった。コールドウェルは細部に言及することを避けながらも、何よりもその点を強調していた。ハントは自然界の進化が長い時間の中で起こる偶発的な発生学上の変異と自然淘汰によって説明されることを知っていた。これまでに確立されている理論はすべて、宇宙のまったくかけはなれたところで別々に進化の過程を辿った二種類の生物が最終的に同じ姿形を取ることはあり得ないとしている。それゆえ、もしチャーリーが異星の住人であったとすれば、これまでに人類が営々として築き上げて来た科学理論の体系は音を立てて瓦解するであろう。それにしても、チャーリーが地球人であるとは考えられない。かと言って、他の惑星から来たということはまずあり得ない。したがって、チャーリーはそもそも存在し得ぬはずである。が、現実に彼は存在した。

ハントは問題の大きさ、深さに気づいて密かに口笛を吹いた。問題は全科学領域を数十年にわたって論議に沸かせるだけの衝撃を孕んでいた。

ウェストウッド生物学研究所でコールドウエル、リン・ガーランド、ハント、グレイの一行はクリスチャン・ダンチェッカー教授の出迎えを受けた。テレビ電話を通じてコールドウエルから紹介されていた二人のイギリス人は教授の顔をよく知っていた。実験室へ向かう途中、ダンチェッカーはチャーリーに関して新たな説明を加えた。

年代から言って、死体の保存状態は非常に良好であった。これは死体が発見された環境のせいであった。細菌のいない完全な真空状態に加えて、温度は異例の低さに保たれていた。月面の昼の暑熱は死体を埋める夥しい岩石に遮られていたのである。そのために、柔らかい体組織のバクテリアによる破壊は防がれていた。宇宙服には破損がなかった。それらの事実から、目下研究所内では、死因は生命維持装置に故障を来し、温度が急激に下がったことであろうとする見方が有力であった。死体は短時間のうちに冷凍され、その結果、新陳代謝は突然停止したものと考えられた。体液の凍結によって生じた氷の結晶は広範囲にわたって細胞膜を破断させていた。その後年代を経る間に軽い物質は体表面から昇華し、後に黒ずんで干からびた、ごく普通の木乃伊が残されたのである。最も大きな変化を生じたのは大部分が水溶液から成る眼球であった。眼球は完全に萎縮し、僅かに眼窩の底に片々たる残滓を留めるのみであった。

何よりも厄介なのは、死体が手を触れれば崩れるほど脆い状態にあることで、そのためにより詳しい試験を行なおうとしてもほとんど不可能であった。地球への運搬および宇宙服除去の途中で、すでに死体は取り返しのつかない損傷をこうむっていた。死体が固く凍結していなかったら、被害はもっと大きかったに違いない。ここに至って誰かがＩＤＣＣのフェリックス・ボーランと、イギリスで開発されている物体の内部を透視する装置のことを思い出した。そして、コールドウェルがポートランドを訪れる運びとなったのだ。

最初の実験室は暗かった。研究員たちはガラスのテーブルに数台の、双胴型の顕微鏡を据え、下から照明を当てて資料を調べていた。ダンチェッカーは何点かのスライドを取ってハントの一行について来るように合図し、奥の壁に向かった。彼は最初の三枚のスライドを目の高さのスクリーンにセットし、光源を入れて期待に満ちた小さな人垣の中に戻った。スライドは正面および左右両方向から撮影した頭蓋骨のＸ線写真だった。実験室の暗がりを背景に浮き上がった五人は真剣な表情で無言のままじっと食い入るように画面を見つめた。一呼吸あってから、ダンチェッカーは一歩進み出て半ば一同をふり返った。

「これが誰のものであるかは申し上げるまでもないと思います」彼はよそよそしくあらたまって言った。「この頭蓋骨は、細部に至るまで人間とまったく同じです……少なくとも、X線写真に見られる限りはです」ダンチェッカーはテーブルから定規を取って顎の線をなぞった。「歯の構成をごらんください……両側に門歯が二本、犬歯一本、小臼歯二本、臼歯三本。この形は現在の類人猿、もちろん人間を含めて、その祖先の進化の非常に初期の段階で確立されています。類人猿に共通の特徴で、他の系統の進化を辿った仲間とは一線を画すものです。例えば、ニューワールド・モンキーの場合、歯の数は二、一、三、三です」

「そのご説明にはおよびません」ハントが口を挟んだ。「一見して類人猿でも猿でもないことはわかりますから」

「おっしゃるとおりです、ハント先生」ダンチェッカーはうなずいた。「縮小した犬歯は上歯の前に出てはいません。それに、この特徴的な歯の尖り具合……いずれも、明らかに人間のものです。同様に、顔の下半分はこのとおり平らですし、眼窩の上の突起も見られません……額は広いし、顎もすっきりと引き締まっています……それから頭の丸み。すべて、現代の人間が祖先から受け継いだ特徴です。ここで重要なのは、こうした細部の特徴が、死体は正真正銘のヒトであることを示している点です。外見が似ているだけではなくですね」

教授はスライドをはずした。スクリーンの光が一瞬室内にあふれた。顕微鏡を覗いていた研究員の一人が低く悪態を吐くのを聞いて、教授は慌てて光源のスイッチを切った。新たに三枚のスライドをスクリーンにセットしてから、彼は再び光源を入れた。上半身と腕、それに足の写真だった。

「同様に、胴体もわれわれ人間と少しも変わりありません。肋骨の構造も同じ……広い胸とよく発達した鎖骨……骨盤の配置も正常です。人間の骨格の中で最も際立った特徴を備えているのは足です。この足で人間は他の動物には真似のできない、大股で力強い独特の歩き方をするわけです。人体の構造をよくご存じなら、この写真の足がどこを取っても完全に人間のものであることがおわかりでしょう」

「あなたの言われるとおりでしょう」ハントは頭をふって、こだわりなく言った。「だとすれば、別に変わったことはないわけですね」

「重大なのは、ハント先生、その何も変わったところがないという、それ自体ですよ」

ダンチェッカーはスクリーンの光源を切ってからスライドをはずした。出口へ向かいながら、コールドウェルはハントをふり返った。

「こういうことは、そうやたらにあるという性質のものじゃありませんよ」彼は低く声を落として言った。「どうしても、その……異例の行動が必要になってきます。それはおわかりですね？」

ハントはうなずいた。

廊下を抜け、短い階段を上がり、さらに廊下を行くと「無菌区」と赤字で大きく記されたう側に出た。

二重ドアに突き当たった。最初のドアを入ったところで彼らは外科医の手術用のマスクと帽子、ガウンと手袋、それにオーバーシューズに身仕度を整えてから、奥のドアを抜けて向こう側に出た。

最初の一室では皮膚と体組織の試験が行なわれていた。死後現在に至るまでの長い長い時間に失われたと考えられる物質を付加することによって、試料は可能な限り本来の姿に近い状態を回復しているとみなされていた。総じてそれまでの試験の結果は、チャーリーが体の構造のみならず、化学組成もまた人間と少しも変わらぬことを立証したにすぎなかった。ただし、何種類かの未知の酵素が発見されていた。動態コンピュータ・シミュレーションの結果から、それらの酵素は現代人の食料には含まれていない蛋白質の消化を助ける働きを持つものと想像された。ダンチェッカーは〝時代は変わる〟という曖昧な根拠でこの僅かに知られた特異性を黙殺しようとする傾きがあった。これはハントから見ればいささか気に懸かることであった。

次の部屋では宇宙服をはじめ、死体と共に発見された各種の装置道具の研究が進められていた。最初に一行の前に取り出されたのはヘルメットだった。後頭部から顱頂部へかけては鈍く黒光りのするコーティングを施した金属から成り、額から下は両耳まで拡がる透明のヴァイザーになっていた。ダンチェッカーはヘルメットを取り上げ、頸部の開口部から手を入れてハントらに示した。フェイスピースを通して教授のゴム手袋をした指がはっきり見えた。

「これを見てください」ダンチェッカーは傍らの実験台から強力なクセノン・ランプの懐中

電灯を取り上げて言った。彼がランプの光条をフェイスプレートに当てると、たちまちその部分が黒く変わった。光の輪に丸く区切られた黒い斑の周辺から覗くと、ヘルメットの中の明るさはほとんど変わっていないのがわかった。ダンチェッカーが懐中電灯をふるのにつれて黒い丸はヴァイザーの上を移動した。

「防眩機構組み込みですね」グレイが言った。

「ヴァイザーは調光クリスタルでできています」ダンチェッカーは説明した。「投射光に直接反応します。それも、強い照度に対して、反応の立ち上がりが非常に早い。このヴァイザーはガンマ線も遮ります」

ハントはヘルメットを受け取って仔細にあらためた。外側の微妙な曲面には彼はほとんど関心がなかった。内側を見ると、顱頂部にあたるところに何か取りはずした跡らしい窪みがあり、細いワイアーとジャックがいくつか覗いていた。

「そこの窪みには、実に完備した超小型送受信装置が格納されていました」ハントの関心を察してダンチェッカーは説明した。「両側のグリルの中がスピーカーになっています。マイクは、ちょうど額の上あたりに組み込まれています」彼はヘルメットの中へ手を入れて、ヘルメットの天井から双胴の折り畳み式ペリスコープを引き出した。ペリスコープはちょうどヘルメットをかぶる者の目の位置にカチリと音を立てておさまった。「ヴィデオも組み込んであります」ダンチェッカーは言った。「胸のパネルで操作するようになっています。ヘルメットの前頭部の小さな穴にカメラが一式内蔵されていました」

ハントはなおもヘルメットをもてあそびながら、無言のまま、あらゆる角度からそれを観察した。二週間前、彼はメタダインの自分のデスクで雑用を整理していた。彼のいかに放恣(ほうし)な想像をもってしても、近い将来、全人類の歴史を通じてとは言わぬまでも、今世紀最大の衝撃の発見と呼ぶに値するものをその手に乗せることになろうとは夢にも考えられぬことだった。鋭敏な彼の頭脳すらが目(ま)のあたりにした事実を容易に受けつけようとしなかった。

「ここに内蔵されていたというエレクトロニクス部品を見せてもらえますか？」ややあってハントは言った。

「今日は無理ですね」コールドウェルが答えた。「エレクトロニクス関係は別のところで調べているのです……バックパックの中身も大部分そっちへ行っています。今のところは、分子回路(モレキュラー・サーキット)に関する限り、チャーリー一族は非常に高い技術を持っていたというだけで勘弁してください」

「バックパックは超小型精密機器の傑作です」ダンチェッカーは先に立って次の部屋に向かいながら言った。「すべての装置および加熱用の主力パワー・ソースは紛(まぎ)れもない原子力であることが判明しています。加えて、水の循環装置、生命維持システム、非常用電源装置と通信システム、酸素液化装置……これが全部このバックパック一つにおさまっているんですからね」教授は中身を除去したバックパックの風袋(ケーシング)を持ち上げて、一同に見せてから台に戻した。「他にもいくつか装置がありますが、今のところまだその機能はわかっていません。皆さんのうしろに、私物が並んでいます」

教授は死体と共に発見された各種の物品を博物館の展示のようにきちんと並べたもう一つの台に移った。

「ペンです……現在使用されている圧力式のボールペンとほとんど変わりありません。軸の尾部を回すと色が変わるようになっています」彼はいくつかの金属片が蝶番の開閉でポケットナイフのように鞘におさまるようになっている道具を手に取った。「これはおそらく、鍵の一種だろうと思われます。金属片の表面に磁気コードが書き込んでありますから」テーブルの一か所に何やらぼろぼろの紙片と思しきものがまとめられていた。その一部にはかろうじてそれとわかる記号のようなものが書き込まれていた。その隣にポケット版の手帳が二冊並んでいた。いずれも半インチほどの厚さだった。

「わけのわからないがらくたです」ダンチェッカーはざっとテーブルを見渡して言った。「手帳はある種のプラスチック繊維で漉いた紙でできています。ところどころに印刷された文字と手書きの文字が見られますが、もちろん、内容はわかりません。なにしろページがひどく傷んでいましてね、うっかり触るとばらばらになってしまうおそれがあるもので」教授はハントに向かって一つうなずいた。「これもまた、手を着ける前にトライマグニスコープでできるだけ詳しく調べたいと考えている対象の一つです」彼は残りの小物を指さして、あまり気のない口調でざっと説明した。「ペンサイズの懐中電灯。それから、これはある種の小型火焔放射器と思われます。ナイフ。ペンサイズの電動ドリル。柄の中に径の違う刃が一式揃っています。食糧および飲料容器……ヘルメットの顎のバルブにチューブで繋がるようになっています。ポケット・フォルダー……財布のようなものでしょう。これも傷みがひどくて、中を開けて見るわけにはいきません。下着の替えが数点。個人用の衛生用品。金属片……何に使うものかわかりません。他にポケットにいくつかエレクトロニクス装置がありましたが、それは通信機器等と一緒に他所へ移しました」

出口へ向かう途中、一行は低い台座に立った等身大の人形に着せられた真紅の宇宙服のまわりにかたまった。一見したところ、人形のプロポーションは平均的な人間のそれとどことなく違っているように思われた。五フィート六インチの人間としては太りぎみで、脚が短い。もっとも、宇宙服は体にぴったり貼りつくように作られていないので、外見からは即座に判断がつきかねた。ハントはブーツの底が異常に厚いことに気がついた。

「スプラング・インテリアです」ハントの視線を辿ってダンチェッカーが説明した。

「何ですって?」

「これは実によくできていますよ。靴底の素材の機械的な特性が、加えられる圧力に応じて変化するのです。普通の速度で歩く時は靴の底は比較的柔軟です。ところが、大きな力が加わると……例えば、跳躍したような場合ですね、靴の底は非常に硬いスプリングのような性質を帯びるのです。月面の引力でカンガルー跳びをやるには理想的ですよ……体重が軽くなることを利用しながら、一方では通常の慣性が働くんですから」

「さて、ご両所に」それまでずっと満足げに脇に控えていたコールドウェルが言った。「いよいよお待ちかねのチャーリー本人に会っていただきますかな」

彼らはエレベーターで研究所の地下に降りた。明るく照らされた白いタイルの壁に沿って廊下を行くと大きな鉄のドアがあった。ダンチェッカーが壁面に嵌め込まれたガラス板に親指を当てると、ドアは彼の指紋を認識して音もなく横に滑った。同時に間接照明ながら極めて明るい白色光が室内にあふれた。

低温室だった。壁面の大部分は制御盤や分析装置、そして金属の光沢も眩いばかりの試験器具をおさめたガラスのキャビネットで占められていた。室内は手術室のようにすべてが淡緑に統一されていた。いかにも清潔に保たれているらしい室内に立った気持ちも手術室と同じだった。片隅に、太い一本の脚に支えられた大きな台があり、その上に規格はずれの大きなガラスの棺とでも言うべきものが据えられていた。そして、そこに死体が安置されていた。教授は無言のまま、ゴム引きの床にオーバーシューズを軋らせて、先に立って室内を横切った。小集団はテーブルを取り巻き、畏怖するかのように声もなく目の前に仰臥する死体を見つめた。

死体は胸の下から爪先まで布に覆われて横たわっていた。手術室のような環境でそれを見ると、その日の朝コールドウェルのオフィスのスクリーンに映った異様な光景から受けた激しい衝撃も薄らぐかに思われた。後には純粋な科学的好奇心だけが残っていた。ハントは歴史の黎明にある文明の中に生き、成長し、そして死んで行った者の遺体を、手を伸ばせば触れることができるほど間近に見ていることに圧倒されるような思いを味わった。彼はしばらくのあいだ、時間の経つのも忘れてただじっと死体に見とれていた。多少とも意味のある質問や言葉は頭に浮かばなかった。この不思議な相手の生きた時代や、その生きざまについてさまざまな想像が脳裡を走った。はっとわれに返ると、教授が再び滔々とまくし立てていた。

「……むろん、まだこの段階ではこれが単にこの個体に偶然起こった発生学的変異か、この個体が属していた種の一般的特色であるのか断言はしかねますが、眼窩および頭蓋各部の測定から判断して、この体格としては現代人にくらべていくらか目が大きいと考えられるのです。つまり、彼は現在地球人が見ているような明るい太陽の光を知らなかったのではなかろうか、ということです。それに、鼻腔の長さを見てください。長時間のあいだに萎縮したことを考えると、異様に長い。それだけ空気を暖めなくてはならなかったわけです。つまり、彼は比較的寒冷な気候の中で生きていたことになります……同じことは現代のエスキモーについても言えるのです」

ダンチェッカーは片手をふって死体の身長を示した。「加えて、どちらかと言えばずんぐりした体格も寒冷な環境によく適応しています。丸く脹らんだ物体は、細長いものにくらべて単位容積当たりの表面積は小さくなります。つまり、その分だけ放熱量が少ないということです。これはエスキモーのずんぐりした体形と、黒人の四肢の長い細身の体をくらべればよくわかるでしょう。チャーリーが生きていた頃、地球は更新世氷河期最後の寒冷時代にさしかかっていたことがわかっています。当時地球上にいた生物は、おそらく百万年ほどかかって、寒さに適応していったと思われます。それに、その氷河期は地球に達する太陽の輻射熱が減少したために生じたと考えるに足る理由がありますね。その頃、太陽とそれを取り巻く惑星は、異常に密度の高い宇宙塵の中を通過したのです。ところで、氷河期はほぼ二億五千万年の周期で地球を襲っています。これはわれわれ銀河系の回転周期です。単なる偶然の一致ではありませんよ。以上のようなわけで、ここにある死体に見られる寒冷な環境への明らかな適応、日照が少なかったことを暗示する特徴、年代測定から確実と考えられる生存期間、と見ていくとすべてぴたりと辻褄が合うのです」

ハントは釈然としない顔で教授を見た。「ということは……すでにあなたは、この遺体が地球人であると確信しておいでなのですか?」驚きを隠しきれぬ声で彼は言った。「ですから、その……まだそう結論するのは少々早すぎはしませんか?」

ダンチェッカーは侮辱を露に昂然と顔を上げ、いかにもじれったそうに眉をそびやかした。「いいえ、これはもう明白です。ハント先生」彼はできの悪い生徒を叱る教師の口ぶりで言った。「今まで見て来たことを考えてごらんなさい。歯、頭蓋骨、骨格、諸器官の形と配置。わたしは、彼がわれわれと同類であることを強調する目的であえてそれらの特徴を指摘しました。彼がわれわれと同じ祖先から出た者であることは疑問の余地がありません」教授は顔の前に手を上げて前後にふった。「そうです。他に考えようはありません。チャーリーは、現代の人間および地球上のすべての霊長類と同じ進化の系統に属しているのです」

グレイが首をかしげて言った。「さあて、それはどうですかね。ヴィックの言うことにも一理あると思いますよ。つまりね、事実この生きものが地球に住んでいたとすればですよ、もっと以前に発見されているはずじゃありませんか?」

ダンチェッカーは聞く耳持たぬとばかりわざとらしく溜息をついた。「わたしの言うことを疑うとおっしゃるなら、もちろんそれはそちらの自由です。しかし、生物学および人類学の学徒として、わたしは今申し上げた結論を裏づける充分すぎるほどの証拠を摑んでいるのですよ」

ハントがとうてい納得しかねる表情で言い募ろうとするのをコールドウェルが遮った。

「まあまあ、落ち着いて。この何週間かこの手の議論でお互い少々うんざりしているんじゃあないかね」

「そろそろ食事にしたほうがいいと思いますけど」リン・ガーランドが狙いすましたタイミングで割って入った。

ダンチェッカーはふいに向きを変え、体毛の密度や皮下脂肪の厚さといった数字を並べながら出口のほうへ歩きだした。今しがたの衝突を記憶の外へ追い払おうとしているに違いなかった。ハントは行きかけて、今一度台の上の死体を見つめた。一瞬グレイと目が合った。エンジニアの口の端がぴくりと引き攣った。ハントはそれとはわからぬほど微かに肩をすくめた。まだ台の脇に立っていたコールドウェルはこの密かなやりとりを見逃さなかった。彼はダンチェッカーの後ろ姿に目をやり、思案顔で眉を寄せながらイギリス人たちに視線を戻した。やがて、彼は数歩遅れて一同のしんがりに付いた。コールドウェルはひとりゆっくりとうなずき、微かな笑いを浮かべていた。

ドアが音もなく閉まり、部屋はもとの暗黒に還った。

7

ハントは両肩に手をやり、椅子の背に凭(もた)れて反(そ)り返ると研究室の天井に向かって大きく欠伸(あくび)をした。しばらくそのままの姿勢を保ってから、彼は溜息(ためいき)と共に体を起こした。大儀そうに手の甲で目をこすると、彼は再びコンソールに向き直り、さらに、傍の高さ三フィートのガラスの円筒の側壁に視線を凝(こ)らした。

トライマグニスコープのブラウン管であるそのガラスの円筒に今しも映し出されているのは、三週間前のヒューストン到着第一日にダンチェッカーが彼らに見せた、あの死体と共に発見された手帳の拡大像であった。手帳そのものは研究室の奥の、走査機(スキャナー)モジュールの中に置かれていた。スコープは手帳のページの縁(へり)に認められる濃淡の変化を読み取って映像を送り出すように調整されていた。ちょうどトランプをばらしたように、手帳の前半が除去された形で中程の一ページの映像が現われていた。年代が古く、保存状態も悪いため、映像は画質が劣り、ところどころ空白な部分が残っていた。この映像をさらにTVカメラで光学的に撮像し、それを信号に変換してナヴコムのコンピュータ・コンプレックスに入力するのである。入力された情報はそこでパターン認識と統計解析の手法によって処理され、欠落部分が補完されて、拡大されたハード・コピーとして出力される。

ハントは制御卓にずらりと並んだ小型のモニターを凝視した。それぞれのモニターにはページの細部が映し出されていた。彼はキーボードに指令を打ち込んだ。

「五番モニターの解像度が悪いな」彼は言った。「座標で言うと、X一二〇〇から一三八〇、Y九九〇から……ああ、一〇七五だ」

数フィート離れた別のコンソールにロブ・グレイが陣取っていた。彼はスクリーンと操作盤にほとんど埋もれるばかりだった。ほの暗い光を放っている夥しいスクリーンの一つを見て彼は言った。

「Zモードは視野を真っすぐ横切っています。ブロック・エレベートしてみますか?」

「そうだな、やってみてくれ」

「Zステップ二〇〇から二一〇にセット……増幅ポイント一……ステップ零コンマ五秒」

「待った」ハントは手帳の厚みを通して抽き出されたページの面が局所的に変形し、モニターの映像が鮮明になっていくのを見守った。

「おっと、そこだ」彼は叫んだ。

グレイはキーを叩いた。「いいですか?」

ハントは修正された映像を眺めた。

「被写体の中央はこれではっきりしたな」しばらくして彼は言った。「今の修正で四十パーセントまでは面が出た。しかし、どうも周辺部分がもう一つだな。センター・ポイントの断面をくれないか」

「どのスクリーンへ出しますか？」

「ええと……七番へ頼む」

「了解」

彼らが作業している限定されたページの断面を示す曲線がハントのコンソールに映し出された。しばらくそれを見つめてから彼は指示を飛ばした。

「この部分は内挿法で修正しよう。区間は、そうだな、Yのマイナス五から三十五パーセントにセットしてくれ」

「媒介変数をセット……今、演算中です……演算終了……」グレイは声を張り上げた。「これから走査プログラムに集約します」映像が再び僅かに変わった。画面は目に見えて鮮明になった。

「まだ外周部がはっきりしないな」ハントは言った。「四分の一と四分の三のポイントをプラス一〇ほど押してみてくれないか。それで駄目なら全部ご破算にして、汎深度周波帯でやるしかないな」

「ポイント二五〇、ポイント七五〇、プラス一〇」グレイはキーを叩きながら復唱した。「インテグレートしました。どうです？」

ハントのモニターに映し出された手帳のページに、魔法で呼び出されたかのように文字らしき形が浮かび上がった。ハントは満足げにうなずいた。

「いいだろう。これで固定してくれ。ようし……ここはこれで片づいたぞ。ずっと上の右手のほうにぼやけているところがあるな。次は、あれ行こう」
スコープの据え付けが完了してからというもの、彼らの毎日は多かれ少なかれこうした作業のくり返しに終始していた。最初の週、彼らはもっぱら死体の断層写真を撮って暮らした。チャーリーは冷凍状態に保たなくてはならないとする医学関係筋の主張を入れて着心地の悪い電熱服で作業することを余儀なくされ、これにははなはだ閉口したが、彼らにとっては記念すべき仕事だった。結果はいささか拍子抜けだった。断層写真の示すところによれば、チャーリーは外見のみならず、体の中も驚くほど……いや、当然と言うべきだろうか。それは見方による……人間に近かった。二週目に入って、彼らは死体と共に発見された所持品の検分にかかった。一連の反古と手帳がその焦点であった。極めて興味深い事実が浮かび上がった。

手帳に書かれた記号から、まず数字が解明された。ナヴコムの司令部に呼び集められた暗号解読班はたちどころにチャーリーの世界の数の体系を明らかにした。そこでは十進法ではなく、十二進法が使われており、数字は小さな位が左に置かれていた。数字以外の記号の解読は困難であった。数か国の研究所や大学の言語学者たちが動員され、コンピュータ網でヒューストンと連絡を取りながら月世界語解読の努力を重ねていた。発見された場所に因んで、チャーリーの種族は今ではルナリアンと呼ばれていた。これまでのところ、彼らの努力ははかばかしい収穫を上げているとは言えず、僅かにルナリアン語は三十七文字のアルファベットから成り、右から左へ横書きされ、大文字に相当する字があるということが知られたのみである。

とはいえ、これだけの短日時の成果としては決して捨てたものではなかった。関係者の大半は、スコープがなければこれだけの結果すらとうてい得られなかったであろうことを知っていた。今や二人のイギリス人の名は局内外に知れわたっていた。ＵＮＳＡの技術関係者たちはトライマグニスコープに深い関心を示し、オーシャン・ホテルには毎晩訪問者が引きも切らずに押しかけた。いずれも、この装置の共同開発者である二人に直接会って、スコープの原理や構造についてより詳しく知りたがっている者たちだった。ほどなく、オーシャン・ホテルはチャーリーの謎をめぐって想像を逞しくする者なら誰でも参加することのできる自由討論会場となった。彼らは専門家の慎重な身構えを忘れ、勤務時間中、その職掌の然らしめるところで時として抱かざるを得ない懐疑から解放されて存分に意見を戦わせた。

コールドウェルは、当然、そこで誰がどんな発言をし、それが周囲にどう受け取られたかを全部知っていた。リン・ガーランドが討論の模様を逐一司令部に報告して、言うなればホットラインの役を果たしていたからである。誰もそれを咎め立てしたりはしなかった。要するに、それもまた彼女の仕事なのだ。彼女がナヴコムに勤務する他の女の子たちを連れてくるようになると、技術者たちはそれを大いに歓迎した。討論会の場に華やいだパーティーの雰囲気が加わったからである。他所の街からやってくる技術者たちもこの成り行きを楽しんでいたが、一方、そのために国もとでは対人関係に緊張を招いた例も二、三ないではなかった。

ハントは止め(とど)を刺すかのようにキーボードを叩いて椅子の背に凭れ、ようやくページの全体を捉えた映像を吟味した。

「悪くないな」彼は言った。「ここまでやればもう修正の必要はないだろう」

「上等」グレイは満足げに言って煙草(たばこ)をつけ、乞(こ)われる先にハントに箱を投げ渡した。「オプティカル・エンコーディング終了」スクリーンを見上げて彼は言い足した。「これで六十七ページは定着ですね」グレイは立ち上がり、ハントのコンソールの脇に寄って陰極管(タンク)の映像をとっくり眺めた。しばらくは無言だった。

「数字が並んでいるところを見ると」やがて彼は言わずもがなのことを口にした。「こいつは何かの表みたいなものじゃないですかね」

「そんなところかな……」ハントは上の空で答えた。

「ううむ……縦横に並んだ数字……表罫(おもてけい)と裏罫……これだけじゃ何とも言えないな。燃費の一覧表……番線のゲージ……何かの時刻表。どうとでも取れるからなあ」

ハントは答えず、ときおりスクリーンに煙草の烟(けむり)を吹きかけながら、首を左右交互に傾けていた。

「こう見ていくと、桁違いに大きな数字は一つもないな」しばらくして彼は言った。「どれを取っても二桁を超えることがない。十二進法だといくつになる？　最大百四十三だな」彼は腑に落ちぬ顔で言った。「この最大の数字は何を意味するんだろう?」

「ルナリアンの数字と十進法の換算表がどこかその辺にありますよ。調べてみますか?」

「いや、今は止しておこう。そろそろ昼食だしな。今晩、オーシャンへ帰ってから調べてみてもいいがね」

「この表で、一と二はわかりますね」グレイは言った。「それから、三……ねえ、ちょっと。この大きい箱の右側の列を縦に見てごらんなさい。数字が小さい順になっているでしょう」

「そのとおり。それに、ほら……同じパターンが何度もくり返されている。何らかの周期的な配列になっているんだ」ハントは眉を寄せてスクリーンの数字を見つめた。「それと、もう一つ……両側に一連のアルファベットがあるな。これも同じ組み合わせ、同じ間隔で全ページに何度も出てくる……」彼はふっと口をつぐんで顎をさすった。

　グレイは十秒ほど待ってから尋ねた。「見当がつきましたか?」

「さあてね……一からはじまって順に数字が並んでいる……周期がある……一周期ごとのグループにアルファベットがふってある。このパターンがくり返されてもう一つの大きなグループを作っているな。で、その大きなグループがさらに反復されている。ちゃんと法則があるんだ。連続性を持って……」

　背後のドアが開いてハントの呟きを絶った。リン・ガーランドが入ってきた。

「ハイ、皆さん。今日の演目は何?」彼女は二人の間に割り込んでスクリーンを覗いた。

「あら、表だわね。わあ、面白い。これはどこから? 例の手帳?」

「やあ、ラブリー」グレイはにっこり笑った。「そのとおり」彼は走査機モジュールのほうへ顎をしゃくった。

「やあ」ハントはやっとスクリーンの映像から目を離して彼女をふり返った。「何のご用かね？」

リン・ガーランドはすぐには答えず、なおも映像に目を凝らした。

「これ、なあに？　わかっているの？」

「それが、まだなんだ。今もそれを話しているところへきみが来たんだよ」

彼女はつかつかと研究室を横切り、上体を屈(かが)めてスキャナーの中を覗いた。小麦色の形のよい脚と、薄地のスカートの下にこれ見よがしに盛り上がったヒップに、二人のイギリス人科学者は嬉(うれ)しそうに視線を交わした。彼女はもとに戻って今一度スクリーンの映像をあらためた。

「わたしが見たところ、どうやらこれはカレンダーね」彼女は反論を寄せつけぬ声できっぱりと言った。

グレイは笑った。「カレンダーか、え？　やけに自信たっぷりじゃないか。すると何かい……きみは絶対に間違うことのない女の直観を披露しようっていうわけか？」彼は頭から取り合わぬ態度で冗談めかして言った。

彼女はぐいと顎を突き出し、両手を腰にあてがって挑(いど)むようにグレイに向き直った。「いいこと、英人(ライミー)さん、わたしにだって意見を言う権利はあるわ。そうでしょう？　だからわたしは言ったのよ。今のはわたしの意見よ」

「わかったよ、わかったよ」グレイは両手を上げた。「ここでまた独立戦争をおっぱじめるのは止しにしようよな。ちゃんと研究室の記録に書いておくからさ。〝リンの意見としては……〟」

「笑いごとじゃあないぞ！」ハントの声にグレイは言葉を切った。ハントは食い入るようにスクリーンを見つめていた。「いや、本当にそうかもしれない。まさしく、彼女の言うとおりかもしれないぞ」

グレイは半信半疑の体でスクリーンをふり返った。「何でまた？」

「そうだろう、よく見てみろ。この大きな数字のグループは、月に相当するんじゃないか？で、この、アルファベットをふった一連の数字は週、個々の数字が日だよ。考えてみれば、どんな方式のカレンダーでも、日と年は自ら基本的な単位になるはずじゃあないか。わたしの言う意味はわかるだろう？」

グレイは首をかしげた。「さあ、どうですかねえ」彼はゆっくりと言った。「地球の一年とは違うでしょう。だって、そうじゃないですか。ここには三百六十五よりもずっと多い数字が並んでいますよ。それに、月であるかどうかはともかく、この数字のグループだって十二以上あるでしょう……ねえ」

「そのとおりだよ。面白いじゃないか」

「言っときますけど、わたし、まだここにいるのよ」背後で小さな声がした。二人は半ばふり返り、場所を開けてリンを話の仲間に加えた。

「失礼」ハントが言った。「つい夢中になっていたもので」彼は頭をふり、信じ難いという顔つきでリンを見つめた。

「それにしても、いったいきみはどうしてこれをカレンダーだと言ったのかね？」

彼女は肩をすくめて唇を尖らせた。「正直言って、なぜだか自分でもわからないわ。でも、あの手帳、日記みたいな感じでしょう。日記には必ずカレンダーがついているわ。だから、これはきっとカレンダーよ」

ハントは溜息をついた。「科学技術も形なしだね。しかしまあ、ともかく一応その線も当たってみよう。後でそこで考えられたことを分析して……」彼はリンに向き直った。「いや、もっといいことがある。これはきみにやってもらおう。きみの発見だからね」

彼女は警戒する様子で眉を顰めた。「わたしにどうしろっていうの？」

「そこの、マスター・コンソールに坐ってごらん。ああ、そうだ。じゃあ、コントロール・キーボードの作動ボタンを押して……その赤いボタンだよ。そう、それそれ」

「で、どうするの？」

「今から言うとおり、キーを打つんだ。FCコンマ、DACCO7スラッシュ、PCH、ドット、P67スラッシュ、HCU、ドット、1。どういうことかというとね、〝ファンクショナル・コントロール・モード、データ呼出しプログラム、サブシステム第七号、検索見出し〈プロジェクト・チャーリー、ブック・ワン〉六十七ページ、光学読み取り、ハード・コピー一部出力〟」

「今のが？　本当？　わあ、面白い」

ハントがもう一度ゆっくりくり返すのを聞きながら彼女はコンソールに指示を入力した。たちまちスキャナーの隣の出力装置が唸りを発し、数秒後、付属の受け皿に一枚の艶のある紙を吐き出した。グレイがそれを取りにいった。

「完璧だ」彼はもったいぶって言った。

「これでわたしもスコープの専門家ね」リンははしゃいで言った。

ハントはコピーにざっと目を通してうなずき、コンソールの上のフォルダーに押し込んだ。

「持って帰って宿題をやるの？」リンが尋ねた。

「ホテルの部屋の壁紙が気に入らないものでね」

「ウォキンガムのアパートの寝室はね、壁中に相対性理論が貼ってあるんだ」グレイがこっそり他人の秘密を洩らす口ぶりで言った。「キッチンの壁は波動力学」

リンは不思議そうな顔で二人の科学者を見くらべた。「あのね、あなたたち、狂ってるわ。二人とも。狂った同士よ。今までわたし、遠慮していたんだけど、でも、誰かが言わなくちゃね」

ハントはしかつめらしく彼女を見返した。「きみはわたしらが狂っているなんて言うために、わざわざこの部屋に来たわけじゃあないだろう」厳しい口調で彼は言った。

「実を言うとね……おっしゃるとおり。もともとウェストウッドに来なくてはならない用事はあったんだけど。今朝、ちょっとしたニュースが入ったのよ。お二人には興味があることだろうと思って。グレッグがソヴィエトの研究者から聞いた話でね、向こうのさる工学材料試験所で、ソヴィエトが手に入れた珍しい合金をテストしたところが……これまでにはまったく知られていない特性が次々に明らかにされたんですって。その合金というのがね、何と月で発掘されたものなのよ。何でも、雨の海（マレ・インブリウム）付近ですって。それにね……年代測定をしたところが、約五万年前のものとわかったんですって。どう？　興味ある？」

グレイは口笛を鳴らした。

「いずれ別の何かが現われることは、時間の問題だったんだろうな」ハントはしきりにうなずいた。「もっと詳しいことはわかるかね？」

リンはかぶりをふった。「残念ながらね、でも、今夜オーシャン・ホテルで誰かに訊（き）けば多少のことはわかるんじゃないかしら。ハンスが来たら、彼に訊くといいわ。そのことで、グレッグといろいろ話していたから」

ハントは大いに関心をそそられた様子だったが、彼女にそれ以上質問してもさしたる情報は得られないと判断していた。

「グレッグはどうしてる？」彼は尋ねた。「最近、笑顔を見せる努力をしているかね？」

「意地悪ね」彼女は詰（なじ）るような目でハントを見た。「グレッグはどうもしてないわ。彼は忙しいの。それだけのことよ。今度のことが持ち上がる前から、彼はたくさん問題を背負（しょ）い込んでいるのよ。それくらいの察しがつかないの？」

ハントは彼女と言い合う気はなかった。この数週間、彼はコールドウェルが全地球規模で動員をかけた人材の幅の広さをまざまざと示す場面にしばしば出会っていた。本部長の組織力や、反対意見を抑えつける強引な手腕には舌を巻かずにはいられなかった。それはそれとして、以前からハントの胸に、微かながらある個人的な疑惑がきざしていた。

「じゃあ、局全体としてはどんな調子かね？」彼は努めて無表情に尋ねた。勘の鋭い女はそれが装われた態度であることを見逃しはしなかった。リンはそれとはわからぬほど僅かに目を細めた。

「どんな調子かって、こっちでやっていることはひととおりごらんになったはずでしょう。そちらはどう思ってらっしゃるの？」

ハントは切り返された質問を軽く受け流した。

「わたしにはかかわりのないことだよ。そうだろう。わたしたちは、要するに機械のお守り役でしかないんだからね」

「いえ、そうじゃなくて……わたしが知りたいの。ねえ、どんな感じ？」

ハントはわざとらしく大袈裟な動作で煙草を揉み消し、眉を顰めて額を掻いた。

「あなたにも意見を言う権利があるわ」彼女は食い下がった。「憲法で保障されているのよ。だから、意見を聞かせて」

言い逃れもできず、彼女の大きな茶色の目を避ける術もなかった。

「情報はどんどん集まっているよ」彼は仕方なく一歩譲った。「兵隊さんたちは実によくやっている……」彼は、だがしかし、という気持ちを言外にほのめかした。

「でも、どうだっていうの？」

「問題は……そうやって集積された情報をどう解釈するかだよ。上のほうの情報の扱いを見ていると、どうも教条的にすぎるというか……いかにも融通がきかないんだね。これまで自分たちが取ってきた考えからはずれたところでは何一つ理解しようとしない。視野があまりにも狭量なんだ。自分の信じ込んでいる以外の可能性を頑として拒絶している」

「例えば？」

「うん、そうだね……例えば、ダンチェッカーを見てごらん。あの男は生涯オーソドックスな進化論を信奉してきたらしいね。だから、チャーリーは地球人でなくてはならないわけだ。それ以外の可能性は認められない。彼にとっては、確立された理論は絶対に正しいものであって、これはもう動かせないんだよ。だから、その理論に適うようにすべてを解釈しなくてはならないんだ」

「じゃあ、ダンチェッカーは間違っているの？　チャーリーはどこか別の世界から来たの？」

「いや、そうは言っていない。あるいは、ダンチェッカーの言うとおりかもしれないさ。わたしは彼の結論をどうこう言っているんじゃあないんだ。問題はその結論に至る過程だよ。チャーリーの謎を解決するには、もっともっと広い視野と柔軟な考え方が必要なんだ」

リンはハントの言葉に何やら思い当たる節がある様子でゆっくりとうなずいた。

「きっとそんなふうにおっしゃるだろうと思っていたわ」彼女は思案顔で言った。「グレッグが聞いたら喜ぶわ。あの人も同じ気持ちですもの」

ハントは彼女がたまたま話のついでに質問を発したのではあるまいと思った。彼はしばらく探(さぐ)るようにリンの顔を見つめた。

「グレッグが喜ぶっていうのは？」

「ええ、意外でしょうね。グレッグはね、あなたがた二人のことをよく知っているの。グレッグは何であれ、他人の意見には興味があるのよ。彼は人間に関心があるの。グレッグは人間観察の天才よ。彼は何が人間を駆り立てるか知っているわ。そこが彼の仕事の一番厄介(やっかい)なところよ」

「つまり、人間関係で頭を抱えているということか」ハントは言った。「だったら、何とか手を打ったらいいだろうに」

リンはふいに態度を変え、そんなに深刻な話ではないという顔をした。当面、知るべきことは知ったとでも言いたげだった。

「もちろん、彼はそのつもりよ……今、時機を窺(うかが)っているんだわ。グレッグはタイミングということもよく心得ているから」リンは話を打ち切ることにした。「さあてと、もう食事の時間ね」彼女は立ち上がり、左右の男に腕を絡めた。「狂ったライミー二人で哀れな植民地の女の子に一杯おごってくれないかしら」

8

ナヴコム司令部の大会議室で開かれた進行会議はすでに二時間以上におよんでいた。中央の大きなテーブルを二十数名の学者、技術者が囲み、ある者は端坐し、またある者は脚を投げ出して椅子の背に凭れていた。テーブルの上は資料や書類、吸殻のあふれた灰皿、飲みさしのグラスなどで雑然としていた。

これまでのところ、取り立てて出席者の関心を煽る話題は出ていなかった。次々に発言者が各自の領域における試験の最新の結果を報告したが、それらを総合すると、チャーリーの循環器系、呼吸器系、神経系、内分泌腺、淋巴腺、消化器、その他考えられる限りの組織、構造は現在テーブルを囲んでいる者たちと何ら変わりはないということであった。骨格も、体の化学組成も現代人と同じだった。血液型も特殊ではなかった。頭脳の体積と発達の度合いは通常のホモ・サピエンスの範囲に属していた。また、大脳半球の状態からチャーリーが右利きであったことも判断された。生殖細胞が内蔵する遺伝情報も分析された。現代の平均的な女性から抽出された遺伝情報とチャーリーのそれをコンピュータ・シミュレーションによって掛け合わせたところ、その結合から生まれる子孫は何ら異常なく、完全な比率で両親の遺伝形質を受け継ぐことがわかった。

ハントは非公式な招待研究者の立場をわきまえて会議中はほとんど発言を控え、受け身の傍聴者に甘んじていた。そもそも自分がなぜこの会議に出席を求められたのか、彼は内心首をかしげずにはいられなかった。ハントの名前が出たのは、会議開催に先立ってコールドウエルが挨拶（あいさつ）した中で、トライマグニスコープの貢献は測り知れぬものがある、と通り一遍（いっぺん）の謝辞を呈した時だけであった。それに対してテーブルの周りに賛同の呟（つぶや）きが拡がったきり、装置の開発者はまるで忘れ去られたかのようであった。ハントに会議のことを伝えたのはリン・ガーランドだった。「月曜日に会議があるわ。グレッグが、あなたに出席して、スコープに関する細かい質問に答えてもらいたいって」それで彼は会議の席に連なることになったのだ。が、開会後、誰一人スコープについて細かい質問など発しようとはせず、ただ、スコープから得られたデータを要求するばかりであった。どこかで何か別の動機が働いているのではなかろうか、と、しっくりしない気持ちがハントの胸の奥で疼（うず）いていた。

コンピュータによって数値化されたチャーリーの性生活をめぐってひとしきりやりとりがあった後、ハントの向かい側に座を占めたテキサスの惑星学者の発言に促されて、議長はルナリアンは火星で進化したのではなかろうかとするその仮説に討論を進めた。火星は惑星の進化の過程において地球よりも遙かに後期の段階に達している。とすれば、地球よりもずっと早く知的生物の出現を見た可能性がある、というのがその惑星学者の論拠であった。反論の火の手が上がった。火星探検は一九七〇年代にはじまっている。ＵＮＳＡは長年にわたって衛星探査と有人基地による調査を続けている。にもかかわらず、ルナリアン文明の痕跡（こんせき）すら発見されていないではないか。答——月世界探検の歴史は火星とはくらべものにならないほど長い。その月世界で此度はじめて地球外文明の存在を物語る発見があったのだ。今後火星においてそのような発見がないとは言いきれない。再反論——ルナリアンが火星で進化したとすれば、当然そこには高度の文明が築かれていたはずである。月世界着陸の僅かな一例よりも、その背後にある文明社会は遙かに大きな遺跡を留めたに違いない。したがって、それが事実であるとすれば、火星においてもっと早くに発見が行なわれていなくてはならない。答——火星表面の浸蝕の度合いを考えれば、遺跡はほとんど拭い去られたか、あるいは埋没したことが想像される。少なくとも、地球上に何の痕跡も残されていないことはこれで説明される。それでは問題を別の舞台へ移すだけであって、何ら解決にはならない、と誰かが指摘した——仮にルナリアンが火星人種であったとしても、進化論が根底から覆されることに変わりはないではないか。

議論はいつ果てるとも知れなかった。

ハントはウェストウッドでひとりで頑張っているロブ・グレイのことを思った。毎日のデータ蒐集の仕事のほかに彼らは技術指導のプログラムを押しつけられていた。一週間ほど前に、コールドウェルからナヴコムの技術者四名をトライマグニスコープの一人前のオペレーターに仕込んでくれと頼まれたのだ。オペレーターを養成すれば昼夜兼行でスコープを稼動させることができ、研究の能率も上がるからだ、とコールドウェルは説明したが、ハントはもう一つ納得がいかなかった。ナヴコムはいずれスコープを何台か導入することになるだろうが、機会があるうちに自前の技術者を育てておきたいのだ、というもう一つの説明もハントは腑に落ちなかった。

あるいは、コールドウェルはナヴコムを技術的に独立した、スコープの設備を誇る研究機関にしようと企んでいるのかもしれない。しかし、何のために？　フォーサイス－スコットないしは誰か権威のある人物がハントをイギリスへ返せと圧力をかけているのだろうか？　もし、技術指導が彼をイギリスへ返すための段取りだとすれば、スコープがヒューストンに残されることは目に見えている。つまり、イギリスへ帰る早々、彼はプロトタイプの二号機を完成する大仕事にかからなくてはならないということだ。助けてくれ、だ。

とやこうするうちに、ルナリアン火星起源説は問題を解決するどころかかえって混乱させるばかりであり、しょせんは臆断にすぎないというところに落ち着いた。最後の体裁として議長が、「確固たる証拠欠如」を宣し、テーブルを囲む研究者たちはそれぞれのメモの研究指針欄に〈検討打切〉とそっと墓碑銘を記してこの議論を葬った。

次に暗号研究家がチャーリーの手稿と思しき文書に見られる文字の組み合わせパターンとその頻度について長々と報告した。すでに解読班はチャーリーの個人的な文書、財布の中にあった書類、手帳の一冊の内容の予備整理を終え、目下二冊目の手帳に取り組んでいるところだった。夥しい図表が出現したが、その意味するところはまだいっさい不明であった。一定の規則で組み立てられた記号と文字の列は数学の公式であることが予想された。表題と本文が明確に対置されているページもあった。ある特定の記号の組み合わせが頻出する一方、ごく稀にしか現われないものがあった。ある箇所に集中して現われる組み合わせがある反面、全編に平均してちりばめられているものもあった。図形や、統計数字と考えられるものも多数あった。報告者の熱意とはうらはらに、室内の空気はしだいに重苦しさを増し、質問は跡絶えがちだった。その暗号家が有能な人物であることは皆よく知っていた。そして、早く報告を切り上げてくれればいいと思っていた。

　報告が長引くにつれて、会議中わざとらしく沈黙を守っていたダンチェッカーはしだいに苛立ちを募らせた。やがてついに彼は議長に許しを求め、発言の機会を得た。彼は起立して上着の襟に手をやり、咳払いした。「すでにわれわれは現実とかけはなれた、放恣な空想の検討に許される限りの時間を費やしています。それらの考えは、今この席でも明らかにされたとおり、ことごとく非論理的なこじつけであります」ダンチェッカーは自信たっぷり言い放ち、体を左右に揺すりながらテーブルの端から端まで見渡した。「皆さん、もうこれ以上時間の空費は許されないところへ来ています。これからはわれわれの目の前に開かれた唯一有効な可能性の追究に専念すべきです。わたしは何ら躊躇することなく、われわれがルナリアンと呼び習わすところの種族は、今この席にいる皆さんと同様、地球にその起源を持つものであると断言いたします。他の宇宙からの訪問者、あるいは星間旅行者といった類の空想はいっさい捨てることです。ルナリアンは他でもない、地球というこの惑星に発達した文明の申し子です。それが何らかの理由で絶滅した。その理由をわれわれはこれから解明しなくてはならないのです。考えてもごらんなさい。いったいこの見方のどこがおかしいのですか？　文明はわれわれが熟知している短い歴史の中で興隆衰亡をくり返しています。もっと遡った時代にも同じパターンが反復されたことは疑いを入れません。わたしの結論は、相互に矛盾することのない多面的な、豊富な事実、および、自然科学各領域の確固たる原理法則から得られたものです。新しい理論の提唱も、牽強附会の解釈も、仮説も必要ではありません。疑問の余地もない事実と、確立された論理の応用とによって直ちにわれわれは結論に達することができるのです」彼は言葉を切り、ひと渡りテーブルを見回して発言を誘った。

誰も誘いに乗らなかった。すでに彼らは教授の理論に聞き飽きていた。にもかかわらず、ダンチェッカーはまたしてもそっくり同じことをくり返そうとしているらしかった。明らかに、彼は一目瞭然の事実を研究者たちの知性に訴えるだけでは不充分であると思い込んでいた。それゆえ、彼は皆がうんざりして譲歩するか、あるいは気が変になってしまうまで、ひたすら自分の考えを執拗にくり返すしか手はないと判断していた。

ハントは椅子の背に凭れ、テーブルの煙草入れから一本抜き取り、メモ用紙の上にペンを放り出した。教授の教条的な態度にハントは今なお警戒を解いてはいなかった。とはいえ、ダンチェッカーの学界における輝かしい業績は当代屈指であることも知らないわけではなかった。おまけに、目下の議論についてはハントは門外漢だった。教授に対するハントの嫌悪は別のところにあった。ハントはそれをあるがままの事実と受け取り、いたずらに理屈をつけて自分の気持ちを騙すつもりはなかった。要するに、ダンチェッカーの何もかもが気に入らないのだ。ダンチェッカーは痩せすぎている。着ている服はあまりにも古めかしい。その服をダンチェッカーは、まるで洗濯物を干しでもするようにまとっている。時代遅れな金縁眼鏡は笑止千万だ。もったいぶった丁寧な話し方は不愉快である。彼ははたして、生まれてこのかた笑ったことが一度でもあるだろうか。干からびた皮膚で真空パックされた頭……。ハントは漫然とそんなことを考えていた。

「くり返しになって恐縮ですが」ダンチェッカーは発言を続けた。「ホモ・サピエンス……すなわち現代人は脊椎動物門に属しています。かつてこの地球上を歩き回り、這い回り、あるいは飛び、ずりずりと足を引きずって移動し、あるいは泳ぎ回ったすべての哺乳類、魚類、鳥類、両棲類、爬虫類も、また脊椎動物であります。あらゆる脊椎動物は一つの基本的に共通する体構造を有していますが、一見、無数の種を区別するかに思われる特異な適応、外見上の特色にもかかわらず、この共通な構造は何百万年にわたってついに変わることのなかったものです。

「脊椎動物の基本的な体の構造とは、すなわち、まずその骨格、軟骨、それに脊髄であります。脊椎動物には二対の付属器官があり、あるものにおいてはそれが非常に発達している一方、あるものにおいては、例えば尻尾のように退化しています。心臓は体腔内に位置し、二つないしはそれ以上の室から成っております。循環器にはヘモグロビンを含む赤血球から成る血液が流れている。神経索は背に沿って伸び、その一端は肥大して頭蓋に収容された五つの部分からなる脳となっております。脊椎動物はまた、腹腔内に生命活動をつかさどる臓器、消化器の大半が集まっております。これらの基本的な構造はすべての脊椎動物に共通であり、したがって、全脊椎動物はいわば親戚関係にあるわけであります」

教授は言葉を切り、この明白な結論に今さら注釈の要もあるまいと言わんばかりに一座を見渡した。「言い換えるなら、チャーリーの体の構造そのものは、すでに絶滅したもの、現存するもの、そして、将来出現するであろうものを含めて、百万を越える地球上の動物の種とチャーリーが直接血縁関係にあることを示しているのであります。のみならず、地球上のあらゆる脊椎動物は、われわれ自身ならびにチャーリーを含めて、途中に介在する化石によって断絶なしに進化の過程を溯ることができます。そして、行き着くところは、記録されている限り最も早く地球上に出現した脊椎動物こそ、その後の全脊椎動物門の共通の祖先だということであります」ダンチェッカーは一段と声を張り上げた。「すなわち、あらゆる脊椎動物は共通する基本的体構造を、三億年余り昔の古生代デボン紀の海に発生した、背骨を持った最初の魚から受け継いだのです」教授は一呼吸間を置いて、一同がその意味を呑み込むのを待った。「チャーリーはどこを取っても、ここにおいでの諸君やわたし自身と少しも変わりない人間であります。だとすれば、チャーリーがわれわれと共通の脊椎動物の遺産を受け継いでいること、すなわち、われわれと祖先を同じくするものであることに何の疑問がありましょう？ よって、チャーリーがわれわれと祖先を同じくするものであるならば、生まれた場所もまた同じであることは疑問の余地がありません。チャーリーは惑星地球に生まれ育った人間です」

ダンチェッカーは腰を下ろして自分でグラスに水を注いだ。

低いざわめきが起こり、あちこちで書類をめくる音やグラスの鳴る音が聞こえた。疲れた脚を組み直し、あるいは楽な位置に変えるのに伴ってここかしこで椅子が軋った。ある女性冶金学者は隣の男に何やら身ぶりを混じえて話しかけた。男は掌を返して肩をすくめ、ダンチェッカーの方に顎をしゃくった。女性学者は向き直ってダンチェッカーに呼びかけた。

「ダンチェッカー先生……先生……」彼女の声に私語は跡絶えた。ダンチェッカーは顔を上げた。「今ここでちょっと話が出たのですが……先生のお考えをうかがいたいと思いまして。チャーリーはどこか別の世界で地球人と同じ進化の過程を経たものの子孫だというふうには考えられないでしょうか？」

「わたしもそれを考えているんですよ」別の声が上がった。

ダンチェッカーはちょっと眉を顰めておもむろに答えた。

「それは違います。どうやら、あなたは一つ重要な点を見逃しておいでのようですね。つまり、進化の過程というのは、もとをただせばまったく偶然の積み重ねであるということです。現在地球上に存在するあらゆる生物は、何百万年にもわたってくり返された一連の突然変異の結果です。ここで理解すべき最も重要な点は、散発的な個々の変異はそれ自体、遺伝情報の乱れや異種交配などによって生じる偶発事故であるということです。突然変異体は、その生まれ出る環境から、生存して繁殖するべきか、死滅するべきかの審判を受けるのです。そのようにして、新しい形質は選択され、さらに発達します。一方においては、たちまち絶滅するものや、雑種という形で徐々に稀釈されていくものがあるわけですが。

「一部には、今なおこの考え方をなかなか容認しようとしない向きもありますが、わたしが見たところ、それは日常生活とはあまりにもかけはなれた桁はずれに大きな数や、気が遠くなるほど長い時間の尺度を実感として捉えることができないからであろうと思います。そうでしょう、何百万年という時間の中で、何十億、何百億という組み合わせが問題となるのですからね。

「チェスの第一手は僅か二十通りの選択にすぎません。一手ごとに、差し手に許される選択の範囲は狭められていきます。にもかかわらず、十手も差せば盤上に理論的に駒を進め得る場所は天文学的数になります。だからもし、ゲームが何十億手も続いてですよ、おまけに一手ごとに何十億通りも選択が可能だとしたら、その順列組み合わせはいったいどういうことになると思いますか。これが進化のゲームですよ。そのような進化がまったく別々のところでくり返されて、しかも両者が寸分違わぬ結果に到達するなどということは、どう考えてもあり得ぬことです。可能性と統計の法則は、サンプルの数が充分に多ければ実に有効です。例えば、熱力学の法則は、言ってみれば気体分子のあり得べき動きについて述べたものにすぎません。しかし、そこで扱われているサンプルは非常に多数であるために、仮定として導き出された法則はそのまま動かし得ない事実と考えて差し支えありません。現実の問題として、熱力学の法則から逸脱する現象はこれまでのところ観察されておりません。平行する別個の進化の系列があったのではないか、とあなたはおっしゃいますが、それは湯沸かしから火に向かって熱が移動したり、あるいは、この部屋の大気を構成する分子が残らず一か所に集まって、一瞬にしてわたしたち全員の体が張り裂けてしまうことよりも、なお確率から言えば少ないのです。数学的厳密さをもって言うならば、そう、たしかに平行進化の可能性はゼロではありません。しかし、その可能性はあまりにも小さくて、取るに足るものではないのです。これ以上、その方向を考えることは無用です」

若いエレクトロニクス技師が議論に加わった。

「神が一役買ったということは考えられませんか？」彼は尋ねた。「あるいは少なくとも、わたしたちがこれまで考えたこともない、ある種の誘因や原理が働いたということはありませんか？　別々の場所で、別々の経過を辿って同じ結果が生まれるというのはあり得ないことでしょうか」

ダンチェッカーは目下をいたわるような笑顔を見せてかぶりをふった。

「われわれは科学者ですよ。神秘主義者の集まりではないのです」教授は言った。「科学の方法において最も基本的な原則は、観察された事実が、すでに確立された理論によって充分説明し得るものである限り、新たな思惑による仮説は顧慮するに値しないということです。宇宙全体を導く超越的な力などはここ数十年の探査、研究によっても明らかにされてはおりません。これまでに観察された事実はわたしが大略お話しいたしましたとおり、従来の理論によって充分に説明できるのですから、ここでこと新しく別の考え方を持ち出したり、こじつけたりすることはありません。超越的な力であるとか、摂理であるとかいう考えは、観察者の歪んだ意識の中にあるのであって、観察の対象となった事実の中にあるのではありません」

「でも、現実にもしチャーリーがどこか別の世界から来たのだとしたら」女性冶金学者は食い下がった。「その場合はどう説明されますか？」

「ああ、それはまったく話が別です。万一、何らかの手段によってチャーリーがたしかに別の世界で進化したのであるということが証明されたとすれば、わたしたちは観察された動かし得ない事実として、平行進化が起こったことを認めなくてはならないでしょう。現在の理論の枠内ではそれを説明できないのですから、われわれの理論は実に粗雑であり、不備であることになりましょう。その時、はじめてわれわれはこれまでに考えられていない別の要因を新たに解明しなくてはならなくなるでしょう。そうなれば、超越的な意思の力も正当な場所を得るのかもしれません。しかしながら、今この時点でそのような考えを導入することは、馬車を馬の前に繋ぐに等しいでしょう。それではわたしたちは最も基本的な科学の原則に反する罪を犯すことになります」

誰かが別の角度から教授の守りを衝き崩そうと試みた。

「平行線を辿ったのではなく、別々の進化の系列がある一点に収斂したとは考えられませんか？　淘汰の原理が働いて、複数の進化の系列が、最終的に一番適応性のある体形という一つの方向を指したのではないでしょうか。つまりですね、それぞれ別の方向に進んでいるものも、結局はこれしかないという最も完成されたところに落ち着くんじゃありませんか。例えば……」彼は具体的な類例を捜した。「例えば、サメは魚ですが、イルカは哺乳類です。

起源はまったく別ですね。ところが、最終的には概略似たような姿を持つようになりました」

ダンチェッカーはまたしてもかたくなに首を横にふった。「完成された姿、あるいは理想的な終着点という考えは捨てるべきです」教授は言った。「あなたも知らず知らずのうちに摂理を前提とする誤謬に陥っていますね。人間の姿は、あなたが考えるよりも遙かに不完全ですよ。自然は必ずしも最善の解決を生み出しはしません。それどころか、自然は手当たりしだいにあらゆる解決を試みるのです。唯一の判定基準は、もしある姿なり形質なりが環境に適したものであれば、その種は生き延びて繁殖するということです。現存する種よりもずっとずっとたくさんの種が不適格者として滅びたのです……それはもう、比較にならないほど多くの種がですよ。この根本的な事実を見逃すと、とかくあらかじめ定められている完成した形に向かって淘汰が進むという考えに陥りがちです。しかし、それはとりわけ優れた適応性を発揮して生き延びた人間の目で進化の系統樹をふり返って、どこにも行き着かなかった無数の枝葉を忘れているためですよ。

「そうです。完成という考え方は捨ててかかるべきです。自然界に見られる発達というのは、要するに何とかその仕事を果たすことのできる状態にあるというにすぎません。多くの場合、他にいくらでも違った形態はあり得ますし、中にはより優れた機能を予測できるものもあります。

「例えば、人間の下顎第一臼歯の形状を考えてごらんなさい。臼歯の先端は五つの大きな尖頭と、複雑に入り組んだ溝と畝から成っており、それによって食物を擦りつぶすようになっています。しかし、この形状が他にいくらでも考えられるいかなる形状にもまして優れているとは決して言いきれません。にもかかわらず、人間の祖先の進化の過程で、ある時突然変異としてこの臼歯の形状が生じ、以来、ずっとそのままの形が伝えられているのです。この形状はゴリラやチンパンジーなどの類人猿にも見られます。つまり、人間と類人猿は共通の祖先から、まったくの偶然によって作り出された臼歯の形状を受け継いでいると言えるでしょう。

「チャーリーの歯はどれを取ってみても、ことごとく人間と同じ形状を示しています。

「人間の適応は種々な点で完成には程遠いものです。内臓の配置などはまだまだ改良の余地があります。というのも、もともとこれは上体が水平に置かれた動物に適した構造として発達したものを人間が受け継いだからであって、直立の姿勢には不向きだからです。例えば、呼吸器系を見ても、老廃物や汚染物質は咽喉部に溜まって、本来は体外に排出されるはずのものが、体内に排出されています。これが四つ足の動物には見られない気管支や肺の故障の最大の原因です。この例一つからも、人間の姿はとうてい完成されたものとは言えないのではありませんか？」

ダンチェッカーはグラスの水を一口飲んで、思い入れたっぷり、一同に向かって手をふりまわした。

「というわけで、理想的な形態に向かって進化の系列が収斂したとするいかなる見方も、事実がこれを否定しております。チャーリーは人間の発達した部分と同時に、すべての不備、欠陥を併せ持っています。皆さんが、いかなる可能性も追究されずに終わってはならないという、歓迎すべきお気持ちから質問をなさったことはよく理解しております。それはそれとしてたいへん結構なことであると思います。しかし、誠に残念ながら、今皆さんから出されたご意見は検討に値せずと申さなくてはなりません」

教授が自信たっぷりに話を結ぶと沈黙が室内を覆った。研究者たちは思いおもいに、テーブルに目を伏せ、壁を睨み、天井を見上げた。

コールドウェルは両手を卓上に突き、ぐるりと一同を見回してもはや発言もつきたことを確かめた。

「どうやら、今しばらくは進化も現状維持ということのようですな」彼は抑揚に欠けた声でそっけなく言った。「ありがとうございました、教授」

ダンチェッカーは顔も上げずにうなずいた。

「ところで」コールドウェルは言葉を続けた。「この会議の目的は、全員が他の意見に耳を傾けると同時に、各人が自由な発言の機会を持つことです。まだあまり発言されていない方もおられますな……特に一、二の新しい顔ぶれから意見が出ていないようで」ハントはコールドウェルが真っ向から自分を見つめていることにはっと気づいた。「例えば、すでに諸君もよくご存じの、イギリスからおいで願ったハント博士。いかがですか、ハント博士、何かご意見はおありですか……?」

コールドウェルの隣に控えたリン・ガーランドは嬉しげな笑いを隠そうともしていなかっ

た。ハントは深々と煙草を一服し、時間を稼いで考えをまとめた。さりげない態度で長い烟の糸を吐き、灰皿に灰を落とす間に彼の頭の中で、さながら階下のコンピュータの演算装置をくぐり抜ける二進法の信号の精密さをもってすべてがぴたりとおさまるべきところにおさまった。リンが反対尋問でもするようにしきりに鎌をかけたこと。彼女のオーシャン・ホテル日参。会議への誘い。……コールドウェルはハントに触媒を見出したのだ。

研究者たちの期待に満ちた顔をひと渡り見回して、ハントは言った。「ただ今のお話は、概ね従来一般に認められている比較解剖学および進化論の原則を再確認する趣旨であったと思います。ここで不用意な発言をして誤解、混乱を招くことは好ましくありませんから、わたしは質問を差しはさむ意思はありません。が、教授の発言をまとめるならば、チャーリーはわれわれと祖先を同じくするものである以上、われわれ同様、地球上で進化した人種に相違ない、という結論ですね」

「そのとおりです」ダンチェッカーは相槌を打った。

「結構」ハントは言った。「はっきり申し上げて、これは皆さんの問題であって、わたしにはかかわりのないことです。しかし、意見を述べよということですので、わたしはただ今の結論を別の角度から考えてみたいと思います。チャーリーが地球上で進化した人種であるとすれば、チャーリーがその一構成員であったところの文明もまた地球上に築かれていたはずです。これまでに知られている事実から判断して、その文明ないし文化は現代人と同じ水準に達している。いや、二、三の領域においてはそれ以上に発達していたと思われる節があります。それが事実なら、今日われわれはチャーリーの時代の文明の遺跡を無尽蔵に発掘、発見しているはずです。ところが、現実にはそのような例は皆無です。これはいったい、どういうことでしょう?」

皆は一斉にダンチェッカーをふり返った。

教授は溜息をついて、うんざりした様子で言った。「考えられる唯一の解答は、この時代の遺跡はことごとく、風化浸蝕という自然の作用によって拭い去られてしまったということでしょう。いくつかの可能性を挙げることができます。文明の痕跡を何一つ留めぬほどの極めて大規模な天変地異が襲ったか、あるいは、その文明が現在では海底に没している地域に繁栄していたというようなことですね。今後、調査研究が進めば必ずこの問題は解明されるに違いありません」

「それほど大規模な天変地異があったとすれば、地球の歴史としてはつい最近のことですから、当然われわれはそのことを知っているはずではありませんか」ハントは切り込んだ。「当時陸地であったところは大部分、現在も陸地です。ですから、それほどの文明が海底に沈んだというのはちょっと納得できません。それに、現代の社会を見れば明らかなとおり、文明は局所的にかたまるものではありません。全地球的規模で拡散するのです。現に同じ時代の原始人の生き方を伝えるもの……骨、鏃、棍棒、等々がいくらでも発見されているにもかかわらず、現代社会に優るとも劣らない高度な技術文明の痕跡を残す遺物はいまだかつて発見されたことがありません。ネジ一本、ワイアーの切れ端、プラスチックのワッシャー一個すら発見されていない。わたしに言わせると、これはどうも理屈に合いません」

　ハントが論評を終えると再びテーブルの周囲に低いざわめきが起こった。

「教授、いかがですか？」コールドウェルが無表情に発言を促した。

　ダンチェッカーは口を歪めた。

「ええ、ええ、おっしゃるとおりです。不思議ですね。実に奇怪至極ですよ。しかし、そう言われるあなたはこれをどう説明なさいますか？」教授は皮肉を込めてやり返した。「人間とあらゆる動物が宇宙の彼方から巨大なノアの方舟で地球へやってきたとでもおっしゃるのですか？」ダンチェッカーは短く笑った。「だとしたら、一億年前の化石がその考え方を否定していますね」

「水掛け論ですね」数日前にシュトゥットガルトからやってきたばかりの比較解剖学者ショーン教授が口を挟んだ。

「どうやらそのようですな」コールドウェルはうなずいた。

　しかし、ダンチェッカーはおさまらなかった。「ハント博士、わたしの質問にお答えくださいますか？」彼は挑発した。「はっきり言って、チャーリーはどこからやってきた人種だとお考えですか？」

「はっきりどこと言ってはおりません」ハントは軽く受け流した。「ただ、わたしが言いたいのは、この段階では問題をもっと柔軟な視野で捉えるべきではないか、ということです。何しろ、チャーリーはまだ発見されたばかりですよ。すべてが解明されるまでには、この先まだ何年もかかるでしょう。その間には、現在までに明らかにされている以上に豊富な事実が浮かび上がってくるに違いありません。ここで先を焦って、最終的な結果に対して予断を持って当たるのは軽率のそしりを免れません。もう少しじっくり構えて、粘り強く、あらゆるデータを積み上げて、チャーリーがどのような世界からやってきたか、徐々に解明して行くべきだと思います。結論として、やっぱりチャーリーは地球人だった、ということになるかもしれません。が、そうではないかもしれない。何とも言えないと思います」

コールドウェルは重ねてハントに発言を求めた。「で、われわれとしては今後どのような方針に沿って調査を進めるべきだとお考えですか？」

ハントは新事実を発表しろという合図かどうか判断しかねたが、意を決して発表することにした。「これを皆さんにとっくりごらんいただきたいのです」彼はフォルダーから一枚の紙片を抜き取ってテーブルの中央に押しやった。そこにはルナリアン数字が並んだ複雑な表が描かれていた。

「何ですか、それは？」誰かが尋ねた。

「手帳の一冊にあったものです」ハントは答えた。「手帳は、どうやらわれわれの日記に相当するものと見ていいようです。それに、これは……」彼は件の紙片を指さした。「おそらくカレンダーであると思われます」リン・ガーランドがそっと目くばせしているのに気づいて、彼は同じく微かに片目をつぶってそれに応えた。

「カレンダー？」

「どうしてそれがわかるんです？」

「見ただけじゃあ、ちんぷんかんぷんだな」

ダンチェッカーは一瞬厳しい視線を紙片に据えた。

「カレンダーであると証明できますか？」彼は挑むように言った。

「いえ、証明はできません。が、わたしはここに並んでいる数字のパターンを分析しました。それから言えることは、この表が単純増加する数列から成っておりまして、その中で集合と部分集合の反復が見られることとです。また、一連のアルファベットが賦されており、これが手帳の後ろのページの見出しに対応する一つの集合を形作っている……つまり、われわれの使っている日記帳に酷似したレイアウトになっているのです」

「ほう。しかし、それなら、むしろ表の形を取った目次と考えたほうがよくありませんか」

「あるいはそうかもしれません」ハントはうなずいた。「まあ、いずれわかることでしょう。文字、文章の解読がもう少し進めば、別の資料と照合することによって、この手帳の中身も詳しく調べられるようになるでしょうから。いずれにせよ、これはもっと広い視野と柔軟な考え方で取り組むべき問題です。あなたは、チャーリーは地球人であると断定しておいでですね。わたしも、絶対にそうではないとは言っておりません。あなたは、これはカレンダーではないと言われる。わたしは、絶対にカレンダーであると言っているのではなく、そう考えられないこともないと言っているだけです。あえて言わせていただくなら、あなたの態度は少々狭量にすぎます。それでは問題を正確に分析し、結果を正当に評価し難いのではありませんか。あなたはすでに最終的な結論はこうでなくてはならない、という考えに凝り固まっているようですね」

「そうだそうだ」テーブルの端から野次が飛んだ。

ダンチェッカーはかっと頰を紅く染めたが、彼が言い返す隙もなくコールドウェルが口を開いた。

「その数字を分析した……と言われましたね？」

「そうです」

「結構。では、とりあえずこれがカレンダーであると考えることにして、他に何かわかりましたか？」

ハントはテーブルに身を乗り出して、ペンの先で紙片を指した。

「まず、二つの前提を設けなくてはなりません。一つは、いかなる惑星であれ、自然に与えられる時間の単位は一日、つまり、惑星が地軸を中心に一回転する時間……」

「回転するとすればですね」誰かが注釈をつけた。

「わたしが第二の前提とするのは、まさにその点です。もっとも、われわれの知る限り、天体が回転しない……あるいは自転周期と公転周期が一致していると言ってもいいのですが、まあ、どちらでも同じことです……そのような例は、小さな天体が遙かに質量の大きな天体の傍を通る軌道を回って、引力の潮汐効果に常に影響されている場合にのみ見られます。地球の月がそれですね。しかし、惑星の大きさの天体でそのようなことが起こるとしたら、その惑星の軌道は母星の至近を通過しなくてはならないわけで、そんな惑星はとうてい地球に匹敵するほどの生命を維持できないでしょう」

「論理的な前提と言っていいでしょうな」コールドウェルはテーブルを見回した。ちらほらとうなずく顔があった。「で、それからどういうことになりますか?」

「ここまでは、いいですね」ハントは先を続けた。「その惑星が自転して、一日が自然の時間の単位であるという前提でこの表を眺めた時、これが、惑星が太陽を回る軌道を一周する期間を示しているとすれば、数字一つが一日として、その惑星の一年は千七百日ある計算です」

「恐ろしく長いですね」誰かが混ぜ返した。

「われわれから見れば、そのとおり。少なくとも、年/日の比率は非常に大きな値になります。これは、軌道が極めて大きな円を描いているか、あるいは自転周期が非常に短いことを意味します。その両方であるかもしれません。そこで、この大きな数のグループを見てください……アルファベットの大文字で括ってある分です。全部でそれが四十七。大半が三十六の数字から成っていますが、中の九つのグループは三十七です。第一、第六、第十二、第十八、第二十四、第三十、第三十六、第四十二、それに第四十七のグループです。ちょっと見るとこれはおかしいように思えますが、しかし、地球のカレンダーだってシステムを知らずに見たら変なものでしょう。つまり、どうやらこれはカレンダーとして機能するように調整が加えられているらしい、ということが想像されるのです」

「なるほど……大の月、小の月ですか」

「そういうことです。地球で大小の月に一年をうまくふり当てているのとまったく同じです。惑星の公転周期と衛星のそれとの間には、単純な相関関係が成り立たないためにそのような調整が必要になってくる。そもそも、そこには相関関係などあるはずもないのですから。つまり、わたしが言いたいのは、もしこれがどこかの惑星のカレンダーであるとするならば、三十六の数字のグループと三十七のグループが不規則に混じっていることを説明する理由は、地球のカレンダーの不規則性を説明する理由とまったく同じであるということ、すなわちその惑星には月（ムーン）があった、ということです」

「で、この数字のかたまりが月（マンス）を表わしている」コールドウェルが言った。

「これがカレンダーだとすれば……そういうことになります。その月と考えられる数字のグループは三つのサブグループから成っています。言うなれば、週に当たるわけです。これは通常十二日をもって一週としますが、大の月に相当する九つの月では真ん中、つまり第二週が十三日となっています」

ダンチェッカーは長いこと紙片に目を据えていたが、その顔にしだいに不快げな不信の色が拡がった。

「あなたはこれを、厳密な科学理論としてこの場に提出なさるのですか?」教授は押し出すような声で尋ねた。

「とんでもありません」ハントは言った。「これはまったくの仮定です。とはいえ、この仮定によって今後調査研究のあるべき方向として、何らかの指針は与えられるとわたしは考えています。例えば、このアルファベットで括られた数字のグループですが、これは語学調査班が他の情報源から掬い出して来るデータ……書類の日付、衣類や器具の製造年月日、といった数字と符合するかもしれません。あるいはまた、まったく別の方向から問題の惑星の年間の日数が突き止められることもあるでしょう。そこで一年は千七百日、ということになったとしたら、これは単なる偶然の一致とは言えませんね」

「他に、何か？」コールドウェルが先を促した。

「ええ、まだまだいろいろなことが考えられます。この数字のパターンをコンピュータにかけて相関関係を分析すれば、あるいはここに隠された重層的な周期性が明らかにされるかもしれません。ひょっとすると、その惑星には複数の月があったということにならないとも限りません。また、一連の曲線の解析から惑星と衛星の質量の比率と軌道半径の間に考えられる特定の関係を導き出すこともできるかもしれません。さらにこれを詳しく調べることによって、その中から一つの曲線を分離することも可能になるかもしれません。その結果、翻って地球と月をシステムとしてより正確に捉え、かつその関係を解明する手立てとなるかもしれないのです。が、これもあくまでも一つの可能性であって、そのような結果が現実に得られるかどうか、それをやってみないことには何とも言えません」

「ばかばかしい」ダンチェッカーは叫んだ。

「こう考えることが、あまりにも無邪気にすぎるとおっしゃいますか？」ハントはやんわりとやり返した。

「他にもやってみる価値はあるかもしれないことがあります」ショーンが口を挟んだ。「これが、あなたのおっしゃるとおりカレンダーだとしてですね、今の説明ではひと月が何日、一年が何か月、といった相対的なことしかわかりませんね。われわれとしては絶対値を知りたいわけですよ。いや、これもまだまだ手探り(てさぐ)の段階ですが……現在わたしどもの進めている化学分析で、チャーリーの細胞代謝の周期および酵素の作用の量的モデルを作る見通しが立ってきています。遠からず、血液、ならびに体組織中の老廃物および毒素の蓄積の速度が計算できるようになると思いますが、その結果から、自然な状態におけるチャーリーの睡眠時間と起きている時間を割り出せるでしょう。もし、その方法によって一日の長さがわかれば、他の数字もたちどころに量的に理解できるはずです」

「それがわかれば、惑星の公転周期も出るわけですね」誰かが言った。「しかし、惑星の質量はどうかな？」

「それはわかるんじゃあないかな。チャーリーの骨格と筋肉の構造を調べてさ、体重と力の比率を出せばいいんだ」別の誰かがすかさず言った。

「それをもとに、惑星の太陽からの距離を計算できる」第三の男が言った。

「地球の太陽と同じようなものだとすればね」

「惑星の質量はチャーリーが携帯していた装置や器具のガラスとか、結晶性の素材からだって求められますよ。結晶構造を見れば、それが冷却した時の重力場の強さがわかるじゃあないですか」

「密度はどうやって求めるね？」

「それは惑星半径がわからないことにはね」

「チャーリーは人間とほとんど変わりないからね、惑星表面の引力は地球とほぼ同じだよ」

「大いにあり得ることだがね、証明できなきゃあしようがない」

「これがカレンダーであることを証明するのが先決問題ですよ」

たちまち議論は沸騰した。ハントは少なくとも会議に活を入れ、研究者たちの意欲を掻き立てたことに満足を覚えて成り行きを見守った。

ダンチェッカーは終始無表情であった。ひとしきり高まったざわめきがおさまると、彼は再び立ち上がって、テーブルの中央に置かれたままの数表を蔑むように指さした。

「まるでお話になりませんね」彼は吐き捨てるように言った。「証拠はすべて揃っているのです。このとおり……」教授は資料で脹れ上がった自分の部厚いファイルを表の脇に押しやった。「わたしが世界中の図書館、データ・バンク、公文書館から集めた資料です。これによってわたしの結論は裏づけられているのです。チャーリーは地球人です」

「チャーリーを育てた文明社会はどうなったのですか？」ハントは詰め寄った。「宇宙の巨大な清掃車がどこかへ運んで捨てたのですか？」

ダンチェッカーの皮肉を投げ返したハントの冗談にどっと哄笑が湧いた。教授は色をなし、今にも悪態を吐きかねまじき剣幕だった。コールドウェルは抑えつけるような手つきをした。

ショーンが悠揚迫らぬ穏やかな声でその場を救った。「ここはひとつ、皆さん、純粋な仮定として、対立する意見に等しく耳を傾けることで打ち切りにしたらどうでしょう。ダンチェッカー教授にご満足いただくとすれば、わたしたちはルナリアンがわれわれと同じ祖先から進化したと考えなくてはなりません。ハント博士に従うならば、ルナリアンはどこか別の惑星で進化したと考えなくてはなりません。この真っ向から対立する考え方をわれわれがいかに統一するべきか、わたし自身、今この時点においてはいっさい白紙であります」

9

進行会議に続く数週間のあいだに、ハントはしだいにトライマグニスコープの現場から遠ざかるようになった。コールドウェルは多忙な時間を割いては彼を〝最前線の現状をつぶさに紹介する〟ためと称して近隣のUNSAの研究調査機関に案内し、あるいはナヴコムの司令部に呼び出して〝面白い人物〟に引き合わせた。もとよりハントはルナリアンの研究調査に強い関心を寄せていたから、この成り行きは大いに歓迎すべきことだった。ほどなくハントは、少なくともヒューストンとその周辺の機関で研究に従事している技術者や科学者たちと非常に親しい間柄になり、研究調査の進捗状況や、彼らが直面している困難について詳しい知識を得ることとなった。そして、いつか彼は各領域の活動全体を見渡し、大所高所から研究調査の実態を包括的に概観することができるようになった。同時に、彼は自分が頭の中に描いている全体像を等しくその視野に捉えているのは機関の内部でもごく限られた特権的な地位にある者だけであることに気づいていた。

各領域で成果は着々と挙がっていた。チャーリーの骨格から割り出された体格をもとに構造力学的計算が行なわれ、そこで得られたチャーリーの故郷の惑星の表面重力の値は、これとは別に彼のヘルメットのヴァイザーのクリスタルおよびその他の熔融した機器を試験することによって得られた値と許容誤差の範囲内で一致した。チャーリーの惑星の表面重力場は地球のそれとほとんど変わらず、しいて言えば僅かに強いと思われた。これらの結果はごく大ざっぱな近似値の域を出ぬものであった。しかも、チャーリーの体格や筋力がルナリアンの平均に比較して勝っていたか劣っていたかは判断の術もなく、したがって問題の惑星が地球そのものであったか否か、重力の値からでは何とも言えず、依然謎は解明されぬままだった。

言語学調査班はチャーリーの所持品の標識や書類の見出し、書き込みなどからハントが予測したとおり、カレンダーの標号に符合するルナリアン語の単語をいくつか発見した。それ自体は何を証明するものでもなかったが、しかし、それらの単語が何かの日付を示すものであるとする考え方は一層の信憑性を加えることとなった。

そうこうするうちに、思いもかけないところからカレンダーの解明に結び付くと目されるあたな材料が出現した。月面基地タイコ（ティコ）Ⅲ付近の整地作業現場から金属製品とある種の構築物が発掘されたのだ。そこは特定の目的のために建てられた施設の廃墟らしかった。さらに発掘が進むと、そこには何と十四体の遺骸が埋もれていた。より正確に言うならば、男女併せて少なくとも十四人が識別され得る人体各部の断片が収拾されたのである。もちろん、どの遺体もチャーリーの保存状態とは比較にならないものだった。いずれも、文字通りばらばら死体であった。焼け焦げた宇宙服の残骸の中に炭化した骨が散乱していたのである。外見において地球人とまったく同じ姿であったのみならず、ルナリアンは事故に弱い点もまた地球人と変わりなかった。結局この発見も新たな情報をもたらすものではなかったかに思われたが、遺物の中から腕環（リスト・ユニット）が見つかって事態は大きく進展した。それは帯の部分を除いてロングサイズの煙草の箱ほどの大きさの装置で、その表面に超小型のエレクトロニクス・ディスプレイと思しき四つの窓があった。形状と大きさから判断して、どうやらその窓は映像よりも文字を表示するように設計されているようであった。クロノメーターか計算機ないしは加算機、あるいはそれらの機能を併せ持つ装置と考えてよさそうだった。他にも別の機能が組み込まれているかもしれなかった。

タイコⅢでざっと検分された後、装置は他の発掘品と共に地球に運ばれた。何か所かを転転として、最終的にそれらはチャーリーのバックパックおよびその中身の調査が行なわれているヒューストン近郊のナヴコムの研究所に届けられた。若干の予備的な検査を経て、装置の側（ケーシング）がそっと取りはずされたが、内部の複雑な分子回路の調査からはさしたる収穫は得られなかった。万策尽きてナヴコムの技術者たちは最後の手段として、装置の随所に低い電圧をかけてどういうことになるか結果を見ることにした。果たせるかな、一連の接点に特定の二進法の信号を入力するとディスプレイのスクリーンに一群のルナリアン文字が浮かび上がった。それらの文字の意味するところを誰も理解できなかったが、ある日たまたま研究所を訪れていたハントがこれを見て、中の一つのアルファベット群はカレンダーにある月(マンス)であることに気づいた。これによって、その装置の少なくとも一つの機能は手帳の数表と密接に関係するものであることが判明した。それが時間経過の記録に結び付くものであるか否かは即断できなかったが、ともかく、得体の知れなかったものが徐々に輪郭を明らかにしはじめたことだけは事実であった。

　言語学班は地味ながら着実にルナリアン語解読の努力を続けていた。世界の名だたる言語学者たちが多数動員され、ある者はヒューストンに居を構え、またある者は遠隔データ伝送網を介して研究に携わった。解読計画の第一段階として、彼らは単語や記号の頻度と組み合わせを統計的に分析し、傍目(はため)には言葉それ自体と同様まるでわけのわからないものと映る夥(おびただ)しい分類表を作成した。その作業が終わると、あとはコンピュータ・ディスプレイのスクリーン上で進められる直観と推理のゲームであった。ときおり、誰かがここかしこで意味のある文字の組み合わせを発見した。それをもとに新たな推論が生まれ、ひいてはさらに別の意味を持った組み合わせが指摘される……といったことのくり返しで解読は進められた。学者たちは、名詞、形容詞、動詞、副詞等の品詞の区別が明らかであると考えられる語彙(ごい)を拾い出して、それぞれの範疇(はんちゅう)ごとにリストを作った。解読が進むにつれて形容詞句や副詞句などの構文も明らかにされるようになった。語尾変化を持つ進んだ言語においては当然欠くことのできぬ構文である。やがて一つの語幹から種々な変化形、例えば複数や動詞の時制を作る一定の規則があるらしいことや、語順を支配する法則についても朧(おぼろ)げながらわかってきた。こうした努力の積み重ねから、しだいにルナリアン語の初歩的な文法が体系づけられて行った。言語学者たちは前途に対して極めて明るい見通しを抱いていた。もう一歩で、抽出された例文を英語に翻訳する作業に取りかかれるところまで来ている、と彼らは今や自信に満ちていた。

数学班も言語学班に劣らぬ頭脳を集めて研究を進め、ここでもかなり興味深い成果を挙げつつあった。日記と目される手帳の一部にはたくさんの表が掲載されていた。どうやらその部分は現代人の使用する市販の手帳の〈早見表〉に相当するものと思われた。中の一ページは縦に仕切られた両側に数字と言葉が並び、交互に検索できるようになっていた。研究者の一人が、その中のある数字は十進法に換算すると一八三六になることを発見した。これは陽子と電子の質量比であり、いかなる宇宙にあっても変わることのない基本的な物理学上の定数に他ならない。また、そのページはルナリアン語による度量衡(どりょうこう)の換算表ではないかとする見方が有力であった。オンスからグラム、グラムからポンド……という単位の異なる量の換算を一覧表に整理したものである。もしそうだとすれば、彼らはルナリアンの度量衡の体系を知る手がかりを摑(つか)んだことになる。ただ、問題はその仮定が、一八三六という数字を単なる偶然ではなく、事実陽子と電子の質量比を示すものであるとする薄弱な根拠の上に成立していることであった。この仮定が確固たる事実として認められるためには第二の情報源が必要であった。

ある日の午後、ハントは数学者たちと話をする機会を得たが、驚いたことに彼らは化学者グループと解剖学者グループが別個に惑星の表面重力を算出したことを知らなかった。ハントからその事実を聞くと、たちまち数学者たちはことの重大な意味を理解した。もしルナリアンたちが地球における習慣と同じく、彼らの惑星において質量と重さを同じ単位で表わしていたとすれば、手帳の一覧表からルナリアンの重さの単位が知れるはずだった。しかも、現に重さを正確に算出することのできる材料を化学者たちは持っていた。すなわち、それはチャーリー本人である。すでに表面重力の値は知られている。チャーリーの体重がキログラムに換算するとどのくらいになるかは子供でもできる計算だった。ただ、問題の解決に必要な情報が一つだけ欠けていた。それは、キログラムをルナリアンの重さの単位に換算する因数（ファクター）であった。ハントはチャーリーの所持品の中に身分証明書や健康管理カード等、彼の体重をルナリアンの単位で記録したものがきっとあるはずだと考えていた。そのような資料が見つかれば、チャーリーの体重を示す数字の一つがすべてを解明する鍵（かぎ）となるに違いない。そこまで話が進んだところで、数学班の総監督官の立場にいた学者は色めき立って部屋を飛び出し、言語学班の監督官のもとに駆けつけた。言語学班は参考となる事実が判明した時には必ず数学班に連絡することを約束した。これまでのところ、まだ何の手応えもない。別の小さなグループはナヴコム司令部の建物の最上階に立て籠（こ）もって、現在までに手帳から取り出された中では最も注目に値すると言える資料と取り組んでいた。それは二冊目の手帳の末尾二十ページに載った地図であった。地図は明らかに縮尺が小さく、相当広い面積におよぶ陸地の姿を伝えていた。しかし、そこに示された地形は地球のどの地方とも似てはいなかった。大洋、大陸、河川、沼湖、島嶼、その他あらゆる種類の地質学的諸相が一目瞭然と描かれていたが、五万年という年月の隔たりを考慮してもなお、その地図はどう見ても地球のものとは思われなかった。五万年の隔たりと言っても、極地の氷原の大きさを別とすれば、その間地球の表面にはほとんど変化はなかったであろう。

地図はいずれもその上に地球の経緯線に相当する矩形の升目が描かれており、線と線の間は十進法で四十八の単位区画に刻まれていた。これは球面上の位置を表わす座標である以上、数字はルナリアンが円周を分割するのに使用した度数と解釈する他はなかった。第四と第七の地図にその点を解明する鍵があった。経度の起点となる零度線が記されていたのである。東経〈五二八〉と西経〈四八〉が同一地点であるところから、円周は五百七十六ルナリアン度に分割されることが判明した。地図の図法はルナリアンの十二進法表記と、右から左へ横書きする習慣に都合よく考慮されていた。次の段階は、各地図の覆う範囲の惑星全表面積に対する割合を算出すること、および地図を接ぎ合わせて完全な球体を復元することであった。

もっとも、すでに惑星表面の概略の姿は平面に描かれた地図から明らかになっていた。南北両極の大氷原は更新世の氷河時代に地球を覆ったと考えられているよりもずっと広い範囲に拡がり、場所によっては、地球で言えば赤道から南北二十度の位置にまで達していた。赤道帯の海域は大半が海岸線と氷原に南北を限られていた。氷に覆われていない陸地のここかしこに点やその他の記号で示されているのは集落や都市に違いなかった。中には稀に氷上に位置する都市もあった。

ハントが招かれて地図を見にいくと、解析に当たっている科学者たちは余白に刷り込まれた縮尺を彼に示した。その目盛をマイルに換算する方法がわかりさえすれば、惑星の直径が求められるはずであった。ところが、地図の解析に当たっている者たちの誰一人、数学班が度量衡の換算表と考えている数表のことを知らされていなかった。表の中には長さや距離の単位を扱ったものもあるのではあるまいか。もし、そのような換算表があるものなら、そしてチャーリーの記録の中に彼の身長を表わす項目が発見されれば、あとは彼の背丈を実測することによって一ルナリアン・マイルが地球の何メートルに相当するか容易に知ることができるであろう。すでに惑星の表面重力の値は算出されているのだから、質量や密度もたちどころにわかるはずである。

各班の調査結果は関係者一同を興奮させるに充分であった。とは言いながら、そこで明らかにされたのは、かつてどこかに惑星が一つ存在したということだけでしかなかった。チャーリーを含めてルナリアン人種がその惑星に生まれ育ったかどうか、ということになれば自ずと問題は別であった。それはそうだろう。ロンドンの市街図をポケットに持っていたからと言って、その人物がロンドン市民であることの証明にはならぬ道理である。それゆえ、チャーリーの身長を実測して得た値と地図や数表の値を結びつけて考えることはまったく根拠のない妄想である危険なしとしなかった。日記が地図に示された世界のものであったとしても、もしチャーリーが他の世界の住民ならば、地図や数表から演繹された度量衡のシステムはチャーリーの個人的な記録に示されたシステムとはまったく別であるかもしれない。チャーリーの住む世界は地図に示された世界とは異なる度量衡システムを持っていたとも考えられるからである。事態は混迷の度を深めるばかりであった。

結局のところ、地図に描かれた世界は地球ではないと決定的に証明することは誰にもできない相談だった。なるほど、地球とは似ても似つかぬ地形であり、現代の大陸の配置をこの地図から導き出そうとする試みはことごとく失敗に終わった。しかし、重力は地球のそれとほぼ同じである。あるいは、過去五万年の間に地球はこれまで考えられていたよりも遙かに激しい変化にさらされたのではなかろうか？ なお厄介なことに、ダンチェッカーの理論は依然それなりの説得力を持っていた。反論するためには夥しい傍証が必要であった。が、それはともかく、この頃では調査に携わっている科学者たちはもう、どんなことにも驚かなくなっていた。

「連絡が届いたよ。それで真っすぐここへ来たんだ」リン・ガーランドに案内されてコールドウェルのオフィスに入るとハントは言った。コールドウェルはデスクに向き合った椅子の一つを顎でしゃくった。ハントは腰を下ろした。コールドウェルは戸口に立ったままのリンにちらりと目をやった。

「もういい」彼は言った。リンは後ろ手にドアを閉じて立ち去った。

コールドウェルは指先で小刻みにデスクを叩きながら、しばらく無表情にハントの顔を見つめた。「この数か月で、ここの様子もかなりよくわかっただろう。どうかね、感想は？」

ハントは肩をすくめた。答は明らかだった。

「気に入ったよ。大いに刺激的で」

「きみは刺激的なことが好きか、え？」本部長は半ば自分に向かってうなずいた。彼はじっと思案げにハントを見つめていたが、ややあっておもむろに話をはじめた。「実を言うと、きみが今までに見てきたのはここでやっていることのほんの一部でしかないんだ。最近ではUNSAの規模がどこまで拡がっているか知っている人間は数えるほどしかいない。研究室、研究施設、ロケットの打ち上げ基地……ここできみが見ているのは、要するに銃後の活動だよ。われわれの本当の仕事は前線だ」コールドウェルは部屋の一方の壁いっぱいに飾られた写真を指さした。「現在、火星の砂漠に探検隊が行っている。金星の雲には探査船を飛ばしている。木星の月にもそれぞれ探検隊が着陸している。カリフォルニアのディープ・スペース部隊が目下開発中の宇宙船にくらべたら、金星や木星派遣軍の宇宙船などはまるで手漕ぎのボートだね。ロボットを乗せた光子宇宙船で初の恒星ジャンプを敢行するのだがね、この宇宙船が全長約七マイルだ。想像できるかね……七マイルだよ」

ハントはできるだけ相手の期待にそう反応を示そうと心がけたが、困ったことに、コールドウェルが何を期待しているか、彼には見当がつきかねた。コールドウェルは理由もなしに何かを言ったりしたりする男ではない。どういう魂胆でコールドウェルがこのような話をはじめたのか、ハントにはとんと合点がいかなかった。

「ところが、これがまだほんの序の口でね」コールドウェルは言葉を続けた。「ロボットの次は有人星間ジャンプだ。それから……いや、その先はもはや想像を絶するね。これは人類が取り組んだ史上最大の計画だよ。アメリカ合衆国、ヨーロッパ連合、カナダ、ソヴィエト、それに、オーストラリアが挙って参加している。一旦動きだしたら、こいつはいったいどこへ行くだろうかね、え？　最後には、はたしてどこに行き着くんだ？」

　ヒューストンに来て以来はじめて、ハントはこのアメリカ人が感情を声に出すのを聞いた。ハントは依然相手の真意を測りかねながらもゆっくりとうなずいた。

「ＵＮＳＡのコマーシャルを聞かせるためにわたしを呼び出したわけじゃあないだろう」彼は言った。

「ああ、そうじゃあない」コールドウェルはうなずいた。「そろそろ真面目な話をする時期だと思ってな、それで御足労願ったんだ。わたしはきみという人間をよく知っている。だから、きみの頭の中で歯車がどう回るかもちゃんとわかっている。きみは今話したようなとてつもないことをどんどん実行に移している連中とまったく同じものを持っているな」コールドウェルは椅子の背に凭れて真っ向からハントの目を覗き込んだ。「ＩＤＣＣから足を洗って、ここへ来てくれないか」

　その言葉にハントは右フックを一発喰らった衝撃を覚えた。

「何だって……？　ナヴコムに？」

「そのとおり。探り合いは止そう。きみはわれわれにとって必要な人材だ。われわれはきみが必要としているものを提供できる。くだくだしい説明の要はあるまい」

ハントの驚愕はせいぜい半秒のことだったろう。早くも彼の頭の中のコンピュータは答をはじき出していた。コールドウェルはすでに何週間も前からあれこれと手を打ち、それとなくハントを考査していたのだ。ナヴコムの技術者たちにスコープの扱いを修得させたのもこのためだった。そもそものはじめからコールドウェルはハントの引き抜きを考えていたのだろうか？　すでにハントはこの会見の結果をはっきりと予測していた。とはいえ、ゲームにはルールというものがある。結論が下されるまでには、然るべき質問が発され、回答が示されなくてはならないのだ。ハントは無意識に煙草入れに手をやった。しかし、コールドウェルは機先を制してデスクの葉巻入れを彼のほうに押しやった。

「わたしにとって何が必要か、えらく確信ありげだね」ハヴァナを一本取ってハントは言った。「こういうわたし自身、それが何だかわかりかねているのに」

「ほう、そうかね……？　それとも、自分の口からは言いたくない、ということかな？」コールドウェルはちょっと言葉を切って自分も葉巻を吸いつけた。充分に火がついてから彼は先を続けた。「きみはたった一人で〈ジャーナル・オブ・ザ・ロイヤル・ソサイエティ〉に反旗を翻したな。大したものだ」コールドウェルは賞讃の仕種をして見せた。「独立不羈の人物は大歓迎だ。言わば、ここの伝統でね。何がきみをそうさせたね？」彼は答を待とうともしなかった。「最初がエレクトロニクス。それから、数学……続いて原子物理、さらに原子核物理。次は何かね、ハント先生？　この先、どこへ行くつもりだ？」コールドウェルは椅子に体を沈めて葉巻の濃い烟を吐き、ハントが思案するさまを見守った。

ハントは軽い讃嘆の眼差しで眉を上げた。「なかなか宿題をよくやっているらしいね」彼は言った。

コールドウェルはそれに答える代わりに無遠慮に尋ねた。「ラゴスの叔父上はどうしている？　去年、休暇で会いに行ったんだろう。イギリスはウースターよりも向こうの気候が肌に合うってか？　ケンブリッジのマイクには最近会っているかね？　会ってはいまい。あの男は今ではUNSAの人間だ。火星の探査基地へラスⅡへ行ってもう八か月になる。まだこの先を聞きたいか？」

大人のハントは腹を立てる気にもならなかった。それに、彼はプロの仕事ぶりに大いに関心があった。ハントは力なく笑った。

「是非聞かせてもらいたいね」

コールドウェルは打って変わって真剣な態度になり、デスクに両肘を突いて身を乗り出した。

「これからきみがどこへ行くか話してやるよ、ハント先生」彼は言った。「宇宙へ飛び出すんだ……恒星の世界へ。われわれはいよいよ惑星外宇宙へ向かおうとしているんだ。ダンチエッカーの魚が最初に泥沼から地上へ這い上がった時、すでに人類はいずれここまで来るように運命づけられていたんだ。連中を駆り立てている衝動は、きみをこれまで突き動かして来た何かとまったく同じ性質のものだ。きみは人間として達し得る限界まで原子の内側に入り込んだ。きみに残された道はただ一つ……宇宙へ向かうことだけだ。その機会をＵＮＳＡはきみに提供しよう。きみはいやとは言えまいな」

ハントとしては言うべきことは何もなかった。目の前には二つの未来が開けていた。一つはメタダインに戻ることであり、今一つは招かれるままに無限の宇宙に向かうことであった。彼にとって、第一の道を選択し得ないことは、人類という種がもはや深海に戻れないのと同じであった。

「で、そっちとしては、どうなんだ？」しばらく考えてハントは言った。

「つまり、きみがこっちの必要としている何を持っているか、ということか？」

「ああ」

「きみの頭脳の働きだよ。きみは特異な発想を持っている。誰も思いつかない角度からきみは問題を切る。今度のチャーリーの謎を解明するにも、必要なのはそれだよ。なぜこうも議論がかまびすしいかと言えば、それは皆が皆、あまりにも当たり前な仮定に立って物を言っているからだ。ところが、それでは問題の解決にはならない。常識で考えて当然と思われることが現実にはそのとおりでないという場合、どこが間違っているかを突き止めるには独創的な発想が必要だ。きみにはそれがある」

賞（ほ）められてハントはいささか忸怩（じくじ）たるものがあった。彼は話を先へ進めるにしくはないと思った。「いったい何を考えているんだ？」

「つまりだな、今ここで抱えている人材はそれぞれの領域ではトップ・クラスだ」コールドウェルは答えて言った。「誤解のないように言っておくがね、彼らは本当に優秀だよ。ただ、わたしとしては各人にそれぞれの専門領域で存分に力を発揮してもらいたい。それはそれとして、一方、特定の専門領域を離れた、つまり、公平な立場から全体を見渡して、各分野の成果を統合する人物が必要だ。砕けた言い方をすれば、わたしとしてはダンチェッカーのような連中に嵌め絵の一齣一齣の色を塗ってもらわなくてはならん。その上で、きみのような人間に、その齣をきちんと並べて一枚の絵を完成してもらいたいわけだ。いや、すでにきみはここへ来てから、ある程度はそれをやってくれている。非公式にね。だから、この際それを公式にしよう、とわたしは言っているんだ」

「職制の問題もあるのではないかね」ハントは言った。

「それはわたしも考えている。長老たちの誰彼が日陰に回って疎外されてもまずいし、スタッフが新入りの天才の下で不満を抱くのも好ましくない。もっとも、これはもっぱら政策上の配慮だがね。いずれにせよ、きみはそういう形を望んではいまい」

ハントはうなずいた。

「そこでだ」コールドウェルは先を続けた。「わたしはこんなふうに考えている。各部局は従来通りの機能をそのまま継続する。ナヴコムと周辺の機関との関係も今のまま、いっさい手をつけない。ただ、これまでに各領域が出した結論、今後の新たな発見はすべて残らず調査の中枢となる統括本部、つまりきみに報告するようにするのだ。さっきも言ったように、断片を繫ぎ合わせて嵌め絵を完成するのがきみの役目だ。おいおい仕事が増えるにしたがって、きみは自分でスタッフを集めればいい。きみは必要に応じて、各専門領域から詳しい情報を取り寄せることができる。そうやって、きみは調査に目標や方向を与えることになる。きみ自身の目標はすでにはっきりと定められている。チャーリーが何人種か、どこからやってきたのか、彼らにいったい何が起こったのか、それを明らかにすることだ。きみはわたしの直属ということにすれば、わたしの負担はずっと軽くなるな。ただでさえわたしは忙しい。得体の知れない死骸のことで頭を悩ませている閑はないんだ」コールドウェルは片手を上げて話を締めくくった。「さあ、返事を聞かせてくれ」

ハントは内心ほくそえまずにはいられなかった。コールドウェルも言ったとおり、今さら考えることは何もなかった。彼は深く溜息をついて両手を拡げた。「おっしゃるとおり……いやとは言えないよ」

「じゃあ、この話、乗るんだな?」

「乗ったよ」

「ようし、決まりだ」コールドウェルは破顔一笑した。「これは一杯やらなきゃあならんな」彼はデスクの背後のどこからか酒瓶とグラスを取り出し、ウイスキーを注いでたった今、自分の部下となったハントに差し出した。

「で、いつからはじめるね?」一瞬間を置いてハントは尋ねた。

「そうだな、ＩＤＣＣとの関係を整理するのに、手続きや何かでふた月はかかるだろう。しかし、手続きなどはどうだっていいじゃないか。どうせきみは目下ＩＤＣＣから出向中の身だし、その間はわたしの指揮下にあるんだ。それに、きみの給料もナヴコムが払っている。だったら、明日の朝からかかっても何ら差し支えはないわけだ」

「参ったね」

コールドウェルは一転してきぱきと部下に命令を発する指揮官の態度になった。

「この建物の中にきみのオフィスを用意しよう。ロブ・グレイにはスコープの操作を全面的に任せるよ。ヒューストンにいる間はわたしが彼の下に付けた技術者たちを自由に使ってもらう。それできみは完全に解放されるな。今週いっぱいに、事務処理要員、秘書、技術者、装置機材、什器（じゅうき）、研究室のスペース、コンピュータ設備等についてきみの要求を出してくれ。

「来週の今日までに、部局長会議での説明資料を揃（そろ）えてもらいたい。きみ自身の立場を明確にして、各部局とどういうふうに連絡を保っていくか、その辺のところを説明するんだ。ひとくせある顔触れが並んでいるから、揚げ足を取られないように、戦略も考えることだな。その会議でこの先の方向について皆が納得するまでは、組織再編の公式発表は控えておく。わたしとリン以外には、このことは他言無用だ。

「きみの組織は〈特命研究班グループL〉と名づけよう。きみはグループLの総指揮官、ＵＮＳＡにおける身分は〈四等管理職、文官〉だ。その地位ならＵＮＳＡの自動車、飛行機の使用はすべて自由。第三種機密情報までは無条件で入手できる。それから、海外および地球外勤務の際は標準衣料その他必要な携帯品いっさいが支給される。これは全部『幹部業務便覧』に書いてあるよ。命令系統、管理事務手続き等については『UNSA定款』に記載されている。リンに言えばコピーが手に入るよ。

「きみは合衆国永住の件でヒューストンの連邦当局に連絡を取る必要があるな。誰に会えばいいか、リンが心得ている。都合のいい時を見計らって、イギリスから私物をこっちへ移せ。費用はナヴコムが持つ。いずれどこか住むところを世話するがね、当分は今のままオーシャンで暮らせばいい」

ハントはふと、コールドウェルが三千年前に生きていたらローマは一日にして成ったのではあるまいか、と思った。

「きみの今の待遇は?」コールドウェルは尋ねた。

「二万五千欧州ドル」

「三万にしよう」

ハントは無言でうなずいた。

コールドウェルはちょっと目を伏せて言い落としたことがないか考えた。要件がすべて片づいたことを確かめると、彼は椅子の背に凭れてグラスを上げて、「それじゃあ、乾杯だ、ヴィック」

コールドウェルははじめてハントをファースト・ネームで呼んだ。

「乾杯」

「恒星の世界に」

「恒星の世界に」

市域のはずれから腹に響く底力のある轟音が伝わってきた。二人は窓外をふり返った。今しも彼方の発射台を離れてヴェガが一条の光となって蒼穹に吸い込まれようとしていた。その光景を眺めながらハントは総身の血管に興奮が走るのを覚えた。ロケットは人類の飽くなき太陽系外宇宙への拡張の衝動を雄弁に物語るシンボルであった。そして、ハント自身、その先鋒となって宇宙へ飛び出そうとしていた。

10

新しい組織として特命研究班グループLが公式に発足するや、たちまち仕事は殺到し、続く数週間のあいだに見るみる厖大な量に脹れ上がった。ひと月もするとハントはもはや身動きもできぬほどになり、当初の予定よりずっと早くに人員を補充することを余儀なくされた。ハントとしては、しばらくは最低の人数で作業を進め、組織のあるべき姿について具体的な考えがまとまったところで体制作りに移るつもりでいたのだが、そうは言っていられなかった。コールドウェルが新しい組織の設立を公表すると、やっかみや怨恨から批判的な発言をする者もあったが、結局はハントの独創的な着想が調査研究を前進させた事実を認め、彼を正式にチームの一員に迎えることは当然だという雰囲気が大勢を占めた。しばらく経つうちに、はじめはハントを快く思っていなかった者たちも、グループLの存在によって作業が円滑に流れるようになったことを認めざるを得なくなった。中には百八十度の転向を示してグループLの熱心な支持者になる者も出てきた。とりわけ、ハントのグループの情報チャンネルが双方向に開かれていることが研究者たちに評判がよかった。彼らは自分たちの送り込む情報に対して、このグループから十倍もの有効な知識を引き出すことができた。こうして潤滑油が注がれると、コールドウェルの嵌め絵組み立て機械は本領を発揮しはじめ、やがてフル回転に移ると嵌め絵の断片は一つまた一つとおさまるべきところにおさまっていった。

　数学班は相変わらず手帳の中にあった方程式や公式を解明する努力を続けていた。数学的な真実はその表現がいかなる形式を取ろうと変わるものではなかったから、ルナリアン語の解読にくらべて数学班の対象とするものは遙かに截然としており、空想や妄想に影響されることが少なかった。数学者たちは度量衡の換算表の発見に勇気づけられている様子だった。彼らは同じ手帳にあった別の表に取り組み、ほどなく物理学や数学で一般的に使用されている定数の一覧表を判別した。πや自然対数の底e、その他いくつかの定数がたちどころに判明した。しかし、依然として単位の体系は解明されず、表の内容は大半が意味不明のままだった。

　単純な三角関数表も発見された。地図解析班が円周の度数の単位を突き止めていたため、三角関数の解読は極めて容易だった。表にはルナリアン語でサイン、コサイン、タンジェント等の見出しが付されていた。三角関数の解読を契機に、数学的な表記があちこちで理解されはじめた。数学者にとっては常識である三角方程式もたちまちにして解かれた。こうしたことから、通常の四則演算に使用される符号や指数の表記も知られ、ひいては物理学の運動方程式も解かれるまでになった。ルナリアンの科学がニュートンの法則に相当する理論を確立していたことが判明しても、もはや誰も驚きはしなかった。数学者たちはさらに、初歩的な積分や低階乗微分方程式を解明した。後のほうのページに、共振と減衰振動の原理を説明するものと思われる関数のグラフがあった。ここでは、単位が明確に規定されていないことが図表の解釈の妨げとなった。このグラフは電気、機械工学、熱力学その他あらゆる物理学的現象に応用できる標準的な表現であるに違いなかったが、ルナリアンの単位体系がより詳しく知られぬ限り、数学的にその関数を解くことができたにしても、その方程式の意味するところは正確にはわからなかった。

ハントはチャーリーのバックパックの中から発見された各種の電気機器のサブアッセンブリーにはたいてい、プラグ、ソケット、その他の出入力接点の近くに小さな金属ラベルが貼られていたことを思い出した。そのラベルに刻まれた記号の中にはボルト、アンペア、ワット、周波数等の単位を表わすものがあるのではなかろうか、と彼は考えたのである。エレクトロニクス班の研究所に一日閉じ込もって、ハントはそれらの記号を残らず書き出し、数学班に提供した。ハントが言いだすまで、誰一人そこへ気がついた者はなかった。

エレクトロニクス班の技術者たちはタイコ（ティコ）で発掘されたリスト・ユニットから

電池を取り出して分解し、別の部門の電子化学者の協力を得て、それが何ボルトの設計容量で作られたかを計算した。言語学班が装置の側に刻まれた記号を解読した。こうして、はじめてルナリアンの電圧の単位が明らかとなった。ささやかな発見ながら、実際これは大いなる出発であった。

ダンチェッカー、ショーン両教授は生物学的側面の調査研究の指揮に当たっていた。一部に意外と見る向きもあったが、ダンチェッカーはグループLへの協力を惜しまず、定期的に最新の情報を全面的に公開した。もっとも、これは教授に心境の変化があったためではなく、持って生まれた序列の感覚のなせる業(わざ)だった。ダンチェッカーは形式を重んずる男である。情報提供が組織の命ずる形式上の手続きとあれば、彼は厳密にそれに従うまでのことだった。さりながら、ルナリアンの起源についてはダンチェッカーは頑(がん)として自説を枉(ま)げず、一歩たりとも後へは退(ひ)かなかった。

ショーンは自分の約束を守って、チャーリーの体組織の化学分析と細胞の代謝から自然な状態における一日の長さを計算する作業を進めていた。しかし、ショーンは壁にぶつかった。何も結果が得られなかったわけではない。ただ、計算の結果がおよそ一貫性に欠けるものだったのである。ある試験では一日の長さが二十四時間という値になった。これはチャーリーが地球人である可能性を示していた。ところが、別のデータでは一日が三十五時間となった。これが正しければチャーリーは地球人ではあり得ない。さらに別のデータによる計算では両者の中間の値が出た。ゆえに、これらの結果に何らかの意味を求めようとすれば、チャーリーは一個体でありながら同時に多くの出身地を持つと解釈する他はなかった。それは理屈に合わないことである。だとすれば、試験や計算の方法に誤りがあるか、あるいはまったく計算外の要因が見落とされているかでしかない。

ダンチェッカーはと言えば、別の方面でぬかりなく成果を挙げていた。チャーリーの血管および各部の筋肉を形作る細胞の大きさと形状から、彼はチャーリーの循環器系の機能を示す方程式を導き出した。そして、その方程式を使って体内の熱量と体温および外気温の変化の相関関係を示す曲線を描くことに成功したのである。ショーンの計算結果のうち疑問の余地のない数値を使い、また進化の過程において他の地球上の哺乳(ほにゅう)動物と同様、チャーリーは体内の化学反応が最も効率よく行なわれるよう恒温を保つ体温調節機能を獲得していたに違いないという推定によって、ダンチェッカーはチャーリーの正常な体温を算出した。その値を最初の方程式に代入して、彼は外気温、より正確に言えば、チャーリーの活動に最も適する環境の温度を求めた。上下の誤差を考慮すると、それは摂氏(せっし)二度から九度の範囲内であった。

ショーンの計算ではルナリアンの一日の長さが確定されず、その後多くの新しい発見によって最初の数表が間違いなくカレンダーであることが判明したにもかかわらず、そのカレンダーからは今もってルナリアン世界の解明に資する具体的な材料は得られぬままだった。エレクトロニクス班の調査が進むにつれてチャーリーの所持していた電子機器から多くの手がかりが見つかり、やがてそこから曖昧(あいまい)なルナリアンの時間の単位をはっきりと規定する新しい道が開けることとなった。もし数学班に電気的振動の方程式を解くことができるなら、そこで扱われている量を操作して自由空間における誘電率と磁気吸収をルナリアン単位で表わす二つの定数が得られるはずである。その定数の比率からルナリアンの単位時間当たりの距離を、これもルナリアンの単位で表わした光の速度を知ることができるであろう。すでに距離を示す単位はわかっている。したがって、時間の単位も自ずと知られるはずであった。

当然のことながら、UNSAの活動は世界中の耳目を集めていた。非常に発達した技術文明が五万年前に存在していたという発見はそれだけでも人々をあっと言わせる驚天動地の事件であった。数週間を経てそのことが発表されると、世界中の新聞が華々しく書き立てたが、中には後々まで記憶に残る印象的な見出しもあった。〈人類アームストロング以前に月に立つ〉、はしゃぎすぎた見出しもある。〈滅亡した火星文明〉、まるで的をはずれた例もある。〈知的宇宙人と接触〉……が、それはともかく、各紙とも発見の情況は概ね正確に伝えている。

続く数か月の間、UNSAのワシントン広報部は世界中の貪欲な編集者やプロデューサーの洪水のような質問攻めに悩まされた。常々内容の固まった、結果の予想される事柄について報道陣に説明することに馴れている広報部は、今回のような正体も定かでない問題に直面するとまるで手も足も出なかった。ワシントンははじめのうちこそよく頑張ったが、やがてとうとう音を上げて、報道陣との応対の責任をヒューストンのナヴコムの広報部に押しつけた。ヒューストンの広報部長はグループLを既設の情報交換センターと見なしていた。そんなわけで、ただでさえ日増しに忙しさを加えているハントの肩にさらにもう一つ大きな責任がのしかかることになった。間もなく、記者会見、TVドキュメンタリーやインタヴュウ、ルポ・ライターたちとの面談等は彼の日課となった。毎週の調査研究報告を整理して報道陣用に資料をまとめるのもハントの仕事だった。資料は客観的かつ即物的な内容を厳密正確に表現していたにもかかわらず、ナヴコムのオフィスを離れてから世界中の新聞やTVに報道されるまでの間に不思議な変貌を遂げ、さらに読者や視聴者の頭の中で一層奇妙に歪曲した。

イギリスのある日曜新聞は、旧約聖書の記述のあらかたの部分は宇宙人襲来のありさまを無知蒙昧な目撃者が語り伝えたものであると説明した。それによれば、エジプトの疫病は敵対する地球人への警告として故意に行なわれたエコロジーの破壊であり、紅海を渡るモーゼを導いたのは空飛ぶ円盤であった。海が割れたのは原子核の力場のなせる業だった。空から降ったマンナは熱核反応推進機構の炭化水素燃料の燃焼副産物であった。これを読んだパリのある出版人はその考え方に大いに興味を示し、フリーの記者を雇ってキリストの生涯を再検討させ、新約聖書は四万八千年におよぶ銀河系辺境における瞑想の後地球に戻った一人のルナリアンの奇蹟を象徴的に物語るものであるという解釈を打ち出した。

ルナリアンは今なおいたるところに出没しているという〝真実〟の報告が各地で発表された。ルナリアンがピラミッドを造り、アトランティスを沈め、ボスポラスを開鑿したとする説も現われた。ルナリアンが地球に降り立つところをこの目で見たと言いだす者も少なくなかった。中には二年ほど前にコロラドの砂漠の真ん中でルナリアン宇宙船のパイロットと話を交わしたと言う者もいた。記録に残っているありとあらゆる超自然現象、幽霊、天変地異、奇蹟、聖者、亡霊、幻、魔女等がことごとくルナリアンとの関連で取沙汰された。

しかし、人の噂も七十五日で、その後驚異の発見もなく、やがて新しいセンセーションを求めて一般の関心は別のほうに向かった。調査の経過報告も専門的な科学雑誌や学界向けに限られた内容に絞られていった。研究当事者たちはもとより世間の関心に頓着するはずもなく、調査は以前と変わりなく続けられていた。

一方、月の裏側で光学観測所の建設に当たっていたUNSAの一隊は、月面下二百フィートに超音波エコーの異状を発見した。縦坑を降ろして調査してみると、どうやらそこはルナリアンたちが月面地下に建設した基地の廃墟らしいことがわかった。そうとは言いきれぬまでも、とにかく、そこにはある種の構築物の残骸があったのである。それは高さ十フィートの鉄の壁をめぐらせた箱型の小さな住居であった。一方の壁面は失われ、内部は四分の一ほどが土砂と破岩で埋まっていた。かろうじて原形を留めている一方の端からさらに八体のルナリアンの焼死体が発見された。什器や機械装置と思しきものもあり、他に密封された金属のコンテナが多数発掘された。その僅かに残された部分を除いて、全体を形作っていた建築資材、部材その他は跡形もなく消失していた。

金属容器は地球に運ばれ、ウェストウッドの科学者の手で開封された。中身は食料品で、高熱を潜ったにもかかわらず良好な状態を保っていた。何が原因であったかはともかく、その同じ高熱がルナリアンたちの生命を奪ったに違いなかった。容器の大半は加工野菜、肉、甘味料であったが、中のいくつかは魚が入っていた。鰊ほどの大きさの魚はまったく無傷だった。

ダンチェッカーの助手が魚を割いて中を調べた。彼ははたと首をかしげて教授を研究室に呼び、意見を仰いだ。ダンチェッカーは翌朝八時までとうとう研究室から一歩も出なかった。一週間後、教授はとかく疑いの目でものを見るヴィック・ハントに向かって言った。「この魚は地球上のどこの海のものでもありません。この惑星にかつて存在したいかなる生物から進化したものでもない。いかなる意味においても、地球の生物とは何の繋がりもないのです」

11

一九七二年十二月の第十七次アポロ計画は、人類の英知を結集して地球以外の世界に到達し、直接その世界を探索しようという初の試みに有終の美を飾るものであった。アポロ計画以後、NASAの活動は規模を縮小した。それは主として七〇年代を通じて寄せては返す波のように西欧世界を襲った経済危機がアメリカに影を落として財政を圧迫したためである。政治的に作り出された石油危機や、中東およびアフリカ南半の政情不安、ヴェトナム戦争の余波等もNASAにとっては禍いした。一九七〇年代の半ばから末にかけて一連の無人探査船が火星、金星、水星、それにいくつかの外惑星に向けて打ち上げられた。一九八〇年代に入って有人探査船が飛びはじめると、もっぱら各種のスペース・シャトル開発と軌道を回る恒久的な宇宙研究室や観測基地の建設に活動の焦点は絞られた。その後に予定されている太陽系外宇宙進出の足固めであった。そんなわけで、一時期月世界は等閑(とうかん)に付され、人間に邪魔されることなく十億年来の静寂に帰って悠久の宇宙(ユニヴァース)に沈潜したのである。

アポロ宇宙飛行士らが持ち帰った情報は、何世代にもわたって地球にへばりついていた観察者たちの月の特質や起源をめぐる対立した見解にきっぱりと断を下した。およそ四十五億年の昔に太陽系が誕生して間もなく、月はかなりの深さ、おそらくは半径を二分するあたりまで熔融状態となった。月の成長に伴って放出される重力エネルギーがその熱源である。その後の冷却期間を通じて、鉄分を含む重たい鉱物は沈澱(ちんでん)し、密度の小さいアルミニウムを多く含む鉱物が浮上して月面の地殻を形作った。降り注(そそ)ぐ隕石(いんせき)は地殻の形成に多少の影響を与え、攪乱(こうらん)と錯綜(さくそう)をもたらしたが、四十三億年前頃までには地殻は事実上完成していた。隕石落下はさらに三十九億年前まで続き、その頃までに月面はほぼ今日知られている姿となった。その後、三十二億年前までの間に内部から玄武岩(げんぶがん)の熔岩が流れ出したが、これは表面下に局所的に放射性の物質が集積し、一度冷え固まった地殻を熔(と)かしたためである。流れ出した熔岩は隕石の落下によって生じた陥没を埋め、黒ずんだ〈海〉を作った。地殻はさらに冷却して厚みを増し、もはや熔岩がそこを突き破ることはなくなった。以後、月面はいっさい変化が跡絶(とだ)えた。ごく稀(まれ)に隕石が落下してクレーターを穿(うが)ち、また降砂がほんの僅(わず)かに月面を摩滅させることもあった。しかし、実質的には、月はすでに死んだ天体であった。

以上の歴史は月の表側の詳細な観察と、限られた範囲の探検から推定されたものである。軌道上から裏側を観察した結果もまた、そこで表側とほとんど同じ歴史の展開があったと考えられるものであった。そしてこの一連の事象は従来の理論と矛盾するところがなく、アポロ以後長いこと誰一人その信憑性を疑う者がなかった。むろん、細部に関しては新しい発見もあったが、月理学の全体像としてはもはや影に隠された部分はないかのごとくであった。ところが、人類が大挙して月面に立ち帰り、恒久基地を建設して裏側の探索に乗り出すと、それまで夢想だにされなかったまったく別の、既成の概念を根底から覆す事実が浮かび上がってきたのである。

遠くから観察する限り、月の裏側は表側とほとんど変わるところがない。しかし、顕微鏡的レベルまで接近してみると、裏と表はとうてい同日に論ずることのできぬおよそかけ離れた歴史を辿ったことが判明したのだ。さらに、人類の行くところ常に現出せざるなき光景として基地が設営され、発射台が置かれ、通信施設をはじめその他あらゆる付属設備が月の表側に建ち並んで月面の調査が進むと、ここでまた種々の矛盾が表面化した。

七〇年代前半に月面上の八地点が探索され、そこで採取された岩石サンプルをあらゆる角度から試験した結果はいずれもオーソドックスな理論を裏づけるものであった。その後探索地点は何千を数えるようになり、新たに得られた厖大なデータもまた従来の考え方を確認するものであった。が、中には説明に窮する例外的な事実もままあった。それらの事実は、むしろ当然と考えるべきかもしれなかったが、月の表側のいくつかの特徴は裏側にも認められることを物語っていた。

いろいろな解釈が試みられたが、いずれも決定的な説明とは言えなかった。もっとも、UNSAの幹部はそのような問題には関心がなかった。すでにこの頃、月面における活動は純粋な科学調査の域を脱して、土木工学的な分野に重点が移っていたためである。僅かにいくつかの大学の志を同じくする学者たちの間で月面の砂塵のサンプルに見られる不思議な不整合性について意見が交わされるにすぎなかった。そのようなしだいで、いみじくも〈月半球不整合〉と名づけられた問題は長いこと、他の夥しい課題と共に、科学世界の〈未解決〉の抽斗の底にしまい込まれたままだった。

科学のあらゆる領域においてルナリアンにいささかなりとも関連する分野の最新の知識を系統的に追跡蒐集することはグループLに課せられた責任の一つであった。当然、月に関する情報は何事によらずチェック・リストの上位に置かれていた。いくばくもなく、グループLは月専門の小さな図書館を開くに足る資料を蓄積した。二人の若い物理学者はハントが部下たちに仕事を割りふった時に身をかわし損ね、その厖大な資料を分類整理する気の遠くなるような作業を押しつけられるはめになった。彼らが月半球不整合問題に出会うまでにはそれからなおしばらく時間がかかった。そして、いよいよその問題を掘り起こすことになった時、彼らは数年前にベルリンのマックス・プランク研究所でクロンスキーという名の核物理学者が行なった一連の年代測定試験の報告を発見した。そこに示された年代を見て二人の若い学者は直ちに取るものもとりあえずハントのもとに駆けつけた。

長い討論の末に、ハントはネブラスカ大学物理学科のソール・スタインフィールド博士にテレビ電話をかけた。スタインフィールドは月理学の権威であった。この電話がきっかけで、ハントはグループLの仕事を補佐の地位にある男に数日任せることにし、翌朝オマハへ飛んだ。スタインフィールドの秘書が空港にハントを出迎えていた。一時間足らず後、ハントは物理学研究室で直径三フィートの月球儀と向き合っていた。

「月面の地殻は厚さが均一ではありません」スタインフィールドは月球儀を指さして言った。「表側にくらべて、裏側のほうが遙かに厚いのです……もっとも、これは一九六〇年代に最初の人工衛星が月の周囲を回った時から知られていることですが、質量の重心が幾何学的中心から約二キロほどずれているのです」

「その理由は明らかにされていないわけですね」ハントは尋ねるともなしに言った。

スタインフィールドはしきりに月球儀の前で華奢(きやしゃ)な手をふりまわした。「地殻が片側に厚く偏って凝固(ぎようこ)するなどということはあり得ません。しかし、それは問題ではないのです。というのは、この厚さの差はそのようにして生じたのではないからです。月の裏側を作っている物質は、そう、三十年前あたりまで月に多少ともまとまってあると考えられていたいかなる物質よりもずっと新しいのですよ。ずっとずっと新しい。いや、そのことはご承知ですね。それでこうしてここへ見えられたのですから」

「まさか、最近形成されたものではないでしょうね」ハントは言った。

スタインフィールドは普段はきれいに撫でつけられている二房の白髪を乱して激しく首を横にふった。「そうではないのです。物質そのものは間違いなく他の太陽系の惑星と同じくらい古いのです。わたしが言っているのは、それが月面にはじめからあったものではない、ということです」

スタインフィールドはハントの肩に手をやって壁面に掲げられた月の中心を通る面で切った断面図にふり向けた。「あれをごらんください。赤く塗ってあるのが、本来の月面です。これで見ると、もともと月はほぼ正確な球型であったことがわかります。裏側は……この青で塗ってある部分ですが、その上に別の層がかぶさっています。この層が形成されたのが比較的最近のことなのですよ」

「本来の月面を覆い隠したということですか」

「そのとおり。誰かがかつての月面に数十億トンの岩石、土砂をぶちまけたのです……それも裏側だけに」

「確証されたことですか？」ハントは念を押した。

「ええ……ええ。裏側の全域で試錐孔や縦坑を降ろしてサンプルを取りました。その結果、旧月面の深さもほぼ正確にわかっています。いいものをお目にかけましょう……」研究室の奥の壁は床から天井まで小さなスチールの抽斗でぎっしり埋まり、その一つ一つに整然と検索用のラベルが付されていた。スタインフィールドは部屋を横切り、抽斗の前に屈み込むと何やら呟きながらラベルに目を走らせた。「ああ、これだ」彼はしたり顔で抽斗を叩き、中から漬物の瓶ほどのガラスの密閉容器を取り出した。その中身はざらざらした灰色の岩石片であった。針金の台座の上でそれはチカチカと微かな光を放っていた。

「これは月の裏側でごく普通に見られるクリープ（KREEP）玄武岩です。これが……」

「熱と圧力で生成されたもの（creep）ですか？」

「カリウムを多く含んでいるということです。つまり、Kです。その上、地球では稀少な元素であって、燐光性である（rare earth element, and phosphorus）というわけで、KREEPです」

「ほう……なるほど」

「山脈の多くがこのような成分からなっています」スタインフィールドは説明を続けた。「この岩石の生成年代は今から四十一億年前と思われます。ところで、宇宙線にさらされてできたアイソトープを分析すれば、この岩石がどのくらいの期間月面にあったかがわかりますね。で、実際にその方法で測定したところが、やはりほぼ四十一億年という数字になりました」

ハントは少々面喰らった。「しかし、それは何も不思議なことではないでしょう。そうなるのが当然じゃあありませんか」

「岩石が月面に露出していたものならば、それはそのとおりです。ところが、これは七百フィートの試掘坑の底から採取したサンプルですよ。言い換えれば、これは四十一億年の間表面にあって、ある時突然七百フィートの底に埋まったということです」スタインフィールドは再び壁の図面を指さした。「先程も言いましたとおり、裏側のいたるところでこれと同じものが出ています。旧月面の深さは正確に推定できるのです。その深さでは表側と同じ古い岩石や地質構造が見られます。が、それを覆っている新しい層は、まったく何がどうなっているのかわからない状態でしてね。岩石や土砂がぶちまけられた時に、これがめちゃくちゃに混ざり合って、相当部分が熔融したと思われます。現在の裏側の月面に至るまで、この層の厚さ全体にわたってそういうごちゃ混ぜの状態なのです。想像はつくと思いますが」

　ハントは無言でうなずいた。それだけの量の物体が一時に移動を阻止されたとすれば、そこで放射されるエネルギーは想像を絶するものであったろう。

「その岩石、土砂がどこから来たものか、わかっていないのですか？」彼は尋ねた。

　スタインフィールドはまたもや白髪を乱して激しくかぶりをふった。「隕石豪雨（シャワー）が月の軌道を襲ったのではないか、という説明をしている人もいます。あるいはそのとおりかもしれません。しかし、これについては議論がつくされてはいません。確かなことはわからないのです。なるほど、岩石の組成を見ると、隕石によく似ています……というより、月そのものに近いのです。まるで、同じ物質から成っているかと思われるほどですよ。それで上空からの観察では見分けがつかないのです。今わたしが言ったことを理解するには顕微鏡レベルの観察が必要です」

　ハントはしばらく黙ったまま不思議そうにガラス容器の岩石片を見つめた。やがて、彼はそっと容器を実験台に置いた。スタインフィールドはすぐにそれを抽斗に返した。「で、裏側の月面についてはどうですか?」

「なるほど」スタインフィールドが戻るのを待ってハントは言った。「で、裏側の月面についてはどうですか?」

「クロンスキー一派の実験ですか?」

「ええ……昨日もそのことに触れましたが」

「裏側のクレーターは、言うなればその岩石投棄の副産物ですね。隕石落下で生じた表側のクレーターとは性質が違います……そう、数十億年も新しいのです。裏側のクレーターの縁から採取したサンプルを調べると、いろいろ面白いことがあります。例えば、半減期の長い元素の活動レベルが非常に低い……アルミニウム26や塩素36などがそうです。それに太陽風からの水素、ヘリウム、不活性ガスなどの吸収率も低い。つまり、それらの岩石が月面にあった時間はたいへん短いということですね。ところが、これはクレーターが生じた時に飛び散ったものですから、そもそもクレーターができたのが非常に新しい時期だということになります」スタインフィールドは両手を拡げて大袈裟に肩をすくめた。「その後のことはよくご存じでしょう。クロンスキーその他が年代測定を行なっています。その結果が推定五万年前……ほんの昨日のことですよ」数秒の間を置いて彼は言った。「きっとどこかでルナリアンと関連があるに違いありません。五万年前という数字は、ただの偶然の一致とは思えませんね」

ハントは眉を顰めて精密な月球儀の裏側を見つめた。「すでに何年も前からこういうことはわかっていたんでしょう」彼は顔を上げて言った。「それなのに、どうしてこちらから声をかけるまで黙っていたんです？」

スタインフィールドは再び両手を拡げ、弁解の言葉を捜した。「それはその、UNSAは有能な人材が揃っていますからね、これくらいのことはとうの昔にご存じだろうと思いまして」

「たしかに、もっと早くに摑んでおくべきでしたね」ハントは言った。「でも、何しろ忙しいもので」

「そうでしょうね」スタインフィールドはそっけなく言った。「いや、それはそれとして、他にもまだいろいろとあるのです。今お話ししたのは一応辻褄の合っていることですが、これからお話しするのは理屈の通らない……」彼は何やら思いついた様子でふと言葉を切った。「これから説明のつかない問題についてお話ししますが、その前に、コーヒーでもいかがですか？」

「それは有難い」

スタインフィールドはブンゼン・バーナーに火をつけ、手近の水道から実験用の大きなビーカーに水を汲んで五徳にかけた。それから彼は実験台の下に屈み込んで戸棚の奥を掻きまわし、やがて勝ち誇ったように琺瑯の剝げたカップを二つ取り出した。

「まず第一に説明のつかないことは、月の裏側から採取したサンプル中、比較的最近放射能を浴びたものの分布と、放射性物質の量ないしはその分布とが一致しないことです。何か所か、放射能源がかたまってあるべきはずのところに、それがないのです」

「集中的に落下した隕石のうちに、強い放射能を持つものがあったとは考えられませんか?」ハントは自ら説明を試みた。

「いえ、それはあり得ません」スタインフィールドはガラス瓶のずらりと並んだ棚に沿って目を走らせながら答え、〈酸化第二鉄〉と記された赤褐色の粉末の入った瓶を手に取った。「そのような隕石があったとすれば、今でもその一部は残っているはずです。ところが先程からお話ししている新しい岩石層の中の放射性元素の分布は極めて均等です……要するに普通の岩石なのですよ」彼は瓶の粉末をスプーンでカップに入れた。ハントは不安な目つきでそっとガラス瓶を見た。

「この部屋でコーヒーをコーヒーの瓶のまま置いておくと、たちまちなくなってしまうものですからね」スタインフィールドはそう言って隣の部屋との境のドアを顎でしゃくった。ドアには〈研究生〉の表示が掲げられていた。ハントはなるほどという面持ちでうなずいた。

「蒸発ですか?」ハントは尋ねた。

　スタインフィールドは重ねてかぶりをふった。

「蒸発するくらいなら、観測にかかる影響を残すほど長時間岩石と接触していないでしょう」彼は別の瓶を棚から降ろした。その瓶には〈リン酸一水素二ナトリウム〉と記されていた。「砂糖は?」

　スタインフィールドは話を続けた。「もう一つ不思議なことは、熱量のバランスです。岩石の量と、降った方向はわかっていますから、運動エネルギーの値は計算で得られます。それに、統計的サンプリングから、岩石を熔かして地質構造に変化を起こさせるのにどれだけのエネルギーが放散されなくてはならなかったかもわかっています。同様に、地下の放射能によって、どこでどれだけのエネルギーが生じたかも知られています。問題は、それらの値を突き合わせてみると、まるで計算が合わないということです。月面に生じたと考えられるエネルギーでは、とてもそれだけの変化は起こらなかったはずなのです。となると、その不足分を補うエネルギーはどこから来たのでしょう？　この問題については、コンピュータ・モデルも極めて複雑なものになりまして、あるいは誤りもあるかもしれません。が、とにかく、現時点では今お話ししたところが問題なのです」

スタインフィールドはハントに思案の時間を与えて、実験用トングでビーカーの湯をカップに注いだ。無事にコーヒーをいれ終えると、彼は無言のままパイプにタバコを詰めた。

「まだ他に、何かありますか？」ややあって、ハントは煙草入れを取り出しながら尋ねた。

スタインフィールドは大きくうなずいた。「表側の例外です。表側のクレーターは大半が典型的な形状をしている。つまり、古いものです。ところが、中にいくつかパターンの違うものがあるのです。宇宙線測定を行なってみると、それがほぼ裏側のクレーターの年代と重なるのですね。一般的には裏側に集中落下した隕石が一部表側にまでまわった、と説明しているのですが……」彼は肩をすくめた。「ただ、それでは説明できない異常がいくつか認められるのです」

「例えば?」

「例えば、ガラスや角礫岩の結晶構造を調べると、新しい隕石落下によるものとは別の熱によると思われるパターンを示しているのです。後で具体的な例をお目にかけますが」

ハントは煙草をつけ、コーヒーを啜りながら新しく聞かされた事実についてあれこれ考えをめぐらせた。コーヒーはまがりなりにもそれらしい味がした。

「不思議なことというのは、それだけですか?」

「ええ、まあ、大ざっぱなところは。いや、ちょっと待ってください。最後にもう一つ。集中落下した隕石が一つとして地球にまで届かなかったのはなぜか、ということです。地球上にはたくさんの隕石クレーターがあって、年代も決定されていますね。コンピュータ・シミュレーションをくり返した結果はことごとく、その時期に宇宙の異常活動がピークに達したことを示しています。月を襲った隕石の厖大な量からもそれは言えることでしょう。にもかかわらず、地球にはそのうちのただ一つの隕石も落ちていません。大気の影響を考慮しても、これはどうもおかしいと言わざるを得ません」

ハントとスタインフィールドはその日の午後と翌日いっぱい、調査報告や計算結果を何年分も溯ってつぶさに検討した。二日目の夜、ハントはついに一睡もせず、煙草を一箱空にし、コーヒーを何杯も何杯も飲みながらじっとホテルの壁を見つめ、新しく得た知識を頭の中で考えられる限りあらゆる角度から分析した。

五万年の昔、今ではルナリアンで通っている一群の宇宙人が月面に立っていた。彼らがどこからやってきたかは当面の問題ではない。それはそれでまた別の話である。ちょうどその頃、豪雨のように隕石が降り注いで月の裏側を覆いつくした。隕石は月面にいたルナリアンたちを抹殺したのだろうか？　おそらく抹殺したに違いない……しかし、その異変はどこであれもともと彼らが住んでいた惑星には何の影響もおよぼしはしなかったであろう。現在月面にいるＵＮＳＡの遠征隊が残らず死に絶えたとしても、長い視野で見れば地球に何の影響も与えはすまい。だとすれば、他のルナリアンたちはどうなったのか？　なぜそれ以後掻き消すように姿を消してしまったのだろう？　月で起こったことよりも、もっと広範囲にわたる大規模な異変があったのだろうか？　その大規模な異変こそが、月に隕石を降らせたそもそもの原因だろうか？　第二の異変が隕石を降らせ、同時に他の惑星のルナリアンたちを絶滅させたのだろうか？　それとも、二つの事件は何ら因果関係を持ってはいないのだろうか？　いや、そうとは考えられない。

　それに、スタインフィールドが話した説明のつかない現象……ふと突拍子もない考えが浮かんだが、ハントは慌ててそれを打ち消した。ところが、しだいに夜が更け、やがて白々と明けて来るまでの間に、その考えはくり返し執拗に彼を悩ませた。朝食をとりながら、ハントは何としても数十億トンの瓦礫の下に埋もれた真実を知らなくてはならないと決心した。隕石の集中落下が起こる直前の月面の状態を再現するに足る充分な情報を引き出す何らかの方法はきっとあるはずだ。午前中、ハントは今一度研究室にスタインフィールドを訪ねて疑問を打ち明けた。

スタインフィールドはきっぱりと首を横にふった。「わたしたちも、一年以上も月面の状態を再現する努力を続けました。十二種類のプログラムを準備しましたよ。すべて徒労に終わりました。月の裏側はどうにも手のつけられない状態です。鍬（くわ）でほじくり返されているようなものですよ。情報を集めようにも、出てくるものはがらくたばかりです」

「部分的にでも、何かわかりませんか?」ハントは食い下がった。「せめて等高線図だけでもコンピュータで描けませんか? 隕石の集中落下の直前の放射線源の分布がわかるような」

「それもわたしはやってみました。たしかに、ある程度は統計的に放射線源のかたまっている場所の見当はつきます。ですが、個々のサンプルが放射線を浴びた時どこにあったかはとうてい知りようがありません。度重（たびかさ）なる落下の衝撃で、おそらく岩石はあちこちはね返ったことでしょうし。そのようなエントロピーを解析できるコンピュータはどこを捜してもありはしませんよ。熱力学の第二法則という壁がありますからね。それができるとしたら、コンピュータとは似ても似つかないものになるでしょう。言うなれば、冷蔵庫ですね」

「化学的なアプローチではどうです? 隕石落下以前のクレーターの位置を探（さぐ）る方法は何かありませんか? 月面下一千フィートのクレーターの痕跡（ゴースト）を捜し当てる技術はないんですか?」

「とうてい無理です」

「旧月面を再現する何らかの方法があって然（しか）るべきでしょう」

「トラック一杯のハンバーガーから一頭の牛を復元しろと言われたら、あなたはどうなさいますか?」

彼らはそれからさらに二日二晩、スタインフィールドの自宅で、あるいはハントのホテルで話し合った。ハントはスタインフィールドになぜその情報が必要であるかを話した。スタインフィールドはハントを気狂い呼ばわりした。そして翌朝、再び研究室に戻ってハントは叫んだ。「表側のクレーターだ!」

「え?」

「隕石が集中落下した年代の表側のクレーターですよ。中には最初にできて、そのままのやつもあるでしょう」

「それで?」

「裏側と違って、そういうクレーターは埋まっていない。最初の状態を保っているはずじゃありませんか」

「それはそうですが……新しいことは何も出てきませんよ。同じ時の隕石落下でできたものですから、裏側のクレーターと何ら変わりはありません」

「しかし、あなたは、その中に放射能の異常が認められるものがあると言ったでしょう。それこそわたしが詳しく知りたがっていることですよ」

「ですが、今までにあなたのおっしゃるような事実は何一つ発見されていません」

「それはおそらく、目の着けどころが違ったからですよ。当然でしょう。わたしとは扱っている問題が違うんですから」

スタインフィールドの物理学科には月面で採取された厖大な岩石のサンプルが保存されていた。そして、その中には表側の若い、変則的なクレーターの底、ないしはその付近から集められたものも少なくなかった。ハントの粘りに押されて、スタインフィールドはそれらの試料を使って特別に計画された一連の検査を行なうことを約束した。彼は検査終了まで一か月の期間を要求した。

ハントはヒューストンに帰って、調査の進展につれて新しく浮かび上がった情報を吸収し、一か月後にオマハを再訪した。スタインフィールドは月の表側の異常が認められるクレーターをコンピュータが描き出した地図一式を揃えて待っていた。地図の上でクレーターは二種類に区分されていた。すなわち、顕著な放射線照射パターンを示すものと、そうでないものの二種類である。

「それに、もう一つ」スタインフィールドはハントに言った。「第一類、つまり放射線のパターンが認められるほうのクレーターには共通して第二類にはない特徴が見られます。深層部のガラスは表層部とは別のプロセスで生成されているのです。というわけで、表側にも異常な不整合があることになります」

ハントはオマハで一週間過ごした後、まっすぐワシントンに出向いて政府機関の科学者集団に会い、十五年前に廃省となったある役所の残存する記録文書を調べた。オマハに取って返して、彼はワシントンでの調査結果をスタインフィールドに伝えた。スタインフィールドは大学当局を説得し、大学が保存している月面の岩石サンプルのいくつかをパサデナにある

ＵＮＳＡの鉱物学および岩石学研究所に送って極めて特殊な精密試験に付することにした。その試験を行なうことのできる装置は世界中でも数えるほどの研究機関しか備えていなかった。

その試験の結果を受けて、コールドウェルはタイコ、危難の海、その他何か所かのＵＮＳＡ月面基地に最優先命令を発し、所定のクレーターの周辺で目的を限った特別調査を進めるように指示した。一か月後、最初のサンプル群がヒューストンに届き、それは直ちにパサデナに回送された。その後、月の裏側深層部で採取された厖大なサンプルもすべてパサデナで試験に付された。

月面調査とサンプル分析試験の一部始終は「極秘」のスタンプを押された調書にまとめられた。ハントがはじめてヒューストンを訪れてからちょうど満一年目のことであった。

二〇二八年九月九日

宇宙航行通信局本部長
Ｇ・コールドウェル殿

特命研究班グループＬ
主任研究員　Ｖ・ハント博士記

月面クレーター不整合に関する諸問題

(1) 半球不整合

旧来、月面の形状は表側と裏側とでその成因、特性ともに画然(かくぜん)たる差異があることが知られている。

(a) 表側

原初の月面形成は四十億年前である。月面クレーターのほとんどすべては隕石落下による爆発的運動エネルギー放射に成因を求めることができる。稀に、八億五千万年前に生じたコペルニクスのごとき、年齢の若いものも見られる。

(b) 裏側

表層は平均三百メートルの厚さで堆積(たいせき)する大量の、比較的最近付加された物質から成っている。クレーターはそれらの物質の集中落下の末期に形成された。その時期はルナリアンの生存期間に符合する。集中落下の原因は不詳。

(2) 表側に見られる特殊例

ほぼ三十年以前より、表側のいくつかのクレーターは裏側のものと同時期に形成されたことが知られている。現在、一般にはその成因は裏側の隕石集中落下の波及であると説明されている。

(3) オマハならびにパサデナにおける最新の研究より得たる結論

従来、表側のクレーターの特殊例はすべて流星雨または隕石落下に帰因するものとされていたが、これは誤りと見なくてはならない。特殊例はこれを二種類に区別することができる。

(a) **第一類特殊例**

五万年前の隕石落下によって生じたと確認されるもの。

(b) **第二類特殊例**

放射線照射歴、ガラス生成、隕石落下の形跡が認められぬこと、ハイペリウム、ボネヴィリウム、ジュネヴィウム三元素の検出等、第一類とは異なる特性を示す。例――月面クレーター・カタログ番号MB－3076／K2／Eは現在隕石によるものとされているが、これは誤りと見なくてはならない。クレーター・MB－3076／K2／Eは超融合爆弾によって生じたものである。他の例からもその点は確認されている。目下継続調査中。

(4) 裏側底層部

底層部原初月面付近の岩石の集中試験により、隕石落下以前に広範囲にわたる超融合爆弾被爆があったことが判明した。熱核反応、分裂反応の影響もあったと見られるが、その点については確認不能。

(5) 解釈

(a) ルナリアン生存期間中ないしはその前後に主として月の裏側において高度に発達した兵器が使用されたと思われる。ルナリアンが戦闘に関与している可能性が濃いが、それを証明する材料は発見されていない。

(b) ルナリアンが戦闘に関与していたとするならば、それはルナリアンの母惑星を巻き込む大規模な宇宙戦争であり、ルナリアン絶滅の原因であると想像される。

(c) チャーリーは月面に孤立した大がかりな探検隊の一員であった。月面にルナリアンが居住していた明らかな痕跡(こんせき)があり、遺留品、遺跡は裏側に集中している。その後、隕石の集中落下によって事実上いっさいの痕跡は抹消された。

12

〈ニューヨーク・タイムズ〉
二〇二八年一〇月一四日第一面特集

ルナリアン惑星の存在を確認

ミネルヴァは核戦争で破壊？

ワシントンDCの国連宇宙軍司令部はこのたび新たに驚異の発表を行ない、五万年前に宇宙飛行をなしとげて地球の月に到達したことが知られているルナリアン文明の母惑星がついに確認されたことを明らかにした。過去一年余にわたり、テキサス州ヒューストン市のUNSA宇宙航行通信局（ナヴコム）司令部を中心とする科学者集団が高度に総合的な調査研究を重ねた結果、ルナリアン文明はかつて太陽系内に存在したある地球型の惑星に発祥したことが確実となった。ローマ神話の知恵の女神に因んでミネルヴァと名づけられたこの第十番目の惑星は太陽から約二億五千万マイル、火星と木星の軌道の中間の、現在小惑星帯によって占められている位置に存在したもので、ルナリアン文明の中心となっていたことは今では疑問の余地なく立証されている。

ＵＮＳＡのスポークスマンによれば、さらに驚くべきことに、最近月面で採取されたデータをオマハのネブラスカ大学ならびにカリフォルニア州パサデナのＵＮＳＡ鉱物学および岩石学研究所が分析したところ、ルナリアン人種が月に到達した時期に月面で大規模な核戦争が起きたと想像される結論に達した。これによってミネルヴァが惑星間にまたがる全面的な核戦争で破壊された可能性は否定できないこととなった。

危難の海に超融合爆弾

ネブラスカ大学およびパサデナのＵＮＳＡ研究所の最近の調査により、従来隕石落下によって生じたものとされていた月面クレーターの一部は、超融合爆弾によるものであるとする見方が有力となった。水素爆弾、原子爆弾の影響もあると見られているが、この点については確証がない。

ネブラスカ大学物理学科のソール・スタインフィールド博士は次のように説明している。「久しい以前から、月の裏側のクレーターは表側の大半のクレーターにくらべてずっと新しいことがわかっていた。裏側のクレーター全部と表側のいくつかの形成年代はルナリアン人種の時代に当たっており、いずれも隕石落下がその成因と考えられてきた。裏側のものすべてを含めて、大半は事実そのとおりである。ところが、われわれの調査によって、表側のいくつかは核爆発によるものであることが判明した。危難の海の北辺のいくつか、およびタイコ付近の二つのクレーターがその例である。現在までに二十三のクレーターが核爆弾によるものと断定され、なお今後の調査に待つべきものは相当数に上る」

さらに、裏側底層部から採取された試料の分析結果は表側よりも裏側において爆発が激しかったことを物語っている。核爆弾投下直後に隕石集中落下によって裏側の原初の月面は埋没したため、現在月面に見られる隕石クレーターについてはデータが得られるものの、当時の月面の状況を詳しく再現することはとうてい不可能である。「月の裏側において核爆発がより激しかったというのは計算によって証明されることである」スタインフィールド博士は言う。「瓦礫(がれき)の下のことは何一つ具体的にはわからない。例えば、現実にクレーターの総数がいくつか、などについては知る由(よし)もない」

新たな発見はこの時期に隕石の集中落下が起きた理由を説明するものではない。ヘイル天文台のピエール・ギエモン教授は次のように述べている。「ルナリアン人種の存在とその現象の間に何らかの繋がりがあることは明白である。私見だが、この二つが時期を同じくしていることが偶然の一致だとすれば、むしろそのほうが意外である。もちろん、それもあり得ないことではない。当面、結論を急ぐことは禁物であろう」

〈イリアド〉派遣隊から手がかり

このほど、ミネルヴァが崩壊して小惑星帯を形作ったという驚嘆すべき事実が現場の調査で確認された。十五か月前、小惑星帯探査の目的で月面より打ち上げられた宇宙船〈イリアド〉号上で小惑星のサンプル試験が行なわれたが、その結果、小惑星の多くはごく最近誕生したものであることが判明した。テキサス州ガルヴェストンにあるUNSA作戦指令本部宇宙飛行管制センターに伝送されたデータによれば、宇宙線照射時間および軌道統計からミネルヴァの崩壊は五万年前と推定される。

地上の科学者たちは六週間後に月面帰着が予定されている〈イリアド〉号からの小惑星試料を心待ちにしている。

ルナリアン人種起源の謎

科学者の間ではルナリアン人種の起源をミネルヴァとするか否かについて今なお意見が分かれている。チャーリー（二〇二七年一一月七日付本紙参照）の詳細な身体検査によれば、ルナリアン人種の解剖学的身体構造は地球人とまったく同じであり、既成のあらゆる理論に照らして、別個の進化の系列を辿った人種ではあり得ない。一方、地球上にはルナリアン文明の歴史の足跡と見られるものは皆無であることから、ルナリアン人種が地球上で進化した可能性はまず考えられない。調査研究の当事者間でもこの点が最も重要な議論の焦点となっている。

イギリス出身の核物理学者で現在ヒューストンのUNSAにおいてルナリアン調査研究の調整者の立場にあるヴィクター・ハント博士は本紙記者の独占インタヴュウに応じて次のように語っている。「ミネルヴァについては、大きさ、質量、気候、自転周期、太陽を回る軌道等、すでに多くのことがわかっている。われわれは直径六フィートの縮尺模型を作ったが、そこには、大陸、海洋、河川、山脈、集落、都市等がすべて示されている。ミネルヴァに高度に発達した文明があったこともわかっている。チャーリーについてもこれまでに多くが判明しているが、彼の身分証明書その他の認識書類から知られた出生地はミネルヴァの一都市であることに疑念の余地はない。ただし、これは何を証明するものでもない。わたしの助手は日本で生まれたが、彼の両親はブルックリン出身である。この例一つからもわかるとおり、今後調査研究が進み、より詳しいことが知られるまでは、われわれはミネルヴァ文明とルナリアン文明が同一であるとは決して断言できない。

「ルナリアン人種が地球において進化し、ミネルヴァに移住したか、あるいは、すでにミネルヴァにいた別の人種と接触したということも可能性としては考えられることである。ルナリアン人種はミネルヴァで進化したと考えることもできる。今はまだ何とも言えない。どちらの考えを採るにしても矛盾は残る」

異星海洋生物の故郷はミネルヴァ

ヒューストンのウェストウッド研究所の著名な生物学者であり、また当初からルナリアン調査研究に携わって来たクリスチャン・ダンチェッカー教授は、数か月前に月の裏側のルナリアン基地の廃墟から発見された食糧中の異星魚類（二〇二八年七月六日付本紙参照）はミネルヴァ固有の生物と思われると明言した。魚が保存されていた密閉容器の表示は、魚がミネルヴァの赤道付近にその存在が明らかとされている諸島で捕獲されたものであることを物語っている。ダンチェッカー教授は次のように述べている。「この魚が地球以外の惑星で進化したものであることは疑問の余地がない。この魚はミネルヴァで進化したものであり、ミネルヴァに文明を移植した地球人植民者の手で捕獲されたと考えて間違いあるまい」

同教授は、ルナリアンもまたミネルヴァ固有の人種ではないかとする考え方を一笑に付している。

以上述べて来たとおり、多くの新事実発見にもかかわらず、ごく最近太陽系内で起こった現象は依然深い謎に包まれたままである。今後十二か月の間にさらに問題は意外な方向に発展することも大いにあり得よう。

（本誌十四面掲載の科学部による解説特集を参照されたい）

13

国連宇宙軍太陽系探査計画木星衛星派遣隊のヒュウ・ミルズ大尉は現地指令所の二階の屋根を覆う透明ドームから外の様子を眺めていた。指令所は氷原のはずれの小高い岩山の上に建っていた。ミルズを指揮官とする基地のドームや宿舎や燃料タンクが眼下に雑然とかたまり、その間を縫って月面車が動き回っていた。基地の向こうは灰色に霞み、メタンとアンモニアの霧が揺れる中で遠くぼんやりと柱石や氷の絶壁が見え隠れしていた。並はずれて強靭な精神力を備え、長年の厳しい訓練で心身を鍛えていたにもかかわらず、ミルズは三重のドームの薄い壁のことを思うと背筋に冷たいものが走るのをどうすることもできなかった。彼と恐るべき有毒ガスに満たされた外界を隔てるものは僅かにその薄いドームの壁だけだった。この衛星の大気中では、彼はたちまち一塊の石炭のように黒く、またガラスのように脆く凍てついてしまうであろう。木星の最大の衛星ガニメデは恐ろしい場所だ、とミルズは思った。

「クロース・アプローチ・レーダーの視野に入りました。着陸態勢に移っています。予測接地時間は今から三分五十秒後です」背後のコンソールの当直管制官の声にミルズの妄想の糸は絶たれた。

「了解、中尉」ミルズは答えた。「キャメロンと連絡を取れるか?」

「第三スクリーンのチャンネルが空いています、大尉」

ミルズは予備コンソールの前に立った。スクリーンには空いた椅子越しに地底管制室の内部が映っていた。ミルズは呼出しボタンを押した。待つほどもなく、キャメロン中尉の顔が正面から大写しに浮かんだ。

「お歴々は三分後に到着するぞ」ミルズは言った。「万事抜かりはないな?」

「はい、大丈夫です、大尉」

ミルズはドームの壁際に戻り、送迎用の三台の牽引車が一列に並んで出迎えの位置に着くのを満足げに眺めた。時間は刻々と過ぎていった。

「あと六十秒」管制官が大声で言った。「降下プロファイル異常なし。そろそろ肉眼で見えて来るはずです」

基地中央の着陸場を包む霧に黒い影が射し、やがてその中からゆっくりと中距離宇宙輸送船のぼやけた輪郭が現われた。暗黒の空から滑るように降りて来た輸送船はすでに脚をいっぱいに伸ばして、排気のクッションに支えられていた。輸送船が接地し、ショック・アブソーバーが撓んで惰力を吸収するのをきっかけに待機していた牽引車は揃って前進した。ミルズは一人うなずくとドームを後にして一階へ通じる階段を降りていった。

十分後、最初の送迎車が指令所の正面に到着した。望遠鏡の鏡胴のような通路が伸びて牽引車のエアロックに結合した。スタニスロフ少佐、ピーターズ大佐以下数名の側近はアクセス・チェンバーでミルズ他何人かの将校の出迎えを受けた。互いに紹介を済ませると、一行はすぐにその足で二階に上がり、高架廊を通って隣接する第三縦坑の入口をすっぽり覆うドームに入った。迷路のような階段と通廊を抜けると、そこは第三上層エアロック控え室であった。エアロックの向こう側にカプセルが待機していた。それから四分間、彼らはガニメデの氷の地殻の底深く、垂直に降下した。

再びエアロックを抜けて、彼らは底層の控え室に出た。どこか見えないところにある機械の振動と唸りがあたりの空気を揺るがせていた。控え室から短い廊下を経て、彼らはようやく地下の管制室に辿り着いた。そこには制御卓や各種の装置がずらりと並び、十数人の技術者たちがそれぞれの持ち場を固めていた。矩形の長辺をなす一方の壁は全面がガラスで、管制室の外で進められている作業を一望することができるようになっていた。キャメロン中尉は、外の様子を見ようとガラスの壁面に沿って並んだ一行に加わった。

そこは無垢の氷を穿ち、あるいは融かして作った大伽藍のような空洞であった。奥行九百フィート、高さは百フィートを越えると思われた。粗削りの側壁に無数のアーク灯の光が白く反射していた。床にはスチールメッシュの仮設通路が縦横に走り、クレーンや起重機、梁、パイプ、その他あらゆる種類の作業機械が犇めき合っていた。左側の壁面は奥行いっぱいに、床から天井まで梯子が伸び、足場が組まれ、渡り板が懸けられ、あちこちに監視や休憩のための小屋が設けられていた。洞窟内のいたるところで重装備の宇宙服に身を固めた作業員たちがめまぐるしく立ち働いていた。洞窟内はメタンや解けた氷から生ずるガスの爆発を避けるために高圧のアルゴンで満たされていた。しかし、一行の視線はことごとく洞窟の右側に吸い寄せられていた。

ほぼ奥行いっぱいの長さで、接ぎ目なしの黒い鉄の壁が立ち上がり、曲面を描きながら洞窟の天井に沿って視野の向こうへ伸びていた。それは洞窟内に横たわる何やら円筒形をした巨大な物体の一部であった。氷の床から上に出ているのは僅かな部分で、その下にはもっと大きな図体が隠されているに違いなかった。手前の、管制室のすぐ外側のあたりから大きな翼が張り出し、橋を懸けたように空間を横切って左手の氷壁の中に消えていた。鉄の胴が氷の床に没する縁辺に沿って、一定の間隔で直径六フィートほどの穴が口を開けていた。それらはこの異形の物体の周囲を取り巻いて上下左右に掘り繞らされたパイロット・トンネルの末端であった。

宇宙ロケット〈ヴェガ〉も遙かにおよばぬ大きさだった。ガニメデの永遠の氷に閉ざされていつからそれがそこに眠っていたかは知る由もなかった。しかし、衛星群から蒐集されたデータによるベクトル場(ば)合成の計算値は間違っていなかった。氷の底に何か巨大なもの、それもただの鉱脈ではない異様な物体が埋没していることはかねてから予想されていたのだ。

「いや、驚いた」長いことそれを見つめてからスタニスロフは声にならない声で言った。

「これだったのか、え?」

「馬鹿でかいな」ピーターズが口笛を鳴らして言った。従う武官たちも口々に驚嘆の声を発した。

スタニスロフはミルズをふり返った。「いよいよ、これから世紀の瞬間だな、大尉」

「そのとおりです、少佐」ミルズはうなずいた。彼は二百フィートほど奥の胴体近くに各種の装置機材を並べ立てて屯(たむろ)している一団の作業員を指さした。すでにその位置では鉄の外板が一辺八フィートほどの正方形に切り取られていた。「まずあそこから中へ入ることになります……胴体のほぼ中央です。外板は二重構造ですが、二枚とも切り取ってあります。その下に船体内殻(インナー・ハル)がありまして……」訪問者たちの理解を助けるために、ミルズは観察窓の近くに据(す)え付けられたディスプレイ装置に映し出されている開口部の接写を指さした。「試験的に穿孔(せんこう)した限りでは、内殻は単層です。あそこに突き出ているバルブは、切開に先立って内部の気体を分析するために挿入したものです。それから、あの進入口の奥の空間にはアルゴン・ガスが注入してあります」

作業の詳細を説明する前に、ミルズはキャメロンをふり返った。「中尉、通信網の最終確認をしてくれたまえ」

「アイアイ・サー」キャメロンは管制室の奥の中央制御卓に戻り、ずらりと並んだモニター・スクリーンを見渡した。

「アイス・ホールからサブウェイへ。応答願います」

作業現場の指揮官ストレイシーのヘルメットに包まれた顔がスクリーンに現われた。「点検完了」ストレイシーは応答した。「作業開始準備完了、待機中」

「アイス・ホールからピットヘッドへ。送信状態、どうですか？」

「画像、音声ともに良好」頭上遙かのドームの管制官から応答があった。

「アイス・ホールからガニメデ・メインへ」キャメロンは第三のスクリーンに呼びかけた。スクリーンには約七百マイル南方に位置するメイン・ベースのフォスターが顔を見せていた。

「異常なし」

「アイス・ホールから〈ジュピター〉Ⅳへ。応答願います」

「全チャンネル、送受信状態良好。異常なし」第四のスクリーンから副官の最終確認応答があった。まさにその瞬間、ガニメデの二千マイル上空の軌道を回っている全長一マイルの第四次木星派遣隊指令船の神経中枢からの応答であった。

「全チャンネル異常なし。作業準備完了しました」キャメロンはミルズに報告した。

「それでは、はじめてくれ、中尉」

「アイアイ・サー」

キャメロンはストレイシーに命令を伝達した。洞窟の現場で、宇宙服に着膨(きぶく)れた作業員たちは行動を開始した。ガントリーに吊られたロック・ドリルが前進した。ガラスの壁の内側で、一同はドリルの刃がじりじりとインナー・ハルに食い込むのを固唾を飲んで見守った。

ほどなく、ドリルは後退した。

「進入第一段階終了」ストレイシーの声が響いた。「中は何も見えません」

一時間後、ドリルの孔は鉄壁の一画を破線で区切った。投光器に火が入り、内視TVカメラが挿入されると、モニターにダクトや機械が犇めき合う大きな船室の部分部分が浮かび上がった。間もなくストレイシーの作業班はバーナーで鋼板を焼き切りにかかった。ミルズはピーターズとスタニスロフを現場に誘った。三人は管制室を出てさらに下の階へ降り、数分後に宇宙服に身を固めてエアロックから洞窟の底に姿を現わした。彼らが進入口へ着いた時、ちょうど四角く切り取られた鋼板がクレーンで取り除かれるところだった。

スポットライトに照らされた船内は、概ね彼らがドリルの孔から垣間見て想像したとおりであった。ひととおり開口部からの検分が済むと、それまで脇に控えていた二人の軍曹が進み出た。通信用のケーブルが二人のバックパックに接続され、コードを引き摺ったTVカメラと懐中電灯が手渡された。彼らは工具やカメラのアクセサリーを入れたバッグを携えていた。二人が仕度を整える間に、他の作業員たちはケーブルの切断を防ぐために鋼板を切り取った跡を粘着テープで被覆した。伸縮自在のアルミニウムの梯子が降ろされ、しっかりと固定された。軍曹の一人が入口で後ろ向きになり、そっと足を降ろして梯子の横木を探った。

やがて、彼はそろりそろりと船内に姿を消した。彼が梯子を降りきるのを見届けて、第二の軍曹が後に続いた。

二十分余り、二人は頭上の開口部から投射される光に異様な影を描き出す機械の林立の中を、あるいは潜り抜け、あるいは跨ぎ越えて動き回った。宇宙船は横倒しになっているために足場が悪く、行動は思うに任せなかった。ケーブルはときおり思い出したように一フィート、また一フィートと暗黒の底に吸い込まれて行った。やがて彼らは船首寄りの隔壁に行く手を遮られた。外部のモニターにはドアが一つ映し出されていたが、その向こうに何があるかは想像もつかなかった。灰色の鋼鉄製らしいそのどっしりとしたドアは高さ十フィート、幅四フィートほどの大きさだった。長い話し合いの末、軍曹二人が一度最初の進入口に取って返し、ドリルとバーナーその他、必要な機材を運び込んで、再びドリルで孔を開け、有害ガスの有無を確かめ、アルゴンを注入してドアを焼き切る作業をくり返すしかないと衆議一決した。ドアの頑丈な造りから見て、かなり時間のかかる大仕事になりそうだった。ミルズ、スタニスロフ、ピーターズの三人は管制室に引き返し、他の将校たちを誘って地上の食堂に向かった。三時間後に彼らは再び地底に戻った。

隔壁の向こうは今一つの機械室だった。複雑な点は前の場所と同じだが、そこはさらに広く、奥行も深かった。他に通じるたくさんのドアが並んでいた。ドアはどれも閉まっていた。二人の軍曹は任意に頭上の一つを選んだ。彼らがそのドアを焼き切る間に他の者たちは第一と第二の機械室に降り、ケーブルを引き摺る労力を軽減するためにローラーを据えつけた。ケーブルは軍曹たちの行動を目に見えて制約していたからである。ドアの焼き切りが終わると第二のチームが交替してその先の探索に当たった。

梯子をかけてドアを抜けると、そこは船首に向かって伸びているらしい長い通路であった。頭上と足下に並ぶ閉じたドアが次々にモニターのスクリーンを流れていった。最初の開口部からすでに二百フィート以上のケーブルが船内に吸い込まれていた。

「通路に出てから今五つ目の隔壁を過ぎるところです」管制室にいる者たちにスピーカーから船内の声が伝わってきた。「壁はすべすべで、鋼鉄と思われますが、ある種のプラスチックで表面加工してあります。ほとんど剝落（はくらく）していますが。現在壁のように立ち上がっている床は黒くて、弾性のあるものを敷いてあるようです。通路の両側にドアがずらりと並んでいます。どれも最初のものと同じ大きさですが、中には……」

「ちょっと待った、ジョウ」相棒の声が割り込んできた。「その大きいライトを下に向けてみろよ……きみの足下だ。ほら、きみが立ってるドアは引き戸（スライド）になっているんだ。細目に開いているぞ」

スクリーンに、光の輪の中で鋼鉄のドアの上に立ったUNSAのお仕着せの頑丈なブーツが映し出された。ブーツが脇へ寄ると、十二インチほど開いたドアの隙間が黒い溝のように見えた。ブーツはさらに画面の外へ消えた。ブーツの主は屈（かが）み込んでドアを調べているに違いなかった。

「ああ、きみの言うとおりだ」しばらくしてジョウの声がした。「開くかどうか、やってみよう」

カメラやライトを持ち替えるらしく、ひとしきり画面が揺れて、手足や壁や天井の映像が明暗の中で交錯した。画面が安定すると、ドアの隙間に宇宙服の大きな手袋が食いついていた。ドアはびくともしなかった。

「だめだ。全然動かん」

「ジャッキでやってみるか？」

「ああ、そうだな。取ってくれ」

二人はやりとりを交わしながらジャッキを隙間に据えつけて拡張した。ジャッキが滑ってはずれた。押し殺した悪態(あくたい)が伝わってきた。彼らはもう一度やり直した。手応えがあった。

「お、開くぞ。頼むから、うまくいってくれよ……ああ、ちょっと暗いな……ようし、これで開くだろう……ちょっと、そこへ足をかけてみてくれないか……」

モニター・スクリーンの中で灰色の鋼板は徐々に横に移動した。底知れぬ漆黒(しっこく)の穴がぽっかりと口を開けた。

「三分の二くらい開きました」息を乱した声が報告した。「何かつかえていて、これ以上はどうやっても開きません。ざっと覗(のぞ)いてみますが、もう一つ梯子がいりますね。誰か通路の入口まで運んでくれますか？」

カメラは黒い四角の穴に寄った。数秒後、画面に光の輪が浮かび、奥の壁の一部を映し出した。光の動きを追ってカメラは左右にふれた。電子機器と思(おぼ)しきものが列をなしていた。何かの目的で仕切られた小部屋。家具の脚。隔壁の一部……カメラは舐(な)めるように船室の内部を少しずつ視野に捉えた。

「こっち側はがらくたばかりだな……ちょっとライトを向こうへふってくれ……」ジャムの瓶ほどの大きさの何色かに塗り分けられた円筒が山をなしていた。とぐろを巻いたように見えるのは編んだベルトだろうか。側面にボタンが並んだ小さな箱型の装置……

「おっと、今のは何だ？　ちょっと戻してくれ、ジェリー……いや、もう少し左だ」

何やら白いものが見えた。白い棒状のものだった。

「や！　おい、見ろ。ジェリー、ほら、あそこだ」

不気味な白い光の底からにったりと笑うかのように見上げている骸骨に、洞窟内のモニターを見つめていた者たちも思わずはっと息を飲んだ。しかし、何よりも彼らを驚かせたのはその骨格の大きさであった。いかに立派な胸囲を誇る人間とて、その大桶の箍のような太い肋骨にはとうていかなうまい。いや、それどころではない。何者であるにせよ、その宇宙船の乗員たちが人間とは似ても似つかぬ生物であったことは、どんな素人でも一見してそれとわかったはずである。

カメラが捉えた一連の映像は地底管制室のプリプロセッサーで処理され、そこから有線でガニメデの表面に送られた。現地指令所のコンピュータはそれを信号に変換して、七百マイル離れたガニメデ・メイン・ベースにマイクロウェーブで中継した。信号は減衰を補った上さらに軌道上の指令船に転送され、そこでメッセージ・エクスチェンジ・アンド・スケジューリング処理装置を経て強力レーザー変調波に変換され、地球向けのシグナル・ビームに乗った。データは秒速十八万六千マイルで一時間にわたって太陽系を横切って飛び、火星軌道から数百万マイルと離れてはいない太陽軌道に浮かぶ長距離中継ビーコンのセンサーは宇宙空間からもとの出力にくらべたらゼロに等しいほどに減衰した微弱な信号を検出した。再びここで増幅された電波は、地球と月のトロヤ平衡点に浮かぶディープ・スペース・リンク・ステーションに達し、最終的に、アメリカ中部上空に静止している同期通信衛星に辿り着いた。衛星はサン・アントニオの地上局にビームを飛ばした。サン・アントニオとガルヴェストンの管制センターは同軸ケーブルで結ばれている。作戦指令本部のコンピュータは情報を貪欲(どんよく)に飲み込んだ。〈ジュピターⅣ〉(第四次木星派遣隊指令船)は十一か月かかってこの巨大な惑星に辿り着いた。が、その重大な発見に関する最新の情報は四時間足らずで、そっくりUNSAのデータ・バンクに納められたのである。

14

ガニメデの氷原の下に眠っていた巨大宇宙船の発見は実に驚異の事件には違いなかったが、しかし、ある意味では、それはまったく予期せぬ出来事ではなかった。科学者の世界では、かつてミネルヴァに極めて高度な文明社会が存在したことは、多少の意見の違いはあれ基本的に一つの事実として認められていたのである。実際、もし古典的な進化論の立場を取るとすれば、少なくとも二つの惑星、すなわち、ミネルヴァと地球において、ほぼ同時代に高度な技術文明が営まれていたと考えなくてはならないはずであった。それゆえ、人類の飽くなき太陽系探査が遠い過去の先住者の足跡をさらに明らかにしたとしても、決して驚天動地には値しなかったと言えば言える。人々が驚いたのは、その事実に対してではなく、ガニメアン——程を経ずして異星宇宙船の乗員はそう呼ばれるようになった——の体形とルナリアンと現代人の似通った体形の間にあまりにも大きな違いがあることとであった。

はたしてルナリアンとミネルヴァンが同一人種であるか否かという疑問は解決されぬまま、今また新たな謎が加わったのである。ガニメアンはどこから出現したのか？　ガニメアンはルナリアンやミネルヴァンとどこかで繋（つな）がりがあるのか？　UNSAのある科学者は途方（とほう）に暮れて、この謎を解明するためにUNSAは〈異星（エイリアン）文明局〉を発足させるべきであると提案した。

ダンチェッカー派はいち早く、ガニメアンの発見はかねてからの彼らの主張を全面的に裏づける証拠であるという見解を表明した。太陽系の二つの惑星において、同じ時期に知的生物が進化したことは疑いの余地もない。ガニメアンはミネルヴァで進化し、ルナリアンは地球で進化した。両者はまったく独立した別個の系列として進化した。ルナリアンのパイオニアはガニメアンと接触してミネルヴァに移住した。チャーリーがミネルヴァで生まれたこともそれで説明がつく。ところが、ある時両者の間に激しい対立が生じ、それが因で二つの人種は絶滅し、惑星ミネルヴァは崩壊した——。ダンチェッカーの論理には破綻がなく、説得力があり、確信に満ちていた。これに対する唯一の反論、つまり、地球上にルナリアン文明の足跡を示すものは何一つ発見されていない、とする説は日ごとに根拠が薄らぎ、負け犬の遠吠になってゆくかと思われた。ルナリアンが地球人であるはずはないとする陣営から脱落者が続出し、それらが皆ダンチェッカー派に寝返って教授は飛ぶ鳥を落とす勢いだった。そうした彼の威信と勢力から言って、木星から入って来る情報を最初に分析評価する責任がダンチェッカーに課せられたのは蓋し当然の成り行きであった。

当初の疑惑にもかかわらず、ハントすらダンチェッカーに向かって正面切って反論を唱えることはできなかった。ハント以下グループLの面々は手に入る限りの記録を漁り、かつて地球に高度に発達した文明があったことを伝えていると解釈し得るものはないかと、考古学から古生物学に至るまであらゆる領域の情報を求めて多くの時間を費やした。古代神話や各種の似非科学の書物まで視野を拡げて、過去の超人的知性の所為を物語る証拠も捜し求めた。彼らの努力はことごとく徒労に終わった。

そうこうするうちに、何か月も行き詰まったまま何の進展も見なかった領域で新たな動きが起こった。行き詰まっていたのは言語学班である。チャーリー個人の所持品からは、要するにまったく未知の異星の言語を解読するに充分な情報が得られなかったのだ。二冊の手帳のうち、地図や数表やその他の早見表のようなものが出ている一冊と、他の文書は部分的に解読され、ミネルヴァに関する初歩的な知識とチャーリー個人については多くのことが判明した。今一冊の手帳は日付のある手記の体裁で、度重なる努力も空しく、これは頑強に解読を拒んでいた。

ところが、月の裏側のルナリアンの基地の廃墟が発掘されて数週間後に情況は一転した。発掘された装置機器の中に、スライド投写機のマガジンに似た金属製のドラムがあり、それに多数のガラス板が納められていたのである。詳しく調べてみると、事実それはスライド用の素材であり、マイクロ・ドットが緻密な格子模様を描いていた。顕微鏡で調べた結果、そのマイクロ・ドットの一点一点が書物のページであることがわかった。光学系を通してそれをスクリーンに拡大投映する装置を作るのは何の造作もないことだった。言語学班は一躍、ささやかながらルナリアン語の図書館となった。数か月後、解読の成果は具体的な形となって現われはじめた。

言語学班の主任ドン・マドスンはオフィスの左隅の一画を占める大きなテーブルに雑然と置かれた書類を掻き分けて、クリップで無造作に止めたタイプ用紙を取り上げ、デスクの自分の椅子に戻った。

「これと同じものが、追っつけそちらにも回るはずです」向かい側に坐っているハントの顔を見てマドスンは言った。「詳しくは後でゆっくり読んでいただければいいのですが、とりあえず、大ざっぱなところをお話しします」

「結構」ハントは言った。「聞かせてくれたまえ」

「まず第一に、チャーリーについて、新しくこれまでになかったことがわかりました。バックパックにあった書類の一点は、言うなれば、軍の給与支給帳のようなものらしいのです。これを見ますと、チャーリーがどこでどんな任務に携わっていたか、おぼろげながら略歴がわかるのです」

「軍の？　じゃあ、チャーリーは兵隊だったのか？」

マドスンはかぶりをふった。「正確にはそうではありません。これから想像する限りでは、チャーリーの属していた社会では軍人と民間人の区別はあまり厳密ではなかったようです。むしろ、市民はすべて、一つの組織のある下部機構に所属していたようです」

「全体主義の謳い文句だな」

「ええ、まあ、そんなところです。国家がすべての権限を握っていますから。個人の生活まで国家権力の支配がおよんでいて、非常に厳しい規律を押しつけていたようですね。いかなる場合も、どこへ行って何をやれ、と言われれば、それに従わなくてはならなかったらしいです。いえ、ですから、それは軍隊に限らず、工場で働くにしても、農業をやるにしてもです。何に従事しようと、ボスは国家です。市民はすべて、一つの組織のある下部機構に所属していた、というのはその意味ですよ」

「なるほど。で、その、給与支給帳というのは？」

「チャーリーはミネルヴァで生まれています。これは前からわかっていたとおりですが。両親もミネルヴァ出身です。父親は何か機械のオペレーターだったようですね。母親も工場労働者のようですが、正確にどのような職種についていたかはわかりません。他に、この記録から、チャーリーがどこで何年間学校教育を受けたか、軍人としての訓練はどこで受けたか……軍事教練は義務制だったようです……エレクトロニクスについてはどこで学んだか、年月日も含めて、そういったことが全部わかります」

「というと、チャーリーは一種のエレクトロニクス技術者だったんだね？」ハントは訊（き）き返した。

「まあ、そういうことです。設計、開発よりも、むしろ保守、営繕（えいぜん）の関係だったようですが。特に、兵器に精通していたらしいですね。ここに、チャーリーが配属された部隊の長いリストがあります。最後の記録で面白いことに……」マドスンは書類をハントに手渡した。「これは配属された部隊のリストの最後のページを翻訳したものです。そこに場所が出ていて、脇に註があります。文字通り訳すと、〝離惑星（オフ・プラネット）〟ということです。おそらく、どこであれ、チャーリーが配属された月面の一か所をルナリアンはそう言っていたのでしょう」

「面白いね」ハントはうなずいた。「チャーリーについてはずいぶんいろいろとわかったようだね」

「ええ。詳しいデータは全部テープに入れてあります。彼らの日付を地球の時間に換算すると、チャーリーが最後の任務に就（つ）いたのは三十二歳前後の時ですね。いや、これは横道です。詳しいことは後で読んでいただければおわかりのはずです。わたしがお話ししたかったのは、チャーリーがどんな世界に生きていたかということです」マドスンはちょっと言葉を切り、手もとのメモを覗いてから先を続けた。「ミネルヴァは滅亡に瀕していました。今われわれが問題にしている時期は、最後の氷河期がまさに最盛期にさしかかろうとしていた頃に当たっています。氷河期というのは、太陽系全域に跨る現象だったわけですね。ミネルヴァは地球よりずっと太陽から離れていました。ですから、氷河期には自然環境も非常に厳しかったろうということは容易に想像できます」

「氷原の広さを見ただけでもそれは言えるね」ハントは相槌を打った。

「そう、そのとおりです。しかも、ますます厳しくなりつつあったのです。ルナリアンの科学者たちは、南北両極から張り出した氷原が一つに合わさって惑星全表面が氷に閉ざされるまでにあと百年足らずと計算しました。当然のことだろうと思いますが、ルナリアンは何世紀にもわたって天文学を研究していました。……チャーリーの時代以前にそれだけの歴史があるということです。ですから、住みやすい世界に至る前に、一度最悪の世界を通らなくてはならないことは旧くから予想されていたのです。そして、チャーリーよりもずっと前の時代に、最悪の事態を回避する唯一の道は他の惑星に移住することだ、という結論に達していました。ところが困ったことに、その結論が出てから何世代もの間、ルナリアンは、じゃあどうするか、具体的な方法を考えられませんでした。科学技術を推し進めていけばいずれどこかで答が見つかるだろう、ということで、これが言うなれば民族的目標になりました。彼らにとって唯一最大の関心事です。ルナリアンは何世代にもわたってそのために努力を重ねました。どこかに必ずあるに違いない別天地に大挙して移動することを可能たらしめる科学技術を、氷に飲み込まれる前に開発しようという悲願でした」

マドスンはデスクの隅に積み上げられた別の書類を指さした。「国家はそれを第一義の目標に掲げていました。事態はまさに焦眉の急でしたから、この目標は他のあらゆる問題に優先するものとされていたのです。そんなわけで、社会の成員である個人は、生まれてから死に至るまで、生涯国家の要請に従属していました。そのことは公的な文章でことあるごとに強調されていますし、市民は物心ついた時から叩き込まれるのです。ここにあるのはルナリアンが学校で暗誦させられる一種の公教要理のようなものの翻訳ですが、一九三〇年代のナチスの教科書にそっくりですよ」マドスンは口をつぐみ、何かを期待する目つきでハントの顔を見た。

ハントは釈然としない様子だった。ややあって彼は言った。「しかし、そいつは全然おかしいな。そうだろう。もしルナリアンが地球から移住した植民者だとしたら、宇宙航法の開発にそんなに躍起になるはずはないじゃあないか。現に、その技術があって移住したはずなんだから」

マドスンは心得顔にうなずいた。「そうおっしゃるだろうと思っていましたよ」

「だって……いや、どう考えても理屈に合わんよ」

「わかっています。つまり、ルナリアンはやはりミネルヴァで誕生した生命から長い時間かかって進化したのであるという考え方は否定できないのです……彼らが地球からミネルヴァに渡った後、それまでに蓄積した知識や技術をすべて失って、まったくはじめからやり直さなくてはならなかった、というなら話は別ですが、でも、どうもそれは無理だと思いますね」

「わたしもそう思う」ハントはしばし沈思黙考した。やがて彼は吐息を洩(も)らして頭をふった。

「やっぱりおかしいな。まあ、それはそれとして、他に何がわかったね？」

「ええ、完全な絶対主義国家の全体像がほぼ明らかにされています。権力は個人に絶対服従を要求して、生きとし生けるものはすべて権力の支配に服している社会です。何をするにも許可証が必要でしてね。旅行許可証、休業許可証、傷病者食糧受給許可証……何と出産許可証まであるんです。物資が不足しているところから、何でもが配給制度、割当制度ですよ。食糧は言うにおよばず、あらゆる種類の消費財、燃料、電力、住宅……考えられる限りのものにこの制度が適用されています。市民が不満を抱くことがないように、国家は地球人の歴史には類がない宣伝機関(プロパガンダ・マシン)を駆使して思想を統制しています。悪いことに、惑星そのものが絶望的に鉱物資源に不足していまして、これが技術の進歩のためには足枷(あしかせ)だったようです。技術開発を国是として努力を重ねてはいましたが、おそらく、進歩はわれわれの想像以上に遅々としていただろうと思いますね。百年というのは、だから逆の言い方をすれば、あっという間(ま)だったろうと思います」マドスンは書類を何ページかめくり、ざっと目を走らせてから先を続けた。「なお悪いことに、彼らは政治的にも非常な危機に直面していました」

「というと？」

「あらかじめお断わりしておきますが、ルナリアンの文明社会は、地球人と同じような発展の歴史を辿った、という前提でわたしたちはこれを解釈しています。つまり、まず部族というものがあって、それが村落、都市、国家と順に発展していった、という考え方です。そう考えるのが自然ですから。で、地球においても同じですが、歴史のある段階でいろいろな科学が興ってきました。必然的に、ある時期に、別々の人間が別々の場所で同じことを考えはじめたのです。例えば、滅亡を避けるためには他の世界へ脱出しなくてはならない、というようなことをです。この考えが一般に浸透した頃、ルナリアンは資源の不足に思い至ったようです。ごく限られた、恵まれた者だけは脱出できたとしても、惑星の全住民が大挙して他の惑星へ移動することはとうてい不可能であることがわかったのです」

「それで対立が芽生えたのだね」ハントが口を挟んだ。

「そういうことです。これはわたしの想像ですが、たくさんの国家が分立して、それが氷河の脅威から逃れようとしながら、技術の最先端に立とうとして互いに壮烈な競争を演じていたと思われます。どこを取ってみても、国同士はすべてライバル意識で対立していたのです。加えて国同士の競争を煽ったのは鉱物資源の不足、とりわけ金属資源の不足です」マドスンは壁に掛かっているミネルヴァの地図を指さした。「氷原に点々と○印がありますね。あのほとんどは要塞と鉱山町が一緒になったものです。氷を貫いて縦坑を降ろして鉱石を掘っていたんですね。それを横取りされないように軍隊が常駐していたのです」

「そういう生活だったのか。人を見たら泥棒と思え、だね」

「ええ。それも、何世代にもわたってですよ」マドスンは肩をすくめた。「しかし、彼らを責められないでしょう。今にも氷河が迫ってくるとなったら、案外地球人だって同じようなことになるんじゃありませんかね。とにかく、情況は極めて複雑だったわけです。常に二つの目的のために人材と資力を配分しなくてはならなかったのですから、困難も大きかったことでしょう。一つは大量惑星間輸送を実現する技術開発、今一つは自衛のための軍備と兵力の維持です。ところが、そもそも、そうやって配分するだけの国力はないのです。さあ、あなただったらこの問題をどう解決なさいますか？」

ハントはしばらく思案した。

「技術の共同開発かな？」彼は探りを入れた。

「おあいにくさま。ルナリアンにはそういう考え方はありません」

「となると、考えられるやり方はただ一つ。敵を蹴落として、戦争の脅威をなくしておいて、最重点目標に向かって全精力を傾けることだな」

マドスンはしかつめらしくうなずいた。「まさにそのとおりです。歴史を通じて、ルナリアンは常に戦争、ないしはそれに近い状態の中で生きていたのです。弱小国家はしだいに淘汰されて、チャーリーの時代には僅かに二つの超大国だけが残って対立していました。それぞれが赤道地帯の二大陸の一方を支配する形でした」マドスンは今一度地図を指した。「……セリオスとランビアです。これまでに調べた各種の資料から、チャーリーはセリオス人だったことがわかっています」

「いよいよ宿命の大戦争も時間の問題となったわけだね」

「王手がかかった、といったところですね。惑星全体は巨大な要塞であり、同時に工場でもありました。対立する両陣営のミサイルは互いに相手側の全土を隈なくカバーしています。空中には任意の目標に落とすことができる軌道爆弾がびっしり遊弋しています。われわれの社会のパターンと比較すると、どうやらルナリアンの場合、宇宙開発より軍備計画のほうが比重が大きくて、技術の進歩も早かったようですね」マドスンは再び肩をすくめた。「あとは推して知るべしでしょう」

ハントは思案顔でゆっくりとうなずいた。「辻褄は合うね」彼は呻くように言った。「それにしても、これはたいへんな欺瞞じゃあないか。考えてもみたまえ、どちらが勝ったにしてもだよ、最終的に脱出を果たすことができるのはほんの一握りの人間じゃあないか。支配階級と、その腰巾着だけだろう。なるほどねえ。強力なプロパガンダが必要なわけだ。そうしないと……」

ハントはふと口をつぐむと、奇妙な表情でマドスンを見た。「ちょっと待てよ……今の話はどこか矛盾しているぞ」彼は虚空を睨んで考えをまとめた。「ルナリアンはすでに惑星間航法を完成していたはずだろう……そうでなかったら、どうやって月へ行ったんだ?」

「その点も考えてみました」マドスンは言った。「たった一つ、説明が成り立つとすれば、彼らは最終的には地球を目指していただろうということです。他に選択の余地はないはずですから。おそらく、彼らは探検隊を派遣するところまではいっていたのでしょう。ただ、惑星の住民をそっくり移動させる大量輸送技術はまだ実用化されていなかったのではないでしょうか。戦争が勃発した時、彼らはすでにその目標に手が届く水準にまで達していたろうと思います。戦争などという馬鹿な真似はせずに、両陣営が互いの技術を持ち寄ったら、あるいは事態は変わっていたかもしれません」

「筋は通るな」ハントはうなずいた。「つまり、チャーリーは偵察隊の一員として先発したのだね。ところが、敵方も同じことを考えた。で、鉢合わせして月面で戦闘になった。情けない話だね」

短い沈黙が流れた。

「しかし、もう一つ腑に落ちないことがあるね」ハントは顎をさすって言った。

「何がです？」

「その、敵方だよ……ランビア人と言ったかな。ナヴコムでは、ミネルヴァを破壊した戦争は地球から渡って行った植民者……つまり、チャーリーの側、セリオス人だね……と、ミネルヴァに住み着いた異星人、ガニメアンとの戦いだったというのが今や常識となっているけれども、きみの話では、ガニメアンすなわちランビア人だね。たった今しがた、わたしらはここで、セリオス人は地球からの移住者ではあり得ないという話をした。何となれば、彼らが地球からの移住者だとしたら、宇宙航法の開発にそこまで血道をあげるはずはないのだから。ただし、これは百パーセント確信をもって言いきることもできない。例えば、何らかの理由で植民地が数千年の間孤立するといった異常な事態が起きなかったとも限らないからだ。ところが、ランビア人に関してはそういうことは考えられない。宇宙航法開発競争で、二つの人種がしのぎを削るライバル同士だったというのはあり得ないことだよ」

「ガニメアンは現に惑星間航法を完成していましたからね」マドスンは先回りして言った。

「ガニメデで発見された宇宙船が何よりもその証拠です」

「そのとおり。しかも、その宇宙船はどう考えても実験段階の試作品とはわけが違う。正直なところ、ランビア人の正体が何者であるかはともかく、どうもわたしにはガニメアンと同一人種ではないという気がするのだがね」

「おっしゃるとおりだと思います」マドスンは大きくうなずいた。「ガニメアンは分類学上から見てもまったく別の人種です。それに、もしガニメアンがランビアを領有する敵対人種だったとしたら、ルナリアンの記録に何らかの形で言及されているはずですね。ところが、それらしい記述はどこにもありません。わたしたちがこれまでに調べた限りでは、セリオス人とランビア人は、要するに同じ人種が二つの国に分かれていたにすぎないと判断して間違いありません。例えば、資料の中にセリオスの新聞の切り抜きと思しきものがありまして、それに政治漫画が載っているのです。それで見るとランビア人は地球の人類とそっくり同じ姿に描かれています。もしランビア人が多少ともわたしたちの想像するガニメアンの姿形に似ていたら、決してあのようには描かれなかったはずです」

「つまり、ガニメアンは戦争とは無関係と見ていいのだね」ハントは結論を下した。

「そのとおりです」

「となると、彼らはどこで登場するのだろう？」

マドスンは両手を拡げて肩をすくめた。「そこが何とも不思議なのです。どこにも出てこないのですよ……少なくとも、これまで調べた範囲では、ガニメアンのことを述べていると考えられる記録は発見されていません」

「とすると、ガニメアンはもう一つの大きな謎かもしれないね。つまり、わたしたちは勝手にガニメアンがミネルヴァからやってきたものと思い込んでいるだけで、現実にはそれを裏づける何の証拠もない。もしかすると、ミネルヴァとはそもそも無縁の人種かもしれないんだ」

「考えられることですね。ただ、わたしはどうしても……」

マドスンのデスクのディスプレイ・コンソールのチャイムが二人の対話を遮った。マドスンはハントに会釈して応答ボタンを押した。

「やあ、ドン」階上のグループLのオフィスにいるハントの助手の顔がスクリーンに浮かんだ。「ヴィックはいるかい?」興奮した様子で男は言った。マドスンはディスプレイをハントのほうに向けた。

「あなたにです」彼は言わずもがなのことを言った。

「ヴィック」助手は前置き抜きに切り出した。「〈ジュピターⅣ〉から二時間前に入った最新の試験報告を読んだよ。氷に埋まっていた宇宙船と乗員の巨人だがね……年代測定の結果が出た」助手は大きく息をついた。「どうやら、チャーリー問題とガニメアンは完全に切り離して考えたほうがよさそうだね。ヴィック、試験の結果に間違いがなければ、例の宇宙船は約二千五百万年、氷の下で眠っていたことになるんだ」

15

コールドウェルは一歩前に出て、ウェストウッド生物学研究所の一室の中央に置かれた高さ九フィートのプラスチック模型を仔細にあらためた。ダンチェッカーはたっぷり時間を与えてから説明を続けた。「ガニメアンの骨格の原寸模型です」彼は言った。「木星から伝送されたデータをもとに再現したものです。紛れもなく、人類がはじめて目にする異星知的生物の標本です」

コールドウェルは見上げるばかりの背丈に圧倒されたかのようにそっと口笛を鳴らし、模型のまわりをぐるりと回って教授の傍に戻った。ハントは驚きのあまり声もなく、ただ模型の頭から爪先まで何度も見上げ、見下ろすばかりだった。

「現存、絶滅を問わず、これまでに知られている地球上のいかなる生物ともいっさい相似してはおりません」ダンチェッカーは模型を指して言った。「ごらんのように、内部の骨格で体を支えて、二本脚で歩行、頭は一番上に位置する、といった表面的な類似性はありますが、それを除けば、ガニメアンはまったくこれまでに知られていない起源から進化したものです。頭蓋の構造も、これまでに知られている脊椎動物とはまるで違います。顔面は顎部が後退して偏平になってはおりません。顎は長く下方に突出しています。顔は逆三角形で上部が広い。これは目と耳の間隔を充分取るための構造です。後頭部は人間と同様、発達した頭脳を包容するために大きくなっていますが、丸く脹れずに項のところで張り出して、突出した顎部と均衡を取っています。それから、額の中央に間隙が見られますが、これは人類にはないある種の感覚器官を収容していたものだろうと思います。おそらく、肉食、夜行性の祖先から受け継いだ赤外線検知器官でしょう」

ハントは一歩進み出てコールドウェルと並び、骨格模型の肩のあたりに目を凝らした。

「まったく、こんなものは見たことがないね」彼は言った。「板状の骨が重なったような形になっている……。人間とはまったく構造が違うんだ」

「そうです」ダンチェッカーは力をこめてうなずいた。「おそらく、祖先が持っていた甲羅のようなものの名残りが変化したものでしょう。それに、他の上体各部も人間とはおよそ違います。脊椎は体の背面に沿って伸びていますが、このとおり、肩甲骨の下から肋骨が並んでいます。極めて特徴的なのは、この一番下の肋骨、ちょうど腹腔の上にあたる肋骨が太い箍のように発達して、そのあたりで大きくなっている脊椎骨からすじかいのように伸びた骨に支えられていることです。ああ、この箍状肋骨の脇にある二組の小さな骨の接ぎ手ですが……」教授はその部分を指さした。「これは、横隔膜を伸張して呼吸を助ける機能を果たすものと思われます。わたしの見るところでは、どうやらこれは対鰭の退化したもののようです。言い換えると、この生物はわれわれと同じように腕が二本あって、二本脚で直立歩行しますが、進化の系統をずっと溯ったどこかで、祖先に当たる動物は二対ではなく、三対の運動器官を備えていただろうと想像されるのです。そのこと自体、ガニメアンが地球上のいかなる脊椎動物とも類縁ではないという充分な証拠です」

コールドウェルは中腰になって骨盤に顔を近づけた。骨盤は太い横棒状の骨とすじかいの組み合わせに股関節があるばかりで、人間の骨盤のように大きく拡がった腸骨や仙骨はなかった。

「内臓もさぞかし変わっていることだろうな」コールドウェルは言った。

「内臓は下から支えられるより、むしろ上の箍状の骨格から吊るされる形を取っているようですね」ダンチェッカーはしたり顔で言った。彼は一歩退って模型の手足を指した。「最後に、四肢をごらんください。前腕および下腿が二本の骨から成っているのは人間と同じです。ところが、上腕と大腿が違うのです。こちらも骨が二本です。この構造によって四肢は大幅に機能が向上したに違いありません。おそらく、人間にはとうてい真似のできない動作が可能だったと思われます。加えて、手の指が六本。二本が他の四本と向き合う格好になっています。親指が二本あるのですから非常に便利です。片手で簡単に靴の紐を結べただろうと思います」

ダンチェッカーはコールドウェルとハントが納得のいくまでゆっくり骨格を眺めるのを待った。二人がふり返ると教授は続けた。「ガニメアンの年代が確定されて以来、誰もが二つの発見は偶然の一致として、ルナリアンとガニメアンは無関係だと考える傾向がありますが、わたしはそうは思いません。それどころか、わたしはこれから、両者の間に決定的な関連があることをお目にかけるつもりです」

ハントとコールドウェルは期待の面持ちで教授を見た。ダンチェッカーは研究室の壁際のディスプレイ・コンソールに近づき、呼び出しコードを打ち込んだ。スクリーンに魚の骨格が浮かび上がった。教授は満足げに二人に向き直った。

「これを見て、何かお気づきですか？」彼は尋ねた。

コールドウェルが乗り出してスクリーンを見つめるさまを、ハントは無表情に眺めやっていた。

「妙な魚だな」コールドウェルは降参した。「いや、わたしには何もわからん……どういうことだ？」

「ちょっと見ただけではなかなかわかりませんが」ダンチェッカーは待っていましたとばかりに言った。「細かく比較してみますと、この魚の骨格は一つ一つ、すべてガニメアンの骨格に対応していることがわかります。この魚とガニメアンは同じ進化の系統に属しているのです」

「この魚は、月の裏側のルナリアン基地から発見されたものだね」ハントはふと気がついたように言った。

「そのとおりです、ハント先生。魚は約五万年前、ガニメアンの白骨は二千五百万年ほど前のものです。解剖学的見地から言って、この二種の生物が非常に遠い過去のある時点で同じ祖先から枝分かれした類縁であることは明白です。当然、両者は同じ世界に起源を求めることができます。すでに、この魚がミネルヴァの海で進化したことがわかっています。ということは、つまり、ガニメアンもまたミネルヴァからやってきたのです。これで、今まで臆測にすぎなかったことが事実によって証明されたわけです。これまでの考え方のどこに間違いがあったかというと、ミネルヴァにガニメアンがいた時期と、ルナリアンがいた時期のずれを正しく理解していなかったことです」

「なるほど」コールドウェルは一歩譲った。「ガニメアンはミネルヴァで進化した。それも、われわれが考えていたよりもずっと早い時期にね。その点はいいとして、それがなぜそんなに重大なことなのかね？　わたしらを呼びつけた目的は何だ？」

「この結論自体、非常に面白いのですが、しかし、それだけではさして意味はありません」ダンチェッカーは言った。「ところが、これからお話しすることにくらべたら、こんなことはごく些細な問題でしかありません。それどころか」彼はちらりとハントを横目で見た。「知るべきことはすべてそこにあるのです。それで問題は残らずきれいさっぱり解決するのです」

二人は深刻な顔で教授を見た。

ダンチェッカーは唇を舐めて先を続けた。「ガニメアン宇宙船は隈なく調査されました。宇宙船および船内の遺留品すべてについて、わたしたちは手に取るようによく知っています。宇宙船は大量輸送能力を持つように設計されていました。ガニメデでいかなる運命に出会ったかはともかく、宇宙船は積荷を満載していたのです。わたしに言わせれば、これは古生物学ならびに生物学史上、空前の大発見です。と申しますのは、他にも種々積載されていましたが、宇宙船は非常に広範囲にわたる動植物の品種を輸送していたのです。あるものは生きたまま檻に入れられ、またあるものは密閉容器に保存された状態でした。おそらく、これは大々的な学術探検の一環か、あるいは何かそれに準ずる計画であったと思われますが、今のところそれはどうでもいいことです。重要なのは、われわれが今はじめて、かつて人類が一度として目にしたことのない動植物の標本を手に入れたということです。二千五百万年前、漸新世および中新世初期にこの地球上に棲息したたくさんの生物の代表例がこれで概観できるのです」

ハントとコールドウェルは耳を疑って教授の顔を見た。ダンチェッカーは腕を組んで昂然と顎を突き出した。

「地球上にだって？」コールドウェルがやっとのことで声を押し出した。「すると何か、きみは例の宇宙船が地球に着陸したと言うのか？」

「他に説明のしようがありません」ダンチェッカーはきっぱり言った。「明らかに、あの宇宙船は地球に残された化石という記録によって数世紀前から知られていた生物と外見上類縁性のある各種の生物を乗せていました。〈ジュピターⅣ〉派遣隊の生物学者たちは確信をもってそう結論していますが、彼らの送ってきた情報から判断して、わたしは彼らの意見に何の疑問もさしはさむ余地はないと思います」ダンチェッカーはキーボードに向き直った。

「わたしの言う意味を説明する例をいくつかお目にかけましょう」

魚の骨格が消えて、角のない犀に似た大きな動物がスクリーンに現われた。背景にはその動物が入れられていたに違いない巨大な檻が映っていた。そこは氷壁の前らしく、あたりにはケーブルや鎖や、鉄格子の一部などが散乱していた。

「バルキテリウムです」ダンチェッカーは言った。「ないしはそれに似たものですが、わたしが見る限り、違いはありません。この動物は肩の高さが十八フィート、図体は象を上回る大きさです。漸新世にアメリカ大陸で繁殖して、その後急速に死滅した典型的なタイタノヘレス、つまり巨獣の一種です」

「じゃあ、あの宇宙船が地球にやってきた時、こいつは生きていたのか？」コールドウェルは信じられない顔つきで尋ねた。

ダンチェッカーはかぶりをふった。「いえ、これは生きてはいませんでした。ごらんのとおり、まるで生きたままのような状態で保存されていたのです。あの、後ろに見えているコンテナに納められていたのですが、長期の保存に耐えるように、厳重に梱包してありました。幸い、梱包に当たった者は素人ではなかったようです。それはともかく、先程も申しましたとおり、船内には檻や飼育場の設備がありまして、生きた動物もたくさんいたのです。発見された時は、もちろん、乗組員と同じで白骨化していましたけれども。飼育場には動物が六種類おりました」

教授がボタンを押すと、スクリーンは脚の細い小さな四つ足の動物に変わった。

「メソヒップス……現代の馬の祖先です。コリー犬ほどの大きさで、三本指で歩きますが、中指が非常に発達しています。明らかに一本指の現代の馬を予示しています。他にもまだこのような例がたくさんありますが、いずれも初期の地球上の生物について多少知識のある者なら一目でわかるものばかりです」

ハントとコールドウェルは言葉もなく、再びスクリーンの映像が変わるのを呆然と見つめていた。次の映像は見たところテナガザルかチンパンジーの仲間らしい中型の猿であった。しかし、目を凝らしてよく見ると、それはいわゆる猿とは別の生物であるらしかった。頭の形が小ぶりに整っており、特に顎部が後退して、ほとんど鼻の下におさまっていた。腕も体の大きさの割合から見て猿よりは短かった。胸は広く平らで、脚は長く、まっすぐに伸びていた。そして、足の親指は他の指と向き合って開かず、平行に並んでいた。

ダンチェッカーは二人がそれらの特徴を識別するのを待って説明を続けた。

「今ごらんになっている動物は、明らかに、人間や大型の猿を含む類人猿に属するものです。ご承知のとおり、この種のものは中新世初期に進化しています。これまで地球上で発見されたこの時期の化石で、類人猿として最も発達しているのは前世紀に東アフリカで出た、一般にプロコンスルと呼ばれているものです。プロコンスルは、それ以前のいかなる種類よりも一歩進んでいることが認められていますが、しかし、あくまでもそれは猿としてです。ところが、その同じ年代にプロコンスルより遙かに人間に近い顕著な特徴を備えた別の種類の動物がいたのです。わたしが見る限り、今ここに映っているのはちょうどプロコンスルと同じ位置を占めるものですが、ただし、それは人間と猿がはっきり分かれたところでプロコンスルと並んでいた、つまり、これこそ人類の直系の祖先なのです」ダンチェッカーは得意然として声を張り上げ、文句があるかとばかりに二人を見据えた。コールドウェルは目を丸くして教授を見返した。彼は口をあんぐり開けたまましばらくは声もなかった。頭の中で途方もない想像が渦を巻いていた。

「すると何か……きみはチャーリーが……こいつから進化した、と言うのか？」

「そのとおり」ダンチェッカーはスクリーンの画を消すと勝ち誇った顔で二人に向き直った。「そもそものはじめからわたしが一貫して主張してきたとおり、古典的な進化論は十全かつ揺るぎないものです。ルナリアンが地球からの植民者であったという考えは結論として正しかったのです。ただし、その結論に至る過程が事実と食い違っていましたが。地球上をいくら捜してもルナリアン文明の痕跡が発見されるはずはありません。もともと地球上にはそんなものはないんですから。それに、人類とはまったく別の進化系統を辿ってルナリアンが出現したという考えも否定されました。ルナリアン文明は、人類および地球上の全脊椎動物と同じ起源から、ミネルヴァで独自に発達したのです。その祖先は、二千五百万年前に、ガニメアンの手でミネルヴァに運ばれたのです」ダンチェッカーは上着の襟を握りしめ、挑むようにぐいと顎を突き出した。「ハント先生、これで問題は明快に解決されたとわたしは思います」

16

この新しい急激な進展の背後には、さながら累々たる屍のように、夥しい数の発想や理論が打ち捨てられていた。科学者たちは否応もなく、あまりにも放恣な空想に走り、あるいは、目で見、手で触れることのできる証拠や科学的な厳密さを忘れて妄想を拡大させる軽はずみな人間を待ち受けている陥穽を思い知らされずにはいなかった。そのためでもあろう、ダンチェッカーの意気込みにもかかわらず、問題を一挙に解決しようとする彼の目論見は思いのほか冷静な反応に迎えられた。すでに科学者たちはあまりにも多くの袋小路を経験していた。新しい提案に対して彼らは本能的に疑惑を抱き、動かぬ証拠を要求した。

ガニメアン宇宙船から有史以前の地球の生物が発見された事実は、ガニメアン宇宙船に遠い昔の地球の生物が乗っていたという、そのこと以外の何を証明するものでもなかった。それは他の積荷や乗客が無事ミネルヴァに行き着いたことを疑問の余地なく証明しはしなかったし、それどころか、そもそもはじめからミネルヴァが目的地であったかどうかさえ、確実なことは誰にもわからなかった。というのは、地球からミネルヴァを目指した宇宙船が木星で発見されること自体不自然である。だとすれば、この発見が何かを証明するならば、それはむしろ、宇宙船はどこであれ、本来の目的地には行き着かなかったということではあるまいか。

それはともかく、ガニメアンの起源についてのダンチェッカーの主張は、ロンドンの比較解剖学の専門家集団がガニメアンの骨格とミネルヴァ産の魚の間に見られる親縁性を検証した上で全面的にこれを支持した。ダンチェッカー説の当然の帰結である、ルナリアンは地球から運ばれた動物の種を祖先としてミネルヴァで進化したとする考え方は、地球上でルナリアン文明の痕跡が発見されないことや、ルナリアンの宇宙技術が明らかになお進歩の余地を残すものであったことを都合よく説明するものではあったが、それが事実として認められるためにはもっと有力な証拠が必要だった。

一方、言語学班はマイクロ・ドット・ライブラリーから新たに得た知識を援用して、チャーリーの残していった記録文書のうち最後まで謎のままだった手帳の手書きのページの解読に取り組んでいた。解読が進むにつれて、そこにハントとスタインフィールドが先に冷徹な推論によって描き出した世界のありさまが、手に取るような臨場感をもって活きいきと浮び上がってきた。手記はチャーリーの最後の日々の記録であった。チャーリーの日記はすでに混乱の極みに陥っていた研究者たちの只中に今一つ知識の手榴弾を投じる結果となった。そして、ついにハントがその安全装置のピンを引き抜いたのである。

ルーズリーフのファイルを小脇に抱えてハントはナヴコム司令部十四階の中央廊下を言語学班の部屋に向かった。ドン・マドスンのオフィスの前で彼は足を止め、ドアに掲げられた高さ二インチほどの一連のルナリアン文字に不思議そうに首をかしげた。彼は首をふって肩をすくめ、ドアを押して中に入った。マドスンと助手の一人がデスクから離れた大きなテーブルに文書類を山のように積み上げて坐っていた。ハントは椅子を引き寄せて二人に加わった。

「翻訳はお読みになりましたね」ハントがファイルから取り出してテーブルの上に並べた文書を見てマドスンは言った。

ハントはうなずいた。「非常に面白かったよ。二、三もう一度目を通して確かめたい点があるのだがね。ところどころ、筋の通らない記述がある」

「やっぱり、そうですか」マドスンは案の定といった顔つきで溜息をついた。「いいでしょう、おっしゃってください」

「はじめから順に見ていこう」ハントは言った。「不明な箇所へ来たらわたしのほうで言うよ。それはそうと……」彼はちょっと首をかしげてドアのほうに目をやった。「外に出ているあの妙な札は何かね？」

マドスンは得意そうににやりと笑った。「わたしの名前をルナリアン語で書いてあるんですよ。文字通りの意味は、〈風狂専門馬鹿〉。おわかりですか？　イギリスの大学で専任教官をドンと言いますね。それに、学者子供で世間から見ればどこか狂っているのでマッド・サン……ドン・マドスンですよ」

「参ったね、どうも」ハントは鼻白んだ。文書に目を戻して彼は言った。「きみはルナリアン語の日付を単純に第一日から順に表記しているけれども、中に出て来る時間のほうは地球時間に換算しているね」

「そうです」マドスンはうなずいた。「それと、翻訳上もう一つはっきりしない語句は括弧に入れて〝?〟マークを付けてあります。そのほうが意味がよく通りますから」

ハントは最初のページを開いた。「ようし、じゃあ、はじめから行こう」彼は音読した。「『第一日。案の定、今日全軍（動員令?）が出た。またどこかへ派遣されることになるだろう。コリエルは』……これは後に出て来るチャーリーの相棒だな?」

「そうです」

「……『（アイス・ネスト遠距離要撃?）のどこかだろうと言っている。』……何だね、これは?」

「それがどうも、よくわからないのです」マドスンは言った。「ある種の合成語でしてね、文字通り訳すとそうなるのです。おそらく、氷原上の言わば外濠をなすミサイル防衛線を指しているのだと思うのですが」

「なるほど……そう解釈できないこともないな。とにかく、先へ行こう。……『そのとおりだったらいいと思う。この単調な場所を離れたら多少は気分転換になるだろう。（氷原戦闘地域?）は食糧もずっと恵まれている。』……ああ、これだ」ハントは顔を上げた。「チャーリーは〝この単調な場所〟と言っているね。〝この場所〟とは、いったいどこを指しているのかな?」

「それははっきりしています」マドスンは自信をもって答えた。「この日付のくだりの冒頭に町の名が記されています。それがセリオスの沿岸地方の町の名と一致しておりますし、給与支給帳で見ても、最後から二番目の任地がその町になっているのです」

「ということは、これを書いた時点では、チャーリーは間違いなくミネルヴァにいたんだね？」

「そうです。間違いありません」

「ようし、わかった。次の何やら個人の感想めいたことが書いてある部分は飛ばそう。……〖第二日。コリエルの勘も今度ばかりは当たらなかった。われわれは月（ルナ）へ行くのだ。〗」

　ハントはまた顔を上げた。その表情から、ここが大事と思っていることが明らかだった。

「これが地球の衛星である月（ムーン）だとどうしてわかるね？」

「ええ、まず第一に、チャーリーの使っている言葉と、給与支給帳の最後の任地が同じだということです。チャーリーは月面で発見されていますから、それが月を意味する言葉と解釈していいと思います。もう一つの根拠として、すでにお読みになってご存じと思いますが、チャーリーは後のほうではっきり、セルターという基地に派遣されたと書いています。ところが、月の裏側で発見されたものの中に、Xという場所に置かれた基地のリストがありまして、そこにセルターの名も出ているのです。そのXは給与支給帳と、今お読みになったくだりの両方で使われています。それらの事実から、Xはすなわち、地球の衛星である月を指すルナリアン語と解釈できるのです」

ハントはしばらく考え込んだ。

「で、チャーリーは現にセルターへ行っているんだね？」ややあって彼は言った。「だとするとだ、チャーリーはこの時点ですでに自分の任地を知っていた。きみも彼が月へ派遣される予定であったことを確信している。事実、チャーリーは予定の場所に到着した……これでわたしが考えた別の可能性は否定されるな。月へ派遣されることが決まってはいたけれども、最後の土壇場で、給与支給帳の任地の欄を訂正することなしに、急遽行く先が変更になった、ということは考えられないね？」

マドスンはかぶりをふった。「それはありません。それにしても、なぜそんなことをおっしゃるんです？」

「実はね、わたしはこの後のことを何とか避けて通る道はないか、それを考えているんだよ。そうしないと、まるで話がおかしくなってしまう」

マドスンは不思議そうにハントの顔を覗き込んだが、疑問を口に出すことは控えた。ハントは今一度文書に目を落とした。

「第三日、第四日のくだりはミネルヴァにおける戦闘情況を述べたものだね。明らかに、すでにミネルヴァはこの時大々的な交戦状態にあった。どうやら、これ以前に核兵器が使用されていたようだな。例えば、第四日の末尾にこんな記述がある。……『ランビア人はパヴェロル上空の（スカイ・ネット？）を攪乱させることに成功した模様。』パヴェロルというのは、セリオスの町の名だね？……『市街の半分が一瞬のうちに蒸発した。』これはどう見ても局地的な小競（こぜ）り合いではないな。スカイ・ネットというのは？　電子的な防御スクリーンの一種かな？」

「おそらく、そういうことでしょう」マドスンはうなずいた。

「第五日には、チャーリーは宇宙船の積み込みを手伝っている。ここに出て来る車輛や武器から想像すると、相当大きな部隊がこの宇宙船に搭乗しているな」ハントはページに目を走らせた。「ああ、ここにセルターのことが書いてある。『われわれは第十四旅団と共にセルターの殲滅兵器（アナイアレイター）砲台に向かうことになっている。』……このアナイアレイターについても少々疑問があるがね、まあ、それは後回しにしよう。

「『第七日。予定通り、四時間前に搭乗した。それきり、ずっと釘づけのままだ。全域ミサイル攻撃にさらされているため、出発が遅れている。内陸の丘陵地帯は火の海だ。打ち上げピットは無傷だが上空は混乱の極みである。まだ戦力を保っているランビア側の衛星が依然としてわれわれの航空路を脅（おび）やかしている。

「『同日後刻。突然警報解除、時を移さず全宇宙船団発進。まだ危険は完全に除かれてはいないが、惑星軌道でも遅延はなく、直ちに針路を決定。上昇途中、宇宙船二隻が失われた。コリエルは船団中何隻が無事月面に到着するか賭けている。目下強力な防御スクリーンの内側を飛行しているが、ランビア側の哨戒レーダーに捉えられないよう、厳重な警戒が必要である。』……この後、コリエルが通信隊の女の子をからかう話があって……このコリエルというのはなかなか傑物だったと見えるね、え？　途中さらに戦況報告が入って……ああ、ここだよ、わたしが理解に苦しんでいるのは」ハントは指先でページを叩いた。

「『第八日。ついに月の軌道に乗った。』」ハントは文書をテーブルに置いて言語学者とその助手を交互に見た。「ついに月の軌道に乗った。いったい、どういうことだね、これは？ミネルヴァから月まで、この宇宙船はどうやって、地球の時間にして僅か二日で飛べるんだ？　ＵＮＳＡもまだ知らない推進機構を使用しているのかね？　そもそも、ルナリアンの宇宙技術についてわれわれは頭から間違っていたのかね？　しかし、そうだとすると話が合わないよ。たった二日足らずでそれだけの距離を飛べるなら、今さら宇宙航法の開発も何もないだろう。ルナリアンは技術的に現代のわれわれよりもずっと進んでいたことになるからね。しかし、それは信じられない……現に彼らが技術開発で頭を抱えていたことはこれまでの資料の端々にも明白に示されているのだからね」

マドスンは両手を拡げて肩をすくめた。言われるまでもなく、ここが問題の箇所であることはわかっていた。ハントは促すようにマドスンの助手の顔を見た。助手は眉を顰めて肩をすくめた。

「ここで言っている月の軌道は……たしかに地球の月なのだね？」

「それは間違いありません」マドスンはきっぱりと答えた。

「ミネルヴァを発進した日付についても疑問はないのだね？」ハントは念を押した。

「出発の日付は給与支給帳にスタンプがありますし、出発のことを書いた日記の日付とそれは一致しています。しかも、その中で……ええと、どこでしたっけ……ああ、ここだ。第七日、予定通り、四時間前に搭乗した、とあります。予定通りですよ。どこにも日程の変更を意味することは書いてありません」

「月面に到着した日付については、何か確証があるかね？」ハントは尋ねた。

「いえ、その点が少々むずかしいのです。日記の日付で見る限り、ルナリアンの時間でたしかに翌日にはもう月面に着いています。一つ考えられるのは、チャーリーがミネルヴァにいる間はミネルヴァ時間を使っていて、月面に着いたところで現地時間に切り替えたのではないか、ということです。だとすれば、そこで日付が繋がっているのはたいへんな偶然の一致ということになりますが、でも……」彼は肩をすくめた。「可能性としてはあり得ると思います。ただ、そう考えた場合ちょっと気になるのは、出発してから月面に到着するまでの間、日記に何も書かれていないことです。チャーリーはたいへん几帳面に日記をつけていますからね。先生のおっしゃるように、飛行にひと月は要したとすると、その間日記が空白になっているのはおかしいと思います。宇宙航行中、チャーリーは閑を持て余していたでしょうから」

ハントはマドスンの提示した可能性についてしばらく思案した。彼は言った。「この先、もっとわからなくなるぞ。とにかく、次へ行こう」彼は文書を取り上げて読み進んだ。

「〔五時間前、ついに着陸した。（間投詞）何と凄まじいありさまだろう。（進入路？）から眼下の景色を目にしたが、セルターの周囲何マイルもの範囲に点々と赤い輝きが認められた。熔岩の海が真っ赤に燃えさかっているのだ。山がそっくり吹き飛ばされて、聳えたつ岩の崖がもろに熔岩の海に崩れ込んでいるところもある。基地は土砂に深く埋まり、月面の施設の一部は飛来した岩石の破片に叩き潰されている。防衛線はかろうじて持ち堪えているが、外郭防衛線は（寸断されている?）。しかし、何はともあれアナイアレイターの（判読不能）口径円盤は無傷で作戦行動に支障はない。船団の最後尾の一隊はディープ・スペースから現われた敵の攻撃で全滅した。コリエルは賭に勝って皆から金を掻き集めている。』」

ハントは文書を置いてマドスンを見た。「ドン、このアナイアレイターなるものについてはどの程度わかっているね?」

「ある種の超大型破壊兵器ですね。他の資料にも多少それについて説明したものがあります。両陣営ともそれを保有していました。ミネルヴァにもありましたし、今ここに出ているとおり、月面にも設置されていました」マドスンはふと思い出したように付け足した。「他にも、それが置かれていた場所はあるようです」

「なぜ月面に設置されていたのか、わかるかね?」

「これは想像ですが、セリオスとランビアの宇宙航行技術はわたしたちが考えているよりは進んでいたと思われるのです」マドスンは言った。「おそらく、両陣営とも大量移動の最終目標として地球に狙いを定めていたでしょう。そして、互いに月面に先遣隊を送り込んで橋頭堡を築いたのです……同時に、それまでに注ぎ込んだものを相手側の攻撃から守ろうとしたでしょう」

「だったら、どうして一足飛びに地球へ向かわなかったのかね?」

「それは何ともわかりかねます」

「まあ、それはひとまず措くとしよう」ハントは言った。「で、そのアナイアレイター自体についてはどの程度わかっているね？」

「ここに〈円盤〉とあることから判断して、これは明らかに、ある種の放射線投射機です。他の描写を突き合わせると、どうやらこれは非常に集中的な物質反物質反応によって強力なフォトン・ビームを発射するものと思われます。そのとおりだとすれば、アナイアレイターとはいみじくも言ったものですね。二重の意味がありますから。つまり、原理と機能を一言で表わしているんです」

「なるほど」ハントはうなずいた。「だいたいそんなことだろうとは思っていた。いや、ところがこれがおかしいんだ」彼は自分のメモに目をやった。「第九日のくだりに、チャーリーの部隊は編制を立て直して、戦闘の被害の復旧に取りかかった、とあるね。それで、第十日の項を見てごらん」彼はその先を読んだ。「『第十日。今日はじめてアナイアレイターが使用された。キャルヴァレス、パネリス、セリドーンを目標に十五分間ずつ、計三度照射。』これは全部ランビアの都市だな？　つまり、彼らは月面の砲台に据えたアナイアレイターで、思いのままにミネルヴァの都市を攻撃していたということになるね」

「そういうことらしいですね」マドスンは浮かぬ顔でうなずいた。

「しかし、どう考えても信じられない話だよ」ハントは頑として言った。「あれだけの距離からそんなに正確な照準が得られるほどの技術があったということ自体信じられないし、仮にそれができたとしても、惑星そのものを破壊しないように、限られた範囲にビームを集束させることができたとは考えられない。それに、その距離ではパワーが減衰して、とうてい破壊効果は覚束ないだろう」彼は弱りきった顔でマドスンを見つめた。「だってそうじゃないか。それだけの技術を持っていたなら、惑星間航法の開発どころの話じゃあないよ……すでに銀河系狭しと自由自在に飛び回っていたはずだよ」

マドスンは両手を拡げて肩をすくめた。「わたしはそこに書いてあることをただ翻訳しただけですからね。そこから先は、そちらで考えてくださいよ」

「この次はもっとおかしなことが書いてあるぞ」ハントは警告するかのような口ぶりで言った。「ええと、どこまで行ったかな……」

彼は声を上げてその先を読み続けた。セルター基地のセリオス軍アナイアレイターとミネルヴァ最後のランビア軍要塞の交戦の模様を伝えるくだりだった。宇宙の彼方からミネルヴァ全土をアナイアレイターの射程に捉えているセリオス軍は決定的に優勢に戦いを進めていると思われた。ミネルヴァにアナイアレイターを構えたランビア軍の最優先目標は敵側のアナイアレイターであった。アナイアレイターは一度放射するとチャージに約一時間かかった。チャーリーの手記は敵側が今にもフォトン・ビームを放ってくるかもしれない不安に怯えながらチャージを待つセルター基地内の緊張を活きいきと伝えていた。そうこうする間にも、セルター基地に対するランビア軍の月面部隊および空挺隊の攻撃はようやく激烈の度を加え、彼方の目標に一矢報いる閑もなく、セルターは陥落の危機に瀕した。アナイアレイターによる攻撃の成否は敵側の電子的な妨害効果を計算してビームの曲がり(ディストーション)をいかに補正するかにかかっていた。チャーリーは手記の一節で十六分間にわたるミネルヴァからの放射を辛(から)くも逃れた体験を語り、敵側のビームを脇へそらせた妨害効果について詳しく説明していた。敵側のビームを浴びてセルターから十五マイルの地点にある山脈は熔融し、第二十二、第十九機甲師団および第四十五戦術ミサイル中隊が熔岩に飲まれた。

「ここだ」ハントは文書の一ページを抜き取ってしきりにふりまわした。「よく聴けよ。『ついにやった! 四分前、敵方に最大出力で集中放射を浴びせたのだ。今、ラウドスピーカーを通じてミネルヴァからこの直撃で敵方は壊滅したと報告してきた。皆々歓声を上げ、肩を叩き合って喜んでいる。女の中には安堵(あんど)のあまり泣きだす者も出る始末だ。』これはまったく」ハントはページをテーブルに放り出し、開いた口が塞がらないという顔で椅子の背に凭(もた)れた。「話にもならないじゃあないか。放射後四分で命中確認の報告が来ただって? どうしてそんなことができる? 逆立ちしたって不可能だろう。ミネルヴァと地球が最も接近した時だって、一億五千万ないし一億六千万マイルは離れているんだよ。ビームがその距離を越えて目標に達するのに約十三分、さらに命中の報が月面に届くのに十三分。つまり、ミネルヴァが最も地球に近い位置にあったとしても、少なくとも報告までには二十六分の時間がかかるはずなんだ。ところが、チャーリーはビーム放射後四分で命中確認の報告を聞いている。これはあり得べからざることだよ。どう考えたって、百パーセント不可能だ。ドン、この数字に間違いはないのかね?」

「ルナリアンの時間の単位は確認されている以上、その点は間違いないはずです。もし間違いがあるとすれば、最初にあなたが言いだしたカレンダーはご破算にして、全部はじめからやり直さなくてはなりませんね」

ハントは文書の件の一ページをじっと睨みつけた。まるでそのきれいにタイプされた文章を念力によって訂正しようとでもするかのようだった。その数字の意味することはただひとつ。それを容認すれば、彼らはふりだしに戻るしかなかった。かなり時間が経ってから、ハントは再び口を開いた。

「この後、セルターは全域にわたって持続的な攻撃を浴びるのだね。チャーリーとコリエルの所属する分遣隊はセルター基地から約十一マイルの位置にある緊急指令所へ向かう……細かいところは飛ばすとして……ああ、この部分がまたどうしても理解できないんだ。第十二日のくだりだよ。〔偵察車二台、牽引車三台の小編制で定刻に出発。行程は難渋を極めた。装甲焼けただれた岩と熔岩の海を縫って進むのだ。トラックの中まで熱気が伝わってくる。装甲板がよく保ったものだ。今度の指令所はドームで、その下に月面下五十フィートの深さまで数階のオフィスや居住区が作られている。陸軍の各部隊は周囲の丘陵に洞窟を穿って駐屯している。セルターとは有線で連絡しているが、セルターとゴーダの軍司令部間は通信が杜絶している模様。長距離回線は分断され、通信衛星も破壊されたに違いない。ミネルヴァからの信号も入らない。断片的な軍管区情報が伝えられているだけだ。(優先周波数?)を確保しているらしい。何日かぶりではじめて月面に出た。ミネルヴァの表面は醜いあばた状になっている。』……これだよ」ハントは言った。「最初にこれを読んだ時、わたしはチャーリーが画像通信のことを言っているのだと思った。しかし、考えてみると、どうしてここでそんなことを言っているのかわからない。すぐその後でなぜ〝何日かぶりではじめて月面に出た〟と書いているのだろう？　それに、どこにいようとミネルヴァの表面がそこまで細かく見えるはずはないじゃあないか」

「ごく普通の望遠鏡を使っていたかもしれませんよ」マドスンの助手が意見を言った。

「あるいは、そうかもしれない」ハントは眉を寄せた。「しかしね、こういう情況の中で星を眺めたりしていられるものだろうか？　まあ、とにかく先を読んでみよう。〖三分の二ほどが灰褐色の濃い煙に隠されて、海岸線は僅かにところどころに見えるだけである。赤道のすぐ北側に妙な赤斑が光っている。そして、時間が経つにつれて、その周囲に黒い影が拡がって行く。コリエルは市街地が炎上しているのだろうと言う。それにしても、あの煙を透かして見えるとは何と凄まじい炎だろう。われわれはミネルヴァが回転する間、終日そのありさまを眺めた。セルター基地のある山脈で大爆発が続いている。〗」

手記はこの後、クライマックスに達した戦闘でセルター基地が跡形もなく破壊されたことを伝えていた。二日間にわたって指令所とその周辺は執拗（しつよう）な攻撃にさらされ、ドームの上層部は破壊されたが地殻内の居住区は奇蹟（きせき）的に被災を免（まぬが）れた。攻撃が跡絶（とだ）えると、周囲の丘陵地帯から各部隊の生存者たちが指令所に集まってきた。車に乗っている者もあったが、多くは徒歩だった。指令所はその一円で残っているただひとつ居住可能な場所だった。

勢いに乗ってランビア軍の宇宙艦隊や機甲部隊が波状攻撃をかけてくると予想されたが、案に相違して決戦隊は現われなかった。規則的な一斉射撃のパターンからセリオス軍の将校らは遅まきながらやっと敵軍はセルター周辺の山脈にまで攻め寄せなかったことを悟った。セリオス軍との攻防でランビア軍は甚大な損害をこうむり、生存者は自動砲撃をプログラムしたミサイル砲列で自分たちを掩護しながら退却したのである。

第十五日のくだりでチャーリーは書いている。〖ミネルヴァにさらに二つの赤点が生じた。一つは最初のものの北東、今一つはずっと南寄りである。最初の赤点は今や北西から南東に拡がった。惑星全体が今ではただ赤茶色の薄汚れた塊でしかない。そして、そのあちこちに大きな黒い影が拡がりつつある。ミネルヴァからは画像も音声もいっさい入って来ない。電波はすべて大気攪乱で掻き消されているのだ。〗

すでにセルター一円ではいっさいの機能が麻痺していた。ドームを吹き飛ばされた指令所の僅かに残った居住区には負傷者があふれていた。大勢の生存者が指令所の外に駐めた車輛に寝泊まりすることを余儀なくされていた。もともと一個中隊分の用意しかない食糧と酸素がやがて底を衝くことは目に見えていた。一縷の望みは月面上をゴーダの軍司令部まで移動することだったが、それとてもあまり期待はできなかった。移動には二十日を要する見当であった。

第十八日、指令所を出発した時の模様は次のように述べられている。〖車輛を二班編制とした。われわれは小編制の偵察隊として本隊より半時間先発した。指令所から約三マイルの山脈から本隊が積み込みを終えて移動を開始するのを確認した。まさにその時、敵ミサイルが本隊を直撃した。遮蔽物は何もなく、本隊はひとたまりもなかった。受信機をしばらくその場所に向けてみたが何の連絡もない。ゴーダに宇宙船が残っていない限り、この焦熱地獄から脱出する見込みはない。自分の知る限り、われわれは百人余の婦人部隊を含めて総勢三百四十名である。編制は偵察車五台、牽引車八台、重戦車十台である。苦しい行軍となろう。コリエルすら、何人が無事ゴーダへ行き着くか賭けようとは言わない。

『ミネルヴァはもはや背景の空と見分けもつかない黒い煙の塊にすぎない。二つの赤点は繋がって、赤道を跨いで長く帯状に伸びている。何百マイルもの長さであろう。もう一つ別の赤い筋が北に向かってどんどん伸びている。ときおりその一部が煙の中で橙色に輝き、数時間燃えてはおさまっている。何もかも焼きつくされたことだろう。』

チャーリーの一行は焼けただれた灰色の岩石砂漠をのろのろと進んだ。怪我と放射能障害のために、人数は見るみる減って行った。第二十六日に一行はランビア軍の月面部隊と衝突し、岩石砂漠を舞台に三時間にわたって小競り合いを演じた。生き残ったランビア軍の戦車が岩陰から飛び出してセリオス軍の布陣目がけて正面突破を敢行したが、外郭を固めていたセリオス軍の婦人部隊が至近距離でレーザー砲を発射し、辛くも戦闘にけりをつけた。セリオス軍の生存者は百六十五名。しかし、それだけの人員を一時に運ぶ車輛は残っていなかった。

鳩首談合の末、セリオス軍の将校らは蛙跳び方式で行軍を続けることに衆議一決した。部隊を二班に分けて一班が半日の行程を先行し、トラック一台を休息所代わりに残して他の車輌は取って返し、他の一班を輸送する。これをくり返してゴーダまで辿り着こうという計画である。チャーリーとコリエルは第一班に加わって先発した。

[第二十八日。敵軍と出会うことなくこの場所に着く。谷間の岩陰にキャンプを設営、自動車隊が回頭して後続班を迎えに出発するのを見送る。明日の今頃には戻ってくるだろう。それまでは何もすることがない。途中二名が死亡、現在先発隊は総勢五十八名。交代にトラックで食事と休息。トラックの順番を待つ間は各自岩陰で体力の回復に努める。コリエルは大いに御機嫌ななめである。彼は岩陰で砲兵隊の女性兵士四人と二時間一緒に過ごしたのだ。彼に言わせれば、何者にせよ宇宙服のデザイン担当者がこのような情況を予測しなかったことは許し難いのだ。]

自動車隊はついに戻ってこなかった。

ただ一台残されたトラックを使って、チャーリーの一行はそれまでと同じように、二組に分かれて蛙跳び方式で前進を続けた。第三十三日までに、傷病、事故、それに自殺一件を加えて、人員は一台のトラックに乗りきるまでに減り、もはや蛙跳びの必要はなくなった。そのまま前進すれば第三十八日にはゴーダに到着する計算であった。ところが、第三十七日にトラックが故障した。修理に必要な部品は求むべくもなかった。

一行は疲労の色が濃かった。徒歩でゴーダを目指すことは、それと承知の上で全滅の危険を冒すことにほかならなかった。

『第三十七日。七名――男四名（自分とコリエル、戦闘隊員二名）、女三名――が決死隊としてゴーダに向かい、他の者たちはトラックに残って救援隊を待つことになった。コリエルは出発を控えて皆の食事を用意している。彼は歩兵隊生活の感想を聞かせてくれたが、およそ有難味を感じていないらしい。』

トラックを離れて数時間後、戦闘隊員の一人が前方のルートを見きわめようとして岩に登った。彼は足を滑らして転落した。宇宙服が裂け、急激な減圧のために彼は即死した。さらにその後、女性兵士の一人が足を挫き、痛みのためにしだいに一行から遅れがちになった。太陽は傾き、ぐずぐずしてはいられなかった。先発隊の面々は皆、一人を救うべきか、二十八人のほうが大切か、という疑問に内心悩んでいたが、それを口に出す者はなかった。彼女は一行が小休止した時にそっと空気弁を閉じて、われとわが手で問題を解決した。

『第三十八日。とうとう、コリエルと自分だけになった……あの頃と同じだ。戦闘隊員は突然、体を二つに折り曲げて苦しみだし、ヘルメットの中で激しく嘔吐した。われわれはなす術もなく、彼が死んで行くのを眺めていた。数時間後、女性兵士の一人が倒れて、もう一歩も歩けないと言った。もう一人の女性兵士はゴーダから救援隊が来るまで傍についていると言い張った。説得してもはじまらない。二人は姉妹だった。あれからすでに、かなりの時間が経っている。われわれは小休止を取った。自分ももはや限界に近づいている。コリエルはいらいらしながらあたりをうろつき、早く行こうとせっついている。彼は（？ライオン？）十二頭にも匹敵する驚くべき体力の持ち主だ。

『同日後刻。ようよう二時間の仮眠を取った。コリエルはロボットに違いない……彼は疲れることを知らない。彼は人間戦車なのだ。太陽は低く傾いた。月の夜が訪れる前に何としてもゴーダに行き着かなくてはならない。

『第三十九日。凍てつくような寒さに目が覚めた。宇宙服のヒーティングを最高にしてもまだ寒い。故障しているのだと思う。コリエルは自分のことを心配性だと言う。そろそろ出発の時間だ。全身が強張っている。自分自身ゴーダまで行き着けるかどうか心配だ。コリエルには黙っているが。

『同日後刻。行進は悪夢だった。何度も倒れた。コリエルは谷の斜面を登って、尾根越しに近道を取るしかないと言い張った。尾根から切れ込んでいる小さな谷をやっと半分まで登った。一歩一歩登りながら、稜線にかかっているミネルヴァが見えた。赤と橙色の火の玉だ。(死神?)が顔を歪めて笑っているようだった。そこでまた倒れた。気がつくと、コリエルが何やら試掘坑のようなところへ運び込んでくれていた。おそらく、ここにゴーダの前哨基地を作る計画があったのだろう。ここに来てからもうかなり時間が過ぎている。コリエルは待つほどもなく救援隊を連れて戻るからと言って出ていった。体がどんどん冷えてゆく。足は感覚がない。手もかじかんでいる。ヘルメットが曇りだした……よく見えない。

『夜が迫っている。後方に残留している連中はどうしているだろうか。皆、自分と同じだ。諦めながらも救援隊の到着を待ち望んでいるのだ。何とか持ち堪えればきっと助かるに違いない。コリエルはきっと救援隊を連れてきてくれる。ゴーダまで一千マイルあったとしても、コリエルはきっと辿り着くに違いない。

『ミネルヴァはどうなったろうか。この禍いの後、はたしてわれわれの子孫はより恵まれた場所で生き延びるだろうか。もし生き延びたとしたら、彼らはわれわれが何をしたか、いくらかでも理解するだろうか。

『かつてこんなことは考えたこともない。工場や鉱山や軍隊で暮らすばかりではない、もっと意味のある生き方はきっとあるはずだ。それがどんなことか、自分にはわからない。われわれはそれ以外の生き方を知らずに過ごしたのだ。しかし、この宇宙のどこかに、温かく、色と光に満ちた世界があるならば、われわれがしてきたことから、何か意味のある結果が生まれるはずなのだ。

『一日としてはあまりにも考えることが多すぎる。しばらく静かに眠りたい。』

ハントはチャーリーが死を目前にして書き綴った最後の日々の哀感に釣り込まれて、われ知らず全編を読み通した。いつか、囁くような低い声になっていた。長い沈黙が続いた。

「とまあ、これで全部だね」やや気を取り直して彼は言った。「最後の部分に気がついたかな？　いよいよ自分もだめかという段になって、もう一度ミネルヴァを見たと書いているね。なるほど、前のほうでは望遠鏡を使っていたとも考えられなくはない。しかしだよ、この最後の情況で、まさかそんな荷物になる天文観測機を持ち歩いていたとはちょっと考えられないだろう。どうかね？」

マドスンの助手が思案顔で言った。「ヘルメットに組み込まれた受像装置はどうですか？

あるいは、翻訳に問題があるのかもしれません。チャーリーはカメラが捉えた画像を見ていたとは考えられませんか？」

ハントは首を横にふった。「そうは考えられないね。なるほど、人は思いも寄らないおかしな場所でテレビを見る。しかし、この場合、チャーリーは息も絶えだえで月面の岩山を半分も登っていない。それに、ミネルヴァが稜線にかかっている、と書いている。やっぱり、彼は肉眼で空を見ているんだ。テレビ画像を見たのなら、こういう言い方はしなかったろう。違うかね、ドン？」

マドスンは力なくうなずいた。「そういうことでしょうね。で、ここから先はどうなります？」

ハントはマドスンと助手を交互に見つめ、テーブルの端に両肘をつくと顔を伏せて目をこすった。それから、溜息をついて椅子の背に凭れた。

「確実にわかっていることは何だろう？」ややあって彼は言った。「ルナリアンは地球の月に二日足らずで到達した。彼らは月面に設置したある種の兵器で、ミネルヴァの目標を正確に狙うことができた。それから、もしわれわれが考えている場所が正しいとするならば、当然もっと時間がかかったであろう距離を電磁波はずっと短時間で往復している。最後に、これは証明できないことだけれども、チャーリーは月面からミネルヴァの表面の状態をこれほどはっきり見ることはできなかったはずである。と、こう考えて来ると、どういうことになるかな？」

「ここに出て来る数字をすべて満足させる場所は、この宇宙にたった一か所しかありません」マドスンは抑揚に欠けた声で言った。

「そのとおり。その場所に今わたしらは立っているんだ。火星の外側に、あるいはミネルヴァと呼ばれる惑星があったかもしれない。そして、そこには文明があったのかもしれない。なるほど、ガニメアンが地球の生物を何種類かそこへ運んだかもしれないし、あるいは運ばなかったかもしれない。しかし、もうそんなことはどうでもいいんだ。何となれば、チャーリーの宇宙船の出発点であり得た唯一の惑星、彼らがアナイアレイターで狙うことのできた唯一の惑星、月面からはっきりと見ることのできた唯一の惑星……それは地球だからだ！」

「ルナリアンは生粋の地球人だった！」

「このことがナヴコム内部に知れわたったら大騒ぎになるぞ。皆屋上から飛び降りるか、窓から飛び出すかっていう話になるな、これは」

17

チャーリーの手記の全訳がはじめてここに完成するや、とうてい統一することのできぬ大きな矛盾が露呈される結果となった。それぞれに誰の目にも明らかかな、動かし難い二つの証拠群があった。一方はルナリアンが地球上で進化した人種に相違ないことを証明するものであり、今一方はそれはあり得ぬことであるという証明であった。

　驚愕の嵐の中で、いっせいに新たな議論が巻き起こった。ヒューストンでは深更に至っても窓の灯は消えず、世界各地のいたるところで同じ演繹の連鎖が何度となくくり返され蒸し返され、いったんは過去の資料となった事実が、新たな解釈を求めてあらゆる角度から洗い直された。しかし、結論はいずれの場合も以前と変わりがなかった。ただひとつ、ルナリアンは人類とはまったく別の進化系統を辿った末に宇宙に出現した人種であるとする考え方だけは永久に葬り去られたようであった。ただでさえ、あらゆる種類の新説奇論が氾濫し、誰も平行進化説を顧みるいとまはなかったのである。ナヴコムの同志的結束は木端微塵と崩れ去り、幾多の徒党と一匹狼に分裂した。彼らはそれぞれに依るべき大樹を求めて、学説から学説へと渡り歩いた。当初の混乱が去ると、各党派はほぼ四つの陣営に色分けが定まった。

　純粋地球論者の一団はチャーリーの手記から演繹される結論を無条件に肯定し、ルナリアン文明は地球上に起こり、地球上で繁栄し、地球上で自滅したのであり、それ以外の解釈は問答無用と主張した。彼らに言わせれば、ミネルヴァやそこにあった文明などはすべてまやかしであった。ガニメアン文明を別とすれば、ミネルヴァ上には文明と呼ぶべきものなどありはせず、そのガニメアン文明もまた遠い過去のことであって、ルナリアン問題とは何のかかわりもないと考えてよかった。チャーリーの地図に描かれていた世界はミネルヴァではなく、地球そのものであり、その世界が太陽から二億五千万マイルの距離にあったとする計算は重大な誤りに違いなかった。この数字が小惑星の軌道半径に符合するのはまったく偶然の一致である。小惑星はそもそものはじめからその位置にあったのだ。小惑星が比較的新しいものであるとした〈イリアド〉報告は信憑性に欠けるもので、今一度厳密な検討が必要である。

純粋地球論者の理論では一つだけ説明のつかぬ問題が残った。チャーリーの地図はなぜ地球の姿と相違しているのか？　これを受けて立った地球論者たちは、既成の地質学理論や地質学的年代決定法の砦に猛烈な攻撃を加えた。大陸はもと一つの巨大な花崗岩の塊であったものが、想像を絶する氷の重さでひび割れ、亀裂に浸入したマントルに押し流されて現在の陸地を形作ったという仮説に立脚して、彼らはチャーリーの地図に示された氷原の大きさを指摘し、それが従来考えられていたよりもいかに地球の広い範囲を覆っているかを強調した。つまり、チャーリーの地図が事実ミネルヴァではなく地球を示しているとするならば、地球を襲った氷河期はこれまでの定説よりもずっと苛酷なものであったはずであり、従ってその表面の地形におよぼした影響も大きく激しかったに違いない。加えて、チャーリーの地球（ミネルヴァではない）観察に記されているとおり地殻変動や猛火の影響、その他諸々の要因が働いて、地球は極端な変貌を遂げ、現在の姿に生まれ変わったのであろう。しからば今日地球上のどこを捜してもルナリアン文明の痕跡が発見されないのはなぜか？　その答は明白である。チャーリーの地図に示されているとおり、当時の文明社会はほとんどが赤道一帯にかたまっていた。今日その地帯は海底か密林、さもなければ変転極まりない砂漠である。戦争や天変地異の後に残されたものが短期間に消滅し去ったことはこれで充分説明されるであろう。

純粋地球論の陣営には主として物理学者と技術者が馳せ参じた。細部の七面倒臭い問題は地質学者や地理学者に任せておけばいいことだった。彼らにとって何よりも重要なのは光の速度は不変であるという聖なる原則が他の雑多な問題といっしょくたに疑惑の坩堝に投げこまれてはならないということであった。

ルナリアンの起源は地球であるとする考えに立って強固な守りを築くと、純粋地球論者たちはかつて生物学者たちが必死に守り抜こうとしていた領域に進入した。ダンチェッカーがガニメアンのノアの方舟という新たな主張を掲げて華々しく旗揚げすると、生物学者たちはたちまち以前の立場を未練もなく打ち捨てて、教授のもとに走り、ルナリアンは地球から運ばれた生物を祖先としてミネルヴァで進化した人種であると唱えだした。チャーリーの手記で述べられたミネルヴァ・ルナ間の飛行時間やアナイアレイター放射から命中確認までの時間を彼らはどう説明したろうか。ミネルヴァの時間の尺度の解釈に問題があり、その誤りが突き止められれば二つの疑問は氷解するであろう、と彼らは言った。それはそれとして、チャーリーははたして月面からミネルヴァを見ることができたろうか？　彼はテレビ画像によってそれを見たのである。しからば、彼らはいかにしてその遠距離からアナイアレイターの照準を定め得たか？　それは彼らとてできない相談である。セルター基地のディスクとは、すなわち遠隔操作追尾装置にすぎぬものであり、兵器本体はミネルヴァを回る軌道衛星上に設置されていたのである。

第三の旗印は植民地隔絶論であった。彼らの説によれば、遠い過去に文明を築いた地球人は惑星ミネルヴァを植民地にしたのである。ところが、その後に訪れた暗黒時代に地球文明は衰退し、植民地との連絡は杜絶した。さらに氷河時代がやってくるとその苛酷な環境条件に促されて、両惑星において起死回生への努力が叫ばれるようになった。しかし、その努力の内容は両者において決して同じではなかった。生死の瀬戸際に立ったミネルヴァの住民は失われた知識を取り戻して何とか母惑星である地球へ帰ろうとしたのである。一方、地球人は自分たちが生き延びることだけで精いっぱいだった。ミネルヴァからの先遣隊がついに接触を果たした時、今一つの惑星の住民を養う苦労を考えて、地球人は彼らを歓迎しなかった。外交交渉が暗礁に乗り上げると、ミネルヴァ人は地球侵略の橋頭堡を築いた。つまり、セルター基地のアナイアレイターは地球上の目標に照準を定めていたのである。翻訳者は両方の惑星にある同じ地名を読み違えたのだ。例えば、ボストン、ニューヨーク、ケンブリッジ、その他無数のアメリカの地名が別の国から移されたように、ミネルヴァに植民地が建設された時、多くの都市が地球の地名をそのまま踏襲していたのだ。

　この説を唱える一派は地球上にルナリアン文明の痕跡がないことを説明するのに純粋地球論に多くを負っている。加えて彼らは太平洋の珊瑚の化石の研究という、あまり一般的ではない学問分野の業績をも援用して自分たちの砦の守りを固めようとしていた。旧くから知られていることであるが、古代の珊瑚の化石の年輪を調べることによって、ある任意の時代に地球の一年が何日であったかを知ることができる。そして、その事実から、潮汐の摩擦が地球の自転をいかに遅らせたかがわかるのである。例えば、最近の研究によれば、三億五千万年前には地球の一年は四百日前後であった。十年前にオーストラリアのダーウィン海洋学研究所が最新の技術と精密な機材、装置を使って行なった研究の結果、地球の歴史は古代から現代に移る過程で一般に考えられているよりは大きな断絶を経ていることが明らかにされた。比較的最近——ほぼ五万年前にそのような不連続変化が著しく、地球の一日の長さが目立って伸びている。それればかりでなく、この不連続期を境に、地球の自転速度減退はそれ以前にくらべて急激に進んでいる。何が原因であったかは誰も知らない。しかし、その後珊瑚が長期間かかって安定した成長パターンを獲得している事実から判断して、この時期に地球の自然環境が大きく変わったことは間違いあるまい。謎の一時期、地球が全惑星規模の異変に襲われたことをデータは物語っている。おそらくは洪水が地球の全表面を覆ったであろう。総じて、それらの天変地異はルナリアンの足跡を地球から完全に抹消するほどのものだったに違いない。

第四の陣営は流浪民帰還説であった。この一派は地球上にルナリアンの足跡がないことを説明しようとする考え自体が不自然であり視野狭量であると唱えた。そういう彼らの基本的理念は、地球上にルナリアンの足跡が認められないことを満足に説明する理由はただひとつ、そもそも地球上においてルナリアンの存在は取るに足りぬものであったということだった。ダンチェッカーがいみじくも言っているとおり、ルナリアンはミネルヴァで進化を遂げ、現代の未開の地球人とは比較にならない高度な技術文明を築いたのである。氷河時代に滅亡の脅威にさらされるとミネルヴァはセリオスとランビア両超大国の対立という局面を迎え、両者は言語学班が指摘しているように、地球を目指して熾烈な競争を展開した。ただし、言語学班は誤りを犯している。どこが違うかといえば、チャーリーが件の手記を書いた時、二大勢力の対立はすでに歴史上の出来事だったのであり、すでにルナリアンは目的を達していたことである。ランビア人は鼻の差で先を制し、地球に居留地を建設しつつあった。それらの場所のいくつかはミネルヴァの都市の名をそのまま地名として使っていた。セリオス人も遅れじと追いすがり、月面に兵力を進めた。その狙いは言うまでもなく、地球に進入するに先立ってランビア側の前哨地点を掃討することであった。

この説はチャーリーの宇宙船の飛行時間を説明していないが、同調者たちはそれをまだ解明されていないミネルヴァと現地（月面）の時間のシステムの複雑な相違に帰している。一方、この説によれば、戦争が勃発した時点で地球上に存在したランビア軍基地は数えるほどでしかなく、セリオス軍の攻撃の後にどれほどのものが残されたにせよ、五万年の間に跡形もなく消え去ったことはいささかも異とするに足りない、というわけであった。

かくて四つの陣営が睨み合い、やがて戦端が開かれてナヴコムの廊下に筒音が飛び交いはじめた時、ハントは独り中立地帯に立っていた。彼は周囲の人間が皆有能であることを知っていた。その知識や判断力を疑う筋はなかった。もし、何週間あるいは何か月もの血の滲むような努力の末に誰かが x は2であると言えば、ハントは文句なくそれを信じる用意があったし、事実その場合 x は2であるに違いない。だとすれば、一見統一不能な矛盾も幻視にすぎまい。どの説が正しいか、どの論が誤りか、判断しようとするのは問題の本質を見失うことであろう。迷路のどこか一点、おそらくはあまりにも初歩的であるがゆえに誰も顧みようとしないところに、決定的な誤りがあるに違いない。あまりにも他愛のないことであるために、却って誰もが自分で犯していることに気づかぬ誤り。もし、彼らが初心に帰ってその一点の誤りを突き止めるならば、矛盾は雲散霧消して、対立する議論は何の抵抗もなく、円満に統一されるのではなかろうか。

18

「わたしに、木星に行けだって?」ハントは耳を疑いながらゆっくりと訊き返した。

コールドウェルはデスク越しに無表情に彼の顔を見つめていた。「第五次木星派遣隊が六週間以内に月面から出発する」コールドウェルは言った。「ダンチェッカーはチャーリーについて、もう知るだけのことは知った。あとの細かい点はウェストウッドの彼の助手たちが解決するよ。今や彼の関心はガニメデに移っている。異星人の白骨があるし、これまで誰も目にしたことのない生物の標本が宇宙船いっぱい分あるんだからな。彼は有頂天だ。収穫を独り占めにしたいのさ。〈ジュピター〉Vはガニメデに行く。それで、ダンチェッカーは生物学班を引き連れて乗り込む気だよ」

コールドウェルに聞かされるまでもなく、ハントはそのことを知っていた。知ってはいたがあえて彼はコールドウェルの話を吟味し、聞き逃した点はないかとくと考えるふりを装い、頃合いを計ってから返事をした。

「いいじゃあないか……ダンチェッカーの行き方はよくわかるよ。しかし、わたしに何のかかわりがあると言うのかね？」

コールドウェルは眉を寄せて、指先で小刻みにデスクを叩いた。ハントの答を予期しながらも、そうは言ってほしくないと思っている様子であった。

「これもきみの仕事の範囲内と思ってくれないか」しばらくして彼は言った。「百家争鳴といった観があるが、結局のところガニメアンがこのチャーリー問題とどこでどう結びつくのか誰も明快な答を出していない。あるいは決定的な鍵を握っている存在かもしれないし、あるいは、何の関係もないかもしれない。誰にも、何とも断言できないんだ」

「そのとおりだね」ハントはうなずいた。

コールドウェルはそれを応諾と理解した。「ようし」彼は意を決する表情で言った。「これまできみはチャーリーについては実によくやってくれたよ。そこでだ、このあたりでバランスを取る意味からも、ちょっと別の側面に目を向けてはもらえないかね。となると……」コールドウェルは肩をすくめた。「……情報はここにはない。すべてはガニメデにあるのだよ。今から六週間後に〈ジュピター〉Vはガニメデに向かう。きみに乗ってくれと言うのは、そう無理な話ではないと思うがね」

ハントはなおも理解に窮する顔つきで眉を寄せたままだった。彼は見え透いた質問を発した。「ここの仕事はどうするね？」

「ここの仕事が何だっていうんだ？　原則として、きみは各方面からの情報を整理統合する立場にある。きみがヒューストンにいようと〈ジュピター〉Ⅴに乗っていようと、情報は今後もどんどん集まってくるだろう。きみの下にはグループＬがついている。背景調査だの、情報の照合といった基礎的な作業は彼らに任せておけば間違いないさ。ガニメデにいたって、きみはちゃんと現時点の情況を逐一把握することができるじゃあないか。いずれにせよ、たまに場所を変えるのは悪くないぞ。ここへ来てもう一年半になるじゃないか」

「しかし、行くとなると何年がかりという話だろう」

「いや、そんなことはない。〈ジュピター〉Ⅴは〈ジュピター〉Ⅳより設計が新しいからな。ガニメデまで六か月とはかからんよ。それに、第五次木星派遣隊と一緒に、向こうに母港を置く宇宙艦隊の編制のために宇宙船が多数行ったり来たりするようになるんだ。予備隊が発足すれば、以後地球との間を定期便が往復する。つまり、向こうへ行って知るだけのことを知ったらきみはいつでも好きな時に帰ってこられるのだよ」

コールドウェルがいる限り、無風状態は決して長くは続かないのだ、とハントは思った。この新しい指令を拒む理由はなかった。それどころか、内心彼は小躍りする気持ちだった。とはいえ、コールドウェルの説明には何か腑に落ちないものがあった。以前にもたびたび感じた気持ちを今また彼は覚えていた。この話の裏には何か別の動機が働いているに違いない。

しかし、それはどうでもいいことだった。コールドウェルはすでに肚を決めている。それまでの経験からハントは、コールドウェルがいったん何かをこうと決めた時には、あたかも人知を超える不思議な運命の力が働くかのように、必ずそれは現実のこととなるのを知っていた。

コールドウェルはハントが首を横にふるかもしれないことを考えて、しばらく返事を待った。ハントが拒否しないことを見定めて、彼は言った。「最初にここへ来てもらった時、わたしはきみにUNSAの本領は前線にあると言ったな。あれには約束の意味もあったのだよ。わたしは必ず約束を守る」

それから二週間というもの、ハントは席の暖まる閑もなかった。長期間地球を留守にするとなると、グループLの組織にも手を加えなくてはならず、身のまわりの整理も済ませなくてはならなかった。それを片づけると、彼はガルヴェストンに遣られて、そこで二週間過ごした。

二十一世紀初頭三十年の間に、月への旅客便の座席は大手の旅行代理店で予約できるようになっていた。宇宙船はUNSAの定期便が就航していたし、UNSAの将校を乗員とするチャーター便もあった。旅客宇宙船は乗心地がよく、大きな月面基地の宿泊施設も安全快適で、月旅行は多くのビジネスマンにとって海外出張とさして変わらぬ日常茶飯事であり、月旅行を一生の思い出とする観光客の数も増加の一途を辿っていた。月旅行には特別な知識や訓練はいっさい不要であった。現にあるホテル・チェーンと国際線を持つ航空会社、パッケージ旅行斡旋業者、それに、ある建設会社から成る企業連合は月面にホリデー・リゾートを建設中であり、早くも開業直後の予約で満員となっている。

ところが、木星その他の惑星はまだ一般の旅行者には解放されていない。UNSAのディープ・スペース探査任務に派遣される要員は自分の目的をはっきりと知り危険に際して適切に身を処する術を心得ていなくてはならない。ガニメデの氷原や金星の焦熱地獄は観光客の近寄るべき場所ではないのである。

ガルヴェストンでハントはUNSAの宇宙服や標準装備の扱い方の講習を受け、通信機、救命具、緊急用生命維持システム、修理道具の使い方を教わった。仕業点検手順、無線方向探知、故障箇所発見の技術も実地に訓練した。「この小さな箱が命の綱ですからね」受講者たちを前にして教官の一人は言った。「機械が故障して、百マイル四方で修理できるのは自分一人、という場面に立ち至らないとも限りません」医師たちは宇宙医学の基礎について講義し、酸素欠乏、圧力低下、発熱、体温低下等を来した場合に勧められる応急処置を指導した。生理学者たちは長期にわたる体重減少が骨のカルシウムにおよぼす影響を説明し、特別に準備された規定食と栄養剤によっていかに体内のバランスが正常に保たれるかを話して聞かせた。UNSAの将校たちは未知の環境で生命を危険から守り、正気を保つための知恵や技術について自分たちの体験から行き届いた助言を与えた。その内容は衛星ビーコンを目印に危険に満ちた場所を徒歩で踏破する方法から、果ては無重力状態で顔を洗うこつに至るまであらゆる範囲にわたっていた。

　そのようなしだいで、コールドウェルから直接の指令を受けて四週間余り後、ハントはヒューストン郊外二十マイルの第二ターミナル・コンプレックス、十二番発射台の地下五十フィートの搭乗ランプを、サイロの壁面から銀色のヴェガ・ロケットの船体に向かって歩いていた。一時間後、発射台の油圧装置はゆっくりとロケットを地上に押し上げた。それから数分のうちに、ヴェガはしだいに濃さを増す闇の虚空に一直線に上昇した。三十分後、ヴェガは予定より二秒半遅れて直径半マイルの乗り替え衛星（トランスファー・サテライト）〈ケプラー〉にドッキングした。〈ケプラー〉で月へ向かう乗客たちは不恰好なカペラ級のムーンシップに乗り替えた。一行はハントの他に、重力ドライヴを使用していると考えられるガニメアン宇宙船の調査に期待の胸を弾ませている推進機構の専門家三人、通信関係の技術者四人、建築技師二人、それにダンチェッカーのグループで、いずれも月面から〈ジュピター〉Vに乗り込むことになっていた。ムーンシップは地球軌道から月面まで彼らを運んだ。三十時間の平穏な飛行であった。月の軌道に達して二十分後に、ラウドスピーカーから降下の許可が出たとアナウンスが流れた。

　ほどなく、客室の壁面スクリーンを際限もなく移動していた平原や山脈、岩の断崖、丘陵などがゆっくり静止し、見る間に大きさを増しはじめた。ハントは二重の外輪山に囲まれたプトレマイオスとアルバテグニウスのクレーター平原とその中央に円錐状（えんすいじょう）に突出した山を認めた。アルバテグニウスの外輪山を断ち切ってクライン火口が落ち込んでいた。ムーンシップが北に向きを変えると、それらのクレーターはますます大きくなって行く画面の上へ切れた。画面はプトレマイオスとヒッパルカス平原の南縁を隔てる山腹の砕岩の原を中央に捉えて静止した。平滑に見えていた月面はやがて峨々(がが)とした岩山や深く切れ込んだ峡谷や断崖絶壁の素顔を露(あらわ)にした。そしてその真只中(まっただなか)に巨大な基地の鉄の構造物に反射する太陽光線の輝きが見えはじめた。

月面に構築された基地の施設が灰色の背景の中から浮かび上がり、しだいに輪郭を鮮明にしながら画面いっぱいに拡がった。中央に見えていた黄色い光点が大きさを増し、それはしだいに月面地殻内に建設されたムーンシップバースの入口に変わった。アクセス・レベルが深い縦穴の暗黒に吸い込まれるように層を成しているのが微(かす)かに見えた。ムーンシップが接近すると巨大なサービス・ガントリーがハッチを開いた。一瞬アーク灯の眩(まばゆ)い光がスクリーンにあふれ、ついで制動逆噴射の煙が画面を掻(か)き消した。軽い衝撃が伝わって、着陸脚が月面の岩に接触したことを告げた。エンジンが切られ、宇宙船内はふいに静寂に閉ざされた。ムーンシップのひしゃげたような船首の上で、重い鋼鉄のシャッターが左右から閉じて星を消した。バースに空気が満たされると、宇宙船の乗客たちの耳に新たな音の世界が甦(よみがえ)った。待つほどもなく、壁面からアクセス・ランプがするすると伸びてムーンシップと降船隔室(レセプション・ベイ)を結んだ。

三十分後に月面到着手続きを済ませて、ハントはエレベーターで最上層のプトレマイオス・メイン・ベースを一望の下に見渡す展望ドームに昇った。長いこと彼は人類がオアシスを建設した荒涼たる岩石砂漠を陰鬱な視線で眺めやった。地球は青と白の縞模様の円板となって中空に浮かんでいた。それを見ると、ハントは急に、今まであまりにも身近なために何とも思っていなかったヒューストンやレディングやケンブリッジといった場所から自分がいかに離れたところにいるかに思い至った。放浪の生涯を通じて、彼はかつてただの一度もある特定の場所を自分の故郷として意識したことはなかった。というより、彼にとっては特別な場所などありはせず、どこへ行っても、そこが故郷と思えばそれで満足だったのだ。ところが、月面に立って地球を見た途端、ハントは生まれてはじめて、故郷を遠く離れていることを強く意識した。

さらにあたりの様子をよく見ようと視線を転じて、ハントは自分が独りきりではないことに気づいた。ドームの反対側に、彼と同じように物思いに耽りながらひっそりと月面の砂漠を打ち眺めている瘦せぎすな禿頭の男がいた。ハントはさんざん躊躇した。が、やがて意を決してその男に近づいた。彼らを取り巻いて銀灰色の建物が幾何学模様を描きながら数マイル四方に拡がり、その間をパイプがくねり、梁や鉄塔が立ち並び、ここかしこにアンテナが聳えていた。見上げる塔の頂ではレーダーが無窮の回転を続け、片や蟷螂のようなレーザー受信アンテナは瞬きもせず空の一点を見据えて、基地のコンピュータと肉眼では見えぬ五十マイル上空の通信衛星との間に絶えることのない対話を持続させていた。基地の施設がつきるさらにその向こうに、プトレマイオスの峨々たる岩山が要塞のようにそそり立っていた。その上空の闇の中から月面輸送機が基地に向かって滑るように降下してきた。

しばらくして、ハントは声をかけた。「それにしても何だね……たかだか三十年前には、ここは見渡す限りの砂漠だったんだからねえ」話をするというよりは、むしろ声高な独り言だった。

ダンチェッカーは、すぐには答えようとしなかった。やっと口を開いた時にも、視線はドームの外に向けたままだった。

「しかし、人類は大きな夢を描きます……」彼は、低い声でゆっくりと言った。「人類が今日描いた夢は、明日きっと実現するのです」

再び長い沈黙がわだかまった。ハントは煙草を銜えて火をつけた。「それはそうと」ドームのガラスに烟をふわりと吐きながら彼は言った。「木星までは長い旅になるね。下で一杯やらないか……ともあれ、ここまでは無事に来たんだし」

ダンチェッカーはしばし思案の体だった。やがて彼はぐるりとドームの内側を見回し、はじめてハントに向き直った。

「わたしは遠慮します、ハント先生」彼は静かに言った。

ハントは溜息をついて行きかけた。

「もっとも……」ダンチェッカーの声の様子にハントはつと足を止めてふり返った。「あなたの新陳代謝が不馴れな非アルコール系飲料のショックに耐えられるようでしたら、濃いコーヒーなら、その、大歓迎ですが」

冗談だった。何とダンチェッカーは自分から冗談を言ったのだ。

「何でも一度は試してみる主義でね」エレベーターに向かいながら、ハントは言った。

19

軌道上の〈ジュピターV〉指令船搭乗は数日後の予定だった。ダンチェッカーは生物学者グループとの打ち合わせや月面から運ぶ機材の手配に忙しかった。彼らの作業にかかわりのないハントは、この空き時間を利用して月面のいくつかの場所を訪れる計画を立てた。

ハントはまず第一に、月面輸送機でタイコ（ティコ）に飛び、現在なお続けられているルナリアン遺跡の発掘を見学し、それまでテレビ電話の画像でしか面識のなかった何人もの学者や技術者とはじめて直接面会した。タイコの近くで進められている鉱山開発や試掘現場も訪れた。技術陣は月の核にまで試錐を降ろそうとしていた。鉄分を多く含有する高品位鉱石があるに違いないと彼らは信じていた。もし、そのような鉱脈が発見されれば、月は数十年のうちに一大宇宙船工場となるであろう。月面の加工工場で半製品の形を整えた部品は軌道上で組み立てられるようになるのだ。月面の資源を使い、月の軌道上でディープ・スペース向けの宇宙船を建造することの経済的な利益は測り知れまい。地球の引力に抗してすべてを運び上げる必要がないのだから、それがいかに有利なことかは想像して余りあるというものである。

次いでハントは月の裏側のジョルダーノ・ブルーノにある、大きな無線光学観測所を訪ねた。高感度受信機は地球からの妨害電波を完全に遮蔽(しゃへい)した環境で機能し、大口径望遠鏡は大気から解放されて、その自重に原因する像の歪(ゆが)みに悩まされることもなく、地球にへばりついていた先人たちの限界を大きく超えて宇宙のフロンティアを押し拡げていた。ハントはモニター・スクリーンや望遠鏡の視野に捉えられた近隣の惑星の像を畏敬(いけい)の念をもって眺めた。木星の九倍もの大きさを持つ惑星を彼は見た。連星をめぐって8の字の軌道を描く変わり種の惑星もあった。彼はアンドロメダ星雲の中心部を覗(のぞ)き、あるいは宇宙の果てにあるかないかの微(かす)かな光点となって散らばっている星々を眺めた。観測技師や学者たちは月面における彼らの仕事の中から芽吹きつつある新しい宇宙観について熱っぽく語り、先駆的な時空構造論の概念を説明した。それらの考え方に基づいて、従来最終速度とされていた限界を超えることができるように宇宙空間を変形させる手段も模索されていた。それが可能なら、恒星間旅行も夢物語ではなくなるであろう。観測所の科学者の一人は、今後五十年以内に人類は銀河を横断するに違いない、と自信をもって断言した。

ハントの最後の予定地は表側の、チャーリー発見の場所に程近いコペルニクス基地であった。コペルニクスの科学者たちは、チャーリーの手記に見られる描写と手描きの地図をもとに、彼の足取りを探(さぐ)ろうとしていた。日記の内容はいち早くヒューストンから伝送されていたのである。移動時間、距離、推定速度等から、チャーリーは月の裏側のある地点を出発し、ジュラ山脈、虹(にじ)の入江、雨の海を経てコペルニクスに至ったと考えられていた。しかし、これには異論もあった。未解決の問題が一つ残っていたのである。チャーリーの手記に出てくる方位方角は、なぜか月の自転軸から決定される南北と符合していなかった。どう考えてもチャーリーは裏側の一地点から雨の海を横断する経路を辿ったと解釈するしかなかったが、それとても、現代の月の南北とはまったく別の方位を想定してはじめて成り立つ見方であった。

ゴーダの位置を決定する試みはこれまでのところ、ことごとく徒労に終わっていた。手記の末尾の調子から判断して、ゴーダはチャーリーが発見された場所からさほど離れてはいまいと思われた。チャーリー発見の場所から約十五マイル南にいくつものクレーターが重複しているところがあった。クレーターはいずれも最近の隕石落下によって生じたものであることが確認されている。大方の研究者たちは、まさにそこがゴーダのあった場所であり、その遺跡は今もって原因不明の隕石雨によって影も形もなく抹消されてしまったに違いないという考えに傾いていた。

コペルニクスを去る前に、ハントは現地の科学者に誘われて、月面車でチャーリーの発見現場に出かけた。UNSAの月面車隊の一班を率いて、アルバーツ教授が案内に立った。

月面車はスレートのような灰色の岩壁が両側にそそり立つ広い谷間に停まった。あたり一面のキャタピラの跡、轍、足跡、着陸船の脚の跡などは過去一年半の盛んな活動のありさまを物語っていた。月面車の屋根の観測ドームから、ハントは一目でその場所がわかった。コールドウェルのオフィスで最初に見たのがこの景観だった。手前の崖の斜面を広く覆っている岩石の堆積や、その上から急勾配で切れ込んでいる細い谷は以前スクリーンの映像で見たとおりだった。

下の車室から呼ぶ声にハントはぎくしゃくと立ち上がった。宇宙服に着脹れて、動作は思うに任せなかった。窮屈な思いをしながら彼はハッチを潜り、短い梯子を伝ってコントロール・キャビンに降りた。運転手はゆったりとシートに凭れて魔法瓶の熱いコーヒーを美味そうに飲んでいた。その後ろで、月面車の指揮官である曹長がヴィデオ・スクリーンに向かい、通信衛星を介して、無事目的地に着いたことを基地に報告していた。第三の乗組員でハントとアルバーツに付き添う役目の伍長はすでに身仕度を終え、教授がヘルメットを着装するのを手伝っていた。ハントもドアの傍の収納ラックからヘルメットを出してかぶった。三人の準備が整うと曹長が最終的に生命維持装置と通信装置を点検し、一人ずつエアロックから外へ送り出した。

「さあ、どうかね、ヴィック。これが本当の月面だよ」ハントの耳にヘルメットのスピーカーからアルバーツの声が飛び込んできた。ハントはスポンジのように柔らかい砂にブーツがめり込むのを感じた。彼は試みに何度かそっと足踏みした。

「ブライトンの海岸のような感じだね」ハントは言った。

「いいですか、先生?」UNSAの伍長が声をかけた。

「いいとも」

「じゃあ、行きましょう」

「ああ」

それぞれ、橙、赤、緑の原色の宇宙服に身を固めた三人は岩石の堆積の中央に深く抉られた轍に沿ってゆっくりと登りはじめた。岩場を登りつめたところで彼らは足を止めてふり返った。早くも谷底の月面車は玩具のように遠ざかっていた。


彼らは細い峡谷に踏み込んだ。湾曲部に向かって登るにつれて両側から切り立った崖が迫って来た。湾曲部を過ぎてまっすぐ上を見通すと、前方に峨々とした岩山がそそり立っていた。チャーリーの手記に書かれていた尾根に違いなかった。ハントは悠久の過去に、まさにこの同じ斜面を宇宙服を着た二人の男が登って行った情景をありありと思い浮かべた。その男たちも、じっとあの尾根に視線を据えていたことであろう。死の影に脅えながら最後の力をふり絞って斜面を這い登る彼らの目には、あの尾根の上に赤い炎と黒煙に包まれて滅亡に瀕した惑星が……


ハントはふと足を止めて首をかしげた。彼は今一度前方の尾根を仰いだ。それから頭をめぐらせて丸く輝く地球を見つめた。地球は彼の右肩の、遙か後方の空に浮かんでいた。ハントはさらに何度も前後に視線を転じた。

「どうかしたかね?」少し先を歩いていたアルバーツがふり返ってハントを見つめた。

「おかしいな。ちょっとそこで待っていてくれないか」ハントは教授に追いついて前方の高い尾根を指さした。「この場所についてはきみはわたしよりずっとよく知っているね。あの向こうの尾根だがね……一年を通じて一度でも地球があの上に見えることがあるかね？」

アルバーツはハントが指さすほうを見上げ、ちらりと地球をふり返ってからヘルメットの中できっぱりと首を横にふった。

「それはないね。月面から見ると地球の位置はいつも同じだよ。秤動（ひょうどう）があるから多少は左右に揺れるがね、しかし、あんなほうまで動くはずはないさ」教授は今一度尾根を仰いだ。「間違っても地球が向こう側に来ることはない。きみとも思えないねえ、何だってまたそんなことを訊（き）くんだ？」

「いやなに、ちょっと思い出したことがあるものでね。大したことじゃあないんだ」

ハントは視線を下げた。前方の崖の根方に洞窟の入口と思（おぼ）しき岩の割れ目が見えた。「あれだな。ようし、あそこまで登ろう」

洞窟の入口は何度となく写真で見て憶（おぼ）えているとおりだった。長い長い年月を経ているにもかかわらず、岩の襞（ひだ）の奥に穿（うが）たれた洞窟は一見して人工的なものと知れた。ハントはある種の畏敬の念に打たれながらそっと入口に近づき、手袋で側壁に触れた。岩肌の傷は明らかにドリルの刃のようなものの跡だった。

「ああ、ここがそうだ」数フィート背後に足を止めてアルバーツは言った。「われわれは〈チャーリーの洞門（どうもん）〉と呼んでいるよ……チャーリーと相棒がはじめてここに立った時も、ほとんどそっくりこのとおりだっただろうな。ちょっと、ピラミッドの玄室（げんしつ）に入って行くような感じだろう」

「なるほど、なかなか上手いことを言うね」ハントは腰を屈めて中を覗いた。急に暗闇に入ったせいで何も見えず、彼はベルトの懐中電灯を探った。

死体を覆っていた土砂はすっかり除去されて、洞窟の内部は思ったより広かった。死体の横たわっていた位置を見つめながら、ハントは身内に名状し難い感情が湧き起こってくるのを覚えた。人類の歴史の第一ページが記されるより数千年も前に、まさにその場所に一人の男がうずくまり、ハントがつい最近二十五万マイル彼方のヒューストンで読んだ手記の最後のページをふるえる手で認めたのだ。ハントはその出来事から現代に至るまでに流れ去った長い長い時間のことを思った。宇宙のどこかで繁栄し、そして亡び去った国家のことを思った。灰燼と帰した幾多の都市。一瞬の光芒を発って過去に飲み込まれていった生命。その間中、この岩に隠された秘密はついに明かされることなく、沈黙の裡に閉じ込められていたのだ。かなり時間が経ってから、やっとハントは入口に現われ、眩い太陽の光の中で腰を伸ばした。

ハントはもう一度尾根をふり仰いだ。彼の意識の片隅ではっきりと捉えることのできない何かが差し招くように疼いていた。何やら識閾下の影がしきりに認知を求めて足掻いているかのようでもあった。しかし、それはほんの一瞬のことだった。

ハントは懐中電灯を腰のベルトに戻し、アルバーツの傍へ戻った。アルバーツは谷を隔てた向かい側の崖の岩石構造を観察していた。

20

第五次木星有人探査に向かう巨大な宇宙船は一年以上も前から月の軌道上で建造が進められていた。指令船の他に、それぞれ三万トンにも上る食糧や生活物資、観測機材を運ぶ輸送船六隻が月面の遙か上空で徐々に形を成していった。出発予定前二か月の間に、巨大なクリスマス・ツリーの飾り付けのように船体周辺に浮遊していた各種の機械、部材、コンテナ、宇宙舟艇、燃料タンク、梱包(こんぽう)材料、ケーブル、ドラム、その他あらゆる種類の装置、部品は次々に宇宙船に吸い込まれていった。宇宙船と衛星間を連絡するヴェガ・シャトル、ディープ・スペース巡洋艦、その他種々な目的で使用される特殊宇宙船も数週間のあいだに次々にそれぞれの母船に到着した。最後の一週間に輸送船は順次月の軌道を離れて木星に向かった。乗客と最後の乗組員が月面から艀(はしけ)で出発した時、虚空には指令船がただ一隻漂駐するのみであった。Hアワーを目前に控えて、それまで指令船の周囲に蝟集(いしゅう)していた雑用艇や監視衛星はいっせいに退き、警備艇の一団は数マイルの間合いを取って待機した。TVカメラは月面中継局を通じて地球の放送網に出発の模様を伝えた。

いよいよ出発の刻限が迫り、地球上の何百万何千万というテレビの画面に、星空を背景にそれとはわからぬ程微(かす)かに揺れながら漂う全長一マイル四分の一の宇宙船の威容が映し出された。そのほとんど不動の映像は、今まさに解き放たれようとしている巨大な力を孕んだ嵐の前の静けさを伝えていた。定刻通り、飛行制御コンピュータは最後の秒読み段階の点検を終え、地球上の管制本部からの〈ゴー〉サインを確認して熱核反応推進機構に点火した。噴炎は地球からも見ることができた。

第五次木星派遣隊は壮途に就いた。

十五分間、宇宙船は加速しながら順次軌道を跨いで上昇した。やがて月の引力圏をやすやすと抜け出した指令船〈ジュピター〉Vは、すでに宇宙百万マイル四方に散っている輸送船団を統率すべく暗黒の彼方を目指して飛び去った。警備艇の集団はそれを見届けて月面に帰った。地球上のテレビは軌道上の望遠鏡が追尾する指令船がはや一個の光点となってみるみる遠ざかるさまを伝えていた。その光点も間もなく闇に吸い込まれ、あとは長距離レーダーとレーザー通信がしだいに拡がる間隔を結ぶのみであった。

指令船上のハント以下UNSAの科学者たちは二十四号食堂の壁面スクリーンで刻々に遠ざかって行く月を眺めた。月はやがて一つの円になり、その向こうに見える地球の一部を掩蔽した。続く数日間に二つの天体は融け合って輪郭の定かならぬ光の塊となり、果てしない宇宙の闇の中で、彼らがやってきた方角を示す目印となった。さらに日が経って何週間かするうちに、その目印も無数の星屑の中では輝きを失い、ひと月後には針で突いたほどの、ほとんど見分けもつかない微細な光点と化した。

ハントはささやかな人工の世界の生活に馴れるには時間がかかることを思い知らされた。

周囲には無限の宇宙が拡がり、彼が馴れ親しんで来た世界との距離は毎秒十マイル以上の速度で増していった。今や彼らの安全は、宇宙船を設計し、建造した者たちの技術にかかっていた。地球の緑の山河も、紺碧の空も、もはや彼らの生存にとって必要な条件ではなかった。それらは、ただ、かつては現実に思えた夢の名残りとして、ある種の鮮明な記憶を呼び覚ますものでしかなかった。ハントは、現実とは相対的な〈量〉であると考えるようになった。時を経てふたたびそこに立ち帰っても以前と変わらない、絶対的なものではない。今、彼にとって唯一の現実は宇宙船である。一時的ではあるにせよ、彼が背後に残して来たものは非存在と化したのだ。

ハントは船体側面の各所に設けられた展望ドームで多くの時間を過ごした。一つだけ彼がよく知っているもの、すなわち太陽を見つめているうちに、ハントは少しずつ自分の存在に加えられつつある新たな大きさ、深さを理解するようになった。太陽の永遠の輝きや、生命の源泉であるつきることのない温もりと明るさは彼に安心感を与えた。ハントは古代の航海者たちのことを思った。航海術が未発達であった頃の船乗りは決して陸地が視界から消えるところまでは行かなかった。彼らもやはり、安心立命の拠りどころを必要としていたのだ。しかし、遠からず人類は未知の深淵に舳先を向け、銀河系外星雲へ渡ろうとするであろう。そこには彼らに安心を与える太陽はない。島宇宙に至る途中の海には星一つない。銀河系宇宙自体、無限の空間の中ではぼんやりとした影の薄い存在でしかありはしないのだ。

その深淵の果てにはいかなる未知の大陸が待ち受けているだろうか？

ダンチェッカーは宇宙船の無重力区で非番の乗組員の三次元フットボール試合を見物して閑を潰していた。試合はアメリカン・フットボールのルールを基本として、これに上下の動きを加味したもので、透明なプラスチックの巨大な球型コートで行なわれる。選手たちは風船玉のようなコートの中を上下左右、四方八方に飛び回り、互いにぶつかり合っては跳ね返り、あるいは球型コートの内壁に弾き返され、馬鹿騒ぎしながら球の直径を隔てた対極に位置する円型ゴールにボールを運ぶたてまえである。が、実際には、それは気持ちをぱっと発散させ、長く単調な宇宙航海でなまった筋肉を鍛えるための方便である。

スチュワードがやってきてダンチェッカーの肩を叩き、レクリエーション・デッキの外のテレビ電話に呼出しがかかっていると告げた。ダンチェッカーはうなずいて、ベルトの安全ループをシートのアンカー・ピンからはずし、それを手すりにかけると一挙動でふわりと浮き上がり、泳ぐように戸口に向かった。スクリーンには四分の一マイル離れた隔室のハントの顔が映っていた。

「ハント先生」ダンチェッカーは会釈して言った。「おはようございます……この人工地獄では、今正確には何時だかわかりませんが」

「やあ、教授」ハントは挨拶を返した。「実は、ガニメアンのことをちょっと考えているんだがね、二、三、きみの意見を聞きたい点があるんだよ。どこかで軽く食事でもしながら話ができないかね。そう、三十分ばかり後ではどうかかな?」

「結構です。どこがよろしいですか？」

「ああ、わたしはこれからE区の食堂へ行くところなんだ。そこで待っているよ」

「わかりました。すぐにそちらへ参ります」

ダンチェッカーは電話を切ってブースから出ると直ちに廊下に取って返し、宇宙船の中軸に向かって下がる横断シャフトの入口に進んだ。手すりをたぐって、しばらく中心に向かい、出口の手前で制動をかけた。トランスファー・ロックを抜けると、そこは回転によって人工重力を与えられた区画の、中心に近い変位速度の小さな場所だった。彼はさらに手すりに沿って宙を泳いだ。緩やかな加速を感じた。三十フィートほど進んだところで彼はふわりと側壁に降り立った。そこから先は、側壁がすなわち床であった。正常な姿勢に戻って、ダンチェッカーは標示に従って最寄りのチューブ・アクセス・ポイントまで歩き、呼出しボタンを押した。二十秒ほど待たされて、やってきたカプセルに乗り、目的地をキーボードに入力した。数秒後、彼を乗せたカプセルはチューブ内をE区に向かって流れるように移動していった。

年中無休のセルフサービス食堂は半ばほど席が埋まっていた。カウンターの奥の調理場から耳馴れた、皿やナイフやフォークの音が響いていた。UNSAの料理人が三人がかりで、UNSA特製の卵や豆や鶏の脚やステーキを気前よく皿に盛りつけていた。〈ジュピター〉Ⅳでは電子レンジで各自が勝手に好きなものを作る無人厨房(ちゅうぼう)が採用されたが、これは乗組員の間で評判が悪く、〈ジュピター〉Ⅴでは古き佳(よ)き時代の方式が復活したのである。

ハントとダンチェッカーは盆を持って食事中の乗組員や、カードに興じているグループや声高に議論を戦わせている技術者たちの間を縫い、一番奥の空いたテーブルに向かった。二人は腰を下ろして盆の皿をテーブルに移した。

「そうですか、われわれの盟友ガニメアンのことをお考えでしたか」パンにバターを塗りながらダンチェッカーは言った。

「ガニメアンとルナリアンのことをね」ハントは答えた。「とりわけわたしは、ルナリアンがガニメアンの手でミネルヴァに運ばれた地球生物から進化したというきみの考え方を面白いと思っているのだよ。地球上に彼らの文明の痕跡が見られないことをすっきり説明できるのはその考え方だけだからね。そうではないとする議論もいろいろ試みられているけれども、わたしが見る限り、どれもあまり説得力がない」

「あなたにそうおっしゃっていただけるとは嬉しいですね」ダンチェッカーはわが意を得た顔で言った。「ただ、問題はどうやってそれを証明するかです」

「いや、そこなんだよ、わたしが考えていたのは。あるいは、必ずしも証明の必要はないのかもしれない」

ダンチェッカーははっと顔を上げ、眼鏡の奥から不思議そうにハントを見つめた。興味を掻き立てられた様子だった。「証明の必要はない？　それはまた、どういうことですか？」

「惑星ミネルヴァで何が起こったのかを想像することはわたしたちにとって非常にむずかしい。それはそうだよ。今やミネルヴァは存在しない。残っているのは太陽系中に散らばった何百万という石ころでしかないのだからね。ところが、ルナリアンたちはそこで苦労することはなかった。彼らの足下にはしっかりとした大地があったのだから。それに、彼らはかなり進んだ科学的知識を持っていた。ところで、そういう彼らははたして科学研究によって何を明らかにしただろう？　少なくとも、ある程度、彼らが知り得たことがあったはずだね」

ダンチェッカーはハントの言わんとするところを察してきらりと目を光らせた。

「はあ！」彼は即座に言った。「なるほど。もし、ガニメアン文明が最初にミネルヴァで栄えたとすれば、ルナリアンたちは当然その文明についてかなり詳しく研究していただろうということですね」彼はちょっと言葉を切って眉を顰めた。「しかし、その点あまり多くは期待できないんじゃありませんか、ハント先生。惑星を再現するのが不可能であるのと同じで、ルナリアンの科学資料はもはやわれわれの手の届くところにはないんですから」

「ああ、それはきみの言うとおりだ」ハントはうなずいた。「ルナリアン科学の詳しい記録はない……しかし、われわれの手もとには例のマイクロ・ドット・ライブラリーがあるんだ。そこに記録された内容はごく一般的なものだがね、もし、ルナリアンが彼ら以前に非常に水準の高い、進歩した人種がいたことを発見したら、それはおそらくたいへんな騒ぎになったに違いないと思うのだよ。誰一人知らぬ者はいないほど派手に話題になったろうし、その後も民族的な常識として歴史を通じて語り継がれただろう。チャーリーの発見が地球でどんな騒ぎを巻き起こしたかを考えれば、それは想像できることだね。おそらく、ルナリアンの残した記録の随所に、そのような知識を指す記述があるはずだよ……こっちにそれを読み取る力があればね」ハントは言葉を切ってソーセージを口に運んだ。「そういう気持ちから、この何週間かわたしはわれわれの手もとにある限りの資料を読み返して、何かそれらしいことが書かれていないかどうか、虱潰し（しらみつぶ）しに調べてみたのだよ。……むろん、具体的に何かの証拠になるほどのものがあるとは思っていなかった。ただ、今われわれが問題にしている惑星がどんな世界であるか、もう少し確信をもってものが言えるように、何か材料を捜そうと考えたんだ」

「収穫はありましたか？」ダンチェッカーは身を乗り出した。

「いくつかね」ハントは言った。「まず第一に、ルナリアン語で書かれた文章にはたびたび〈巨人〉を引き合いに出した決まり文句が使われているということだ。例えば、〝古来巨人時代より……〟とか、われわれが〝新規巻き直し〟というような意味で、〝巨人時代に帰って……〟などと使うのだね。それから、別のところでは〝かつて、まだ巨人すらこの世にいなかった昔……〟という言い方もしている。他にもこの手の表現がたくさんあるのだよ。意識して見ると、これがちゃんと歴史的に根拠があるらしいことがわかってくる」ハントは言葉を切って、教授がその意味をはっきりと理解するのを待った。「それだけではない。この〈巨人〉というのは超大な力、あるいは卓越した知能、知識などに言及する際にもよく使われている。例えば〝巨人並の恵まれた頭脳の持ち主〟といった具合にね。すでにきみにも想像がついているだろうけれども、こうした言葉からルナリアンたちは遠い過去に、おそらくは技術的にも非常に進んだ巨大人種がいたことを薄々ながら知っていたらしいことがわかる」

ダンチェッカーはしばらく無言のまま料理を突ついた。

「今のお話からだけでは何とも言いかねますが」ややあって彼は言った。「わたしは、それは空想の産物ではないかという気がします。要するにそれは、われわれの伝説上の英雄と同じような、神話的な創造にすぎないのではないでしょうか」

「わたしもそれは考えたよ」ハントはうなずいた。「ところが、よく考えてみるとそうは言いきれないのだよ。ルナリアンは言うなれば実用主義の権化なんだ。彼らは空想に耽っている余裕はなかった。宗教だの、精神だの、こと文化に関しては不毛の人種だよ。彼らの置かれていた状況を考えれば無理もない。彼らは自分たち自身に頼るほかはないことをよく知っていたんだ。心のゆとりなどというものは贅沢だった。神々だの英雄だの、悩みごとから自分たちを救ってくれるファーザー・クリスマスの幻想にかかずらわってはいられなかった」ハントは頭をふった。「わたしにはルナリアンが巨人伝説を生んだとは信じられない。彼らにはおよそ似つかわしくない話だよ」

「なるほど」ダンチェッカーはふたたび黙念と皿に顔を伏せた。「ルナリアンは自分たちより前にガニメアンがいたことを知っていたわけですね。それはそれとして、わたしをお呼びになったのは、他にもお話があってのことですね」

「そうなんだ」ハントは言った。「資料を読んでいるうちに、いくつか気がついたことがあってね。どちらかと言えば、これはきみの専門に属する問題なのだよ」

「うかがいましょう」

「まあ、仮にガニメアンがあらゆる動物の種をミネルヴァに移したとするね。そうすると、後世ルナリアンの生物学者たちは身のまわりの研究対象に頭を抱えることになるのではないかね？　つまり、彼らが相手にする動物ははっきり二つのグループに分けられる。両者の間にはまったく類縁関係がない……地球生物については、われわれと違ってルナリアンは何も知らないはずだから……」

「それどころでは済みませんよ」ダンチェッカーは先回りして言った。「ミネルヴァ原産の生物については進化の過程を生命の起源まで溯って辿ることができるでしょう。ところが他から移されたものについては、かれこれ二千五百万年前までしか溯ることができません。それ以前についてはいっさい研究材料がないのです。それぞれの動物が何から進化したのか、祖先のことはまったくわからないことになります」

「まさにその点をわたしはきみに訊きたかったのだよ」ハントは前屈みに両肘をテーブルについた。「きみがルナリアン生物学者だとして、彼らと同じ情報を与えられたら、それをどう解釈するね？」

ダンチェッカーは料理を頰張ったまま口を動かすことも忘れて、ハントの背後のどこか遠い一点を見つめていた。かなり経ってから、彼はゆっくりとかぶりをふった。

「非常にむずかしい質問ですね。そのような情況では、まずおそらくは、ガニメアンが異星の種を持ち込んだと考えるだろうと思いますが、しかし、それは化石を調べれば何千万年も前からの記録が連続しているのが当たり前のことになっている地球人生物学者の見方でしょう。そういう考え方に馴れていないルナリアンは、ある時期以前の記録がふっつり消えていることをさほど異常とは受け取らなかったかもしれません。そもそもルナリアンの育った世界ではそれが当然だったとすれば……」

ダンチェッカーは曖昧(あいまい)に言葉を切ってしばらく考えた。「わたしがルナリアンだとしたら」彼はあらためてきっぱりと言った。「こんなふうに説明します。生命は遠い過去、ミネルヴァに発生した。そして、変異と淘汰(とうた)をくり返しながら進化して、いろいろな系に分岐して行った。かれこれ二千五百万年前、比較的短期間に一連の突然変異が集中的に起こった。その中から、それまでにはなかったまったく新しい形態の生物が生まれた。その新しい系統はそれ以前の系統と平行して進化して、そこからさらにいろいろな種が枝分かれした。そして、その末端にルナリアン自身が出現した。そうです。わたしだったら、新しい進化の系列をそう説明します。これは、地球における昆虫の出現と同じことです……昆虫は数多い種類を全部ひっくるめて、他のどの系列ともいっさい類縁がありません」彼は自分の言葉をふり返って考えてから、力をこめてうなずいた。

「そうですよ。この解釈にくらべたら、人為的な惑星間移住などというのはご都合主義もいいところだ、とルナリアンは思うでしょう」

「きっときみの口からそんなことが出るだろうと思っていたよ」ハントは満足げにうなずいた。「実際、ルナリアンもほぼそれに近い考え方をしていたらしいんだ。わたしの読んだ限りでは、どこにもはっきりそうは書かれていないがね、あちこちの断片的な記述を接(つ)ぎ合わせると、まあ、だいたいそんなことになるのだよ。ところが、それはそれとして、もう一つわからないことがある」

「ほう」

「ある単語が方々に出てくるんだがね、それに一言でぴたりと嵌まる英語の語彙がないんだよ。強いて言えば、〝人間らしい〟ないしは〝人間とかかわりを持つ〟というような意味の言葉でね、それがいろいろな動物の種類を説明するのに使われているんだ」

「他所から運ばれた動物が自分たちと相通ずるものを持っていることを言っているのではありませんか？」ダンチェッカーは首をかしげながら言った。

「そう、そのとおり。ところがだ、その同じ言葉が、全然別の文脈に出て来て、そこでは〝陸に上がった〟あるいは〝陸棲の〟というふうに、とにかく乾いた地上のものを意味する言葉として使われているのだよ。これだけ違った二つの意味が、いったいどうして同義になるのだろう？」

ダンチェッカーはフォークを置いて眉を寄せた。

「わたしには何ともわかりかねますね。何か重要なことでしょうか？」

「わたしにもわからない。しかし、これには重要な意味があると思う。この点について、わたしは言語学班と連絡を取って充分確かめたがね、実に面白いことがわかったよ。〝人間らしい〟ということと〝陸棲の〟ということはミネルヴァでは同義だった。なぜか。事実、それは同じことを意味していたからだ。ミネルヴァの陸棲の動物は例外なく、すべて新しい系列に属しているんだ。で、わたしらはそれを表わすのに、大地の上にあるものという意味で、テレストイドという言葉をでっち上げたよ」

「例外なく、すべてですか？　じゃあ、チャーリーの時代には、ミネルヴァ原産の生物は何一つ残っていなかったということですか？」ダンチェッカーは頓狂な声を発した。

「わたしたちはそう考えている……少なくとも陸上にはね。ガニメアンも含めて、非常に多くの種類の化石が、その時代までは残っている。しかし、それ以降はテレストイドだけになってしまうのだよ」

「海中の生物はどうですか？」

「海は事情が違う。ミネルヴァ系の、旧くからいる生物はそのままずっと続いているよ。例のきみの魚がそうだ」

ダンチェッカーは不信を隠そうともせずにハントを見つめた。

「そんな馬鹿な！」彼は叫んだ。

教授はロースト・ポテトを刺したままのフォークを顔の前に突き立てて体を強張らせていた。「じゃあ、ミネルヴァ固有の陸棲生物は、残らず忽然と消え失せたっていうんですか？」

「そう、ある短い期間にね。わたしたちはこれまで、ガニメアンがどうなったかについてさんざん考えてきた。こうなってみると、どうやらこのあたりで、もう一つ視野を拡げて、ガニメアンとその類縁の陸棲生物すべてはいったいどうしたのか、というふうに問題を捉え直す必要がありそうだね」

21

数週間にわたって二人の科学者は、ミネルヴァ原産陸棲生物の突然の消滅の謎について話し合った。物理的な災害は除外して考えてよさそうだった。もしそのような原因で生物が絶滅したならば、テレストイドもまた滅亡を免れなかったはずだからである。気象の激変についても同じことが言えた。

一時彼らは移転動物が持ち込んだ微生物による伝染病の可能性にかなりこだわった。ミネルヴァ固有の生物はそのような病気に対して遺伝的に抵抗力を備えていなかったと考えられるからである。しかし、二つの根拠によってこの可能性も消去された。第一に、何百万を数えたに違いない生物の全種をことごとく絶滅せしめるほど強力かつ普遍的な伝染病は現実にはあり得ないこと。第二に、これまでにガニメデから伝えられた情報によれば、ガニメアンの科学技術はルナリアンや現代の地球人のそれより遙かに進歩していたはずであり、彼らが動物と共に細菌を持ち込むような誤りを犯したとは考えられないことである。

伝染病の一変形として、細菌戦略がエスカレートして、ついには収拾がつかなくなったという考えが浮上した。伝染病説を葬った二つの根拠も、この考え方に対してはあまり有効な否定要素ではなかった。結局、細菌兵器は一つの可能性として留保されることとなった。他に考えられる可能性は一つしか残らなかった。すなわち、ミネルヴァの大気の化学組成に何らかの変化が生じ、テレストイドはこれに順応したが、ミネルヴァ原産の生物は適応できなかったという考え方である。しかし、その変化とは何だったのか?

〈ジュピター〉V上でこの二つの可能性の当否が検討されているところへ、地球からのレーザー通信を介して、ナヴコム内部で起こった新たな論争の詳細が伝わった。純粋地球論一派は一連の計算結果を掲げて、ルナリアンはミネルヴァで繁栄するどころか、生命を維持することさえ不可能であったと主張したのである。ミネルヴァは太陽からあまりにも遠く、ために気温は極めて低かった。水は液体として存在したはずがなく、その事実こそ、チャーリーの地図がいかなる世界を示すものであるにせよ、それは断じて小惑星近辺ではないことの証明である、と彼らは言った。

この狼火(のろし)を見て、ルナリアンの起源をミネルヴァに求める諸派は急遽(きゅうきょ)大同団結を図り、独自の計算によって得た数値を武器に反撃の火ぶたを切った。彼らの計算によれば、大気中の二酸化炭素の温室効果によって、ミネルヴァの気温はそれまで考えられていたよりもかなり高いはずだった。彼らはさらに、その気温を保つに必要な大気中の二酸化炭素の割合は、かつてショーン教授がチャーリーの細胞代謝分析と呼吸器系の構造から推定したミネルヴァの大気組成の数字に符合することを力説した。純粋地球論者の堡障(ほうしょう)を決定的に突き崩した地雷は、ショーンが新たにチャーリーはいくつかの点で異常に濃度の高い二酸化炭素に生理的な適応を示していると発表したことである。

ミネルヴァの大気中の二酸化炭素濃度に対するこの急速な関心の高まりに触発されて、ハントとダンチェッカーは彼ら独自の実験を計画した。ハントの数学者の知恵とダンチェッカーの生物学者の知識を寄せ合って、彼らはミネルヴァ産の魚から得たデータをもとに、微量化学動態ポテンシャルのコンピュータ・モデルを作り出した。完成には三か月を要した。でき上がったモデルに彼らは与えられた環境における各種の分子の化学的効果を擬した演算記号を代入した。ディスプレイ・スクリーンに出力された数字を見てダンチェッカーは躊躇(ちゅうちょ)なく断言した。「この魚の祖先と同じ原始生物から進化して、かつ基本的に同じ微量化学的構造を受け継いで肺呼吸する生物はすべて、二酸化炭素を含むある種の毒素に非常に敏感ですね。大半の地球生物にくらべたら、まったく抵抗力がないと言えます」

　今度という今度はすべてが霧の晴れるように明快となった。今からおよそ二千五百万年の昔、ミネルヴァの大気中の二酸化炭素濃度が急激に高まったのだ。何らかの自然現象によって岩石の化学組成中のガスが放散されたか、あるいは、ガニメアンの活動に何かそのような現象を惹起(じゃっき)するものがあったのであろう。ガニメアンが異星生物の種をそっくり移入した理由もこれで説明される。その最大の目的は、二酸化炭素を吸収し、酸素を生成する植物で惑星を覆い、大気のバランスを回復することであったに違いない。動物はエコロジーの均衡を維持し、植物の成長を助けるために狩り出されたにすぎまい。しかし、この試みは失敗に終わった。惑星固有の生物は新しい環境に適応できなかった。そして、抵抗力のある異星生物が競争相手のいなくなった新世界で盛大に繁殖したのだ。しかし、これはあくまでも仮説であって、現実にミネルヴァでそのとおりのことが起こったかどうか、誰にも確とはわからなかった。将来においても、それは永遠の謎であろう。

そして、そのガニメアンがどのような末路を辿ったかについても何一つ推論の材料はなかった。いずれにせよ、彼らはミネルヴァの従兄弟たちと前後して滅亡してしまったのだ。あるいは、大気浄化の試みが失敗に終わったことを知って、彼らはミネルヴァを見捨て、新参者の住民を残して太陽系を脱出し、新天地を求めてどこかへ去っていったのかもしれない。ハントはその可能性を信じたかった。自分でも説明できない不思議な理由で、ハントはいつしかこの謎の人種に親近感を抱くようになっていた。ルナリアンの資料の一節に「宇宙の彼方の、今はあの旧世界の巨人たちが住み着いている星に……」という書き出しの文章があった。ハントはそれが事実であることを密かに願っていたのである。

とまれそのようなしだいで、ミネルヴァ古代史の少なくとも一章が急転直下の解明を見た。今やルナリアン文明が地球ではなくミネルヴァ上で進歩し繁栄したことは疑いの余地もないと言ってよかった。ショーンがかつてハントのカレンダーの一日の長さを、チャーリーの自然な睡眠時間から割り出そうとして失敗したわけもこれで説明される。ルナリアンの祖先たちは二十四時間周期の代謝リズムを体内に濃く焼きつけられて地球からこの惑星に渡ったのだ。その後二千五百万年の間に、子孫の体内の融通性のある生理機能はミネルヴァの一日三十五時間のリズムにうまく順応した。しかし、変化に取り残された機能もあった。チャーリーの時代にはルナリアンの体内時計はどうにもならぬほどすっかり狂ってしまっていた。ショーンの計算がおよそ意味をなさなかったのはそのためである。とはいえ、チャーリーの手記に登場する矛盾を含む数字はいまだに解決の糸口が摑めぬままだった。

ヒューストンのコールドウェルはハントとダンチェッカー連名の報告を読んで満悦至極の体だった。かねてから彼は、成果を得ようとするならば、二人の科学者がいたずらに個人的な反目と摩擦を続けることを止め、その能力を寄せ合って問題の解決に当たらなくてはならないと考えていた。共通の課題の大きさが個別の問題を圧倒する情況に二人を追い込むにはどうしたらよかろうか？　そもそも彼らは何を共有しているだろうか？　最も単純にして明快な事実、すなわち、彼らは共に惑星地球に生を享けた人間であるということだ。この基本的な事実が他の何よりも大きな意味を持つ場所は？　月面の不毛の平原か、ないしは何億万マイルの宇宙の彼方を措いてそのような場所が他にあるだろうか？　すべてはコールドウェルの期待以上にうまくいっている様子だった。

「だから前からわたしが言ってるでしょう」ハントの助手が報告書のコピーを見せると、リン・ガーランドは心なしか頰を赤らめて言った。「グレッグは人を扱うことにかけては天才なのよ」

地球からの七隻の宇宙船隊のガニメデ軌道到着は第四次木星派遣隊の古参、とりわけこれを最後の務めにやがて故郷へ帰還する者たちにとって大いなる瞬間であった。それから数週間にわたって宇宙船と衛星の間で物資機材運搬の複雑なプログラムが展開され、ガニメデ上空は出発直前の月面上空に勝るとも劣らぬ混沌を来した。二隻の指令船は輜重作業の現場から十マイルの間合いを取って二か月間漂駐することになっていた。その後〈ジュピター〉Ⅳは新着の船隊中二隻の輸送船と共にカリストの上空に移動し、すでにこの衛星上に設置されている基地の拡張作業に従事する予定だった。〈ジュピター〉Ⅴはガニメデに留まり、現在月面上昇前最後の秒読みに入っている〈サターン〉Ⅱの五か月後に予定された到着を待つ。ガニメデ上空でランデブーした後、いずれか一方は（今のところまだどちらとも決まっていない）空前の最長距離、最大規模の有人探査任務を帯して土星へ向かうことになっていた。

長期におよんだ〈ジュピター〉Ⅳの任務はついに終わりを遂げた。最新設計の宇宙船の標準からくらべるとあまりにも速度の遅い同号は不用な装置や機械を取りはずして、カリストの周囲を回る恒久軌道基地として使用されることになるだろう。そして数年後にはあわれにも解体され、衛星上の諸々の施設の建設資材として二度目の務めを果たすことになるであろう。

ガニメデ上空の混雑と喧噪は頂点に達し、ＵＮＳＡの科学者集団が衛星上に運び降ろされるのもいよいよ三日後のこととなった。何か月も宇宙船内で暮らし、その生活様式にも馴れ、乗組員たちとも親しくなったハントは、荷物をまとめて船腹中央部のがらんとしたドッキング・ベイでヴェガ着陸船に移乗する順番を待ちながら名残り惜しさを感じずにはいられなかった。この巨大な合金都市の内部もこれが見納めであろう。今度地球に帰る時には輸送船で運ばれてきた小型の高速宇宙巡洋艦に乗ることになるはずだ。

一時間後、宇宙整備士たちや作業艇が群がった〈ジュピター〉Ⅴはヴェガの船室のディスプレイ・スクリーンの中で急速に遠ざかって行った。やがて画面は切り替わり、不気味な氷霜に覆われたガニメデの表面がぐんぐん迫り上がってきた。

ハントはガニメデ中央基地第三居住区の質素な部屋に入ると、ベッドの端に腰を下ろして雑嚢の中身を手順よく傍のアルミニウム・ロッカーに移した。ドアの上の排気グリルはけたたましい音を発していた。壁の床に近い位置に設けられた吸気孔から、エンジン・オイルの臭気を帯びた温風が流れ込んでいた。どこか足下から伝わる大きな機械の唸りに床の鋼板が振動した。反対側のベッドで枕に寄りかかりながら、ダンチェッカーはクリスマス・イヴを迎えた小学生のようにはしゃぎながらファクシミリの資料やカラー写真をひっくり返し、興奮してしゃべり続けていた。

「いよいよですね、先生。明日にはこの目で見られるんだ。二千五百万年前に地球上をわがもの顔に歩き回っていた動物ですよ。いやしくも生物学者たるもの、これほどの経験のためなら、片腕をもがれたって惜しくないよ」彼は資料の綴じ込みを掲げてハントに見せた。「ほら、これ。これほど完全な状態で保存されたゴンフォテリウムを見るのははじめてだな……牙が四本ある中新世のマンモスですよ。高さは十五フィート以上もあります。他にこれより凄いやつがいると思いますか？」

ハントは奥の壁一面に貼られたピンナップを見上げて眉を顰めた。ＵＮＳＡの先住者たちの置土産だった。

「正直なところ、いると思うね」彼は低く言った。「もっとも、ゴンフォテリウムなんぞとは少々牙が違うがね」

「え？　何ですって？」ダンチェッカーは眼鏡の奥で目を白黒させた。ハントは煙草入れに手を伸ばした。

「いや、何でもないよ、クリス」彼は溜息をついた。

22

ピットヘッドまでは二時間足らずの飛行だった。地球からの一行は管制塔の将校食堂でコーヒーを飲みながら、第四次隊の科学者たちからガニメアン調査の最新情報について説明を聞いた。

ガニメアン宇宙船は長距離かつ大規模な宇宙飛行に向かう途中であったに違いなく、その目的は決して限られた範囲の探検調査ではなかったと思われた。宇宙船の墜落で数百人のガニメアンが命を失った。厖大な量の食糧、資材、機械装置、家畜類から判断して、ガニメアンの目的地がどこであったにせよ、彼らは行った先に定住しようとしていたようだった。

宇宙船の構造、特に装備と制御システムはガニメアンの科学知識がいかに進んでいたかを物語っている。電子工学的側面についてはまだほとんどが謎のままである。特殊用途のコンポーネントにはUNSAの技術者たちにさえその機能を想像しかねるものもある。ガニメアンのコンピュータは巨大集積回路技術を駆使したもので、無数のコンポーネントを何層も重ねて一個のシリコン・ブロックに組み込んで小型化を図っている。内部に発生する熱は回路と共に組み込まれた電子冷却ネットワークによって放散する仕組みである。例えばここに、航行管制システムの一部と思われるコンポーネントがあるが、その集積密度はほぼ人間の頭脳に近い。一人の物理学者が大型の辞書ほどのシリコン・ブロックを取り上げて一行に示した。演算能力から言うと、そのブロック一つはナヴコム司令部にある大小のコンピュータを全部併せてもなおおよばぬほどのものを持っている、とその学者は断言した。

宇宙船は流線形で、構造はこの上もなく頑丈(がんじょう)である。これは宇宙船が大気中を飛行することを前提として設計されており、また、惑星に着陸した時、自重で潰れることがないように周到な計算で作られたものであることを物語っている。ガニメアンの宇宙船技術は現代のヴェガ・ロケットとディープ・スペース軌道間輸送船の機能を一隻の宇宙船で併用させることが可能な水準を達成している。

推進機構はまさに革命的である。噴射孔はどこにも見当たらず、また反射鏡もないことから、宇宙船はいかなる種類の熱力学的推力によって前進するものでもなく、光子の反動力で飛ぶものでもないことが明らかである。中央燃料タンク・システムは強大な電磁力を生み出す一連のコンバータとジェネレータ群に接続している。電磁力発生システムは二フィート角の超導体バスバー・シリーズと無垢の銅棒を複雑に編んだインターリーヴ・ワインディングとから成り、これが推進機構の本体と思しきものを取り巻く形に置かれている。この機構がいかなる原理で宇宙船を前進させるかはまだ解明されていないが、何通りかの説明は試みられており、中には驚異的な理論を裏づけとするものもある。

宇宙船は間違いなく星間航行を目的としているものだろうか？　ガニメアンは大挙して太陽系脱出を図ったのだろうか？　にもかかわらず不幸にして、ミネルヴァ出発直後に遭難したのだろうか？　疑問は疑問を呼び、それに対する答は何一つ得られてはいない。ただ、これだけは確実に言える――チャーリーの発見がナヴコムの主力頭脳を二年間呻吟させたとすれば、ガニメアン宇宙船は世界中の科学者の半数を、数世紀とは言わぬまでも、数十年は拘束するに足る未知の情報を秘めている。

地球から新来の一行は、最近建設された研究ドームに陳列してある、氷の下から掘り出された発見物を見学した。ガニメアンの白骨数体と地球生物十数種の標本もそこに並んでいた。ダンチェッカーにとってははなはだ残念なことに、何か月も前にヒューストンで彼がハントとコールドウェルにスクリーンの映像として見せた、あのお気に入りの類人猿はもはやそこには陳列されていなかった。〈シリル〉はさらに詳しい調査のために第四次隊指令船の実験室に移されていた。〈シリル〉の愛称は第四次隊の学術班長の名に因んでＵＮＳＡの生物学者たちがたてまつったのである。

基地の酒保で昼食を済ませた後、彼らは徒歩で縦穴を覆うドームに向かった。十五分後、彼らは氷原下の地底に立って、はじめて見るその宇宙船に驚異の目を見張っていた。

宇宙船は白色光の満ちあふれる巨大な洞窟の底で依然氷の台座に支えられたまま船腹をさらけ出していた。洞窟の天井を支えるジャッキや氷柱の林立する間に船体は長々と横たわっていた。足場や渡り板が額枠のように囲んだ船殻外板の一画がそっくり切り取られて、内部の隔室が覗けるようになっていた。あたり一面にオーバーヘッド・クレーンで船内から運び出された機械類がところ狭しと並んでいた。ハントはかつてボーランと共に訪れたシアトル近郊のボーイング一〇一七組み立て工場を思い出した。しかし、この洞窟では何もかもが桁はずれに大きかった。

彼らは船内に隈なく張りめぐらされた渡り板と梯子の通路網を伝って、間口十五フィートのディスプレイ・スクリーンのある船長室から、制御室、居住区、病室、船倉、そして動物の檻と見て回った。眼目のエネルギー・コンバータおよびジェネレータを据えた機関室は熱核融合発電プラントさながらに複雑かつ重厚であった。機関室から隔壁を一つ抜けると、そこには一対の見上げるばかりのドーナツ状の装置が頭を覗かせていた。その前に立つと彼らはまるで小人であった。一行の案内に立った技官はその小山のような金属の曲面を指さした。

「このケーシングの外壁は十六フィートの厚さがあります」彼は言った。「ある特殊な合金でできていますが、この合金はタングステン・カーバイドをクリーム・チーズのようにやすやすと切ることのできる代物です。この内部における質量濃縮度は驚異的です。この大きなドーナツ環の流路の中で高度に濃縮された物質は強力な磁場との相互作用によって環流、ないしは共鳴振動を起こしたと考えられます。おそらく、それによって作り出される重力ポテンシャルの大きな変動を何らかの形で制御して、宇宙船の周囲の空間を自由に歪めて推力を得たのでしょう。言い換えると、宇宙船は自身が前方に作り出す穴にどこまでも落ち込むことで前進するわけです。言うなれば、四次元の無限軌道ですね」

「つまり、宇宙船は自分で時空の泡に閉じ籠もって、その泡が何らかの形で通常空間を突き進む、ということですか？」一行のうちの誰かが質問した。

「ええ、そう言っていいでしょう」技官はうなずいた。「そう、泡というのは実に上手い喩えですね。面白いのは、もし事実そういう飛び方をしたとすると、宇宙船およびその内部の全質量がまったく等しい加速を受けるということです。つまり、Gの影響は全然ないのですよ。例えば時速百万マイルからいきなり停止しても、乗っている者は止まったことさえ気がつかないわけです」

「最高速度は？」別の誰かが尋ねた。「相対性理論から考えられる限界があるでしょう？」

「それは何とも言いかねます。〈ジュピター〉Ⅳの研究室ではその方面の専門家が寝る間も惜しむようにして解明に努めていますが、宇宙船の動きに対しては従来の物理学、力学の考え方はまるで通用しません。その時空の泡の内側の限られた世界では、事実上、宇宙船は静止しているのですから。問題は、その泡がいったいどうやって通常空間を移動するかであって、船体そのものの動きとは全然別の話です。おそらく、これまでにはない新しい場の理論が確立されなくてはならないでしょう。というより、物理学の体系そのものが根本的に問い直されなくてはならないということでしょう……さっきも言いましたとおり、この宇宙船の原理はまだわかってはいないのです。が、一つだけはっきり言えることは、現在カリフォルニアで開発が進められている光子宇宙船は建造以前の段階で時代遅れになるだろうということです。ガニメアン宇宙船の原理が解明されれば、わたしたちの知識は一挙に百年は前進するでしょう」

一日が終わる頃にはハントの頭は混乱の極みに達していた。一つことを理解するより先に、次々に新しい情報が飛び込んできた。疑問は解決するよりも何等倍もの速さで増殖し、膨脹(ぼうちょう)した。ガニメアン宇宙船の謎は他のどんな新しい知識よりも彼の関心をそそるものには違いなかったが、しかし、その背後には常にまだ答の摑(つか)めていないルナリアン問題が見え隠れしていた。ゆっくり時間を取って頭を冷やし、脈絡もなく詰め込まれた事実を整理しなくてはならなかった。事実や情報を秩序立てて並べ替え、相互関係を明らかにして、まずどの問題から取り組むべきか見きわめをつける必要があった。にもかかわらず、雑多な知識や事実の断片は彼がその一つ一つを拾い上げる閑(ひま)もなく堆(うずたか)く積もっていった。

夕食後の歓談哄笑(こうしょう)はやがて耐え難(がた)い雑音と感じられるようになった。ハントは独り自室に引き取ったが、壁に囲まれて坐っていると閉所恐怖にも似た気持ちに襲われた。彼はしばらくドームや建物を結ぶ人気(ひとけ)のない通廊を歩きまわった。窒息しそうだった。鉄の罐(かん)に閉じ込められた生活はあまりにも長きにおよんでいた。いつしかハントは管制塔のドームに立って、異様な光を宿す灰色の世界を見つめていた。それは基地のいたるところに設置された照明灯の光がメタンとアンモニアの霧にかすむガニメデの夜景であった。しばらくしてハントは、コンソールのランプの仄かな明りに照らされて闇の中に浮かんだ当直管制官の顔すら目障りに感じるようになった。階段のほうへ行きかけて、彼はコンソールの傍に足を止めた。

「外出許可を貰いたいのだがね」

当直管制官は彼の顔を覗き込んだ。「外へ出るんですか？」

「ちょっと手足を伸ばしたくてね」

管制官はディスプレイの一つに火を入れた。「どなたですか？」

「ハントだよ。V・ハント博士」

「認識番号は？」

「730289C／EX4」

管制官はその番号を入力し、時計を見て時刻を打ち込んだ。

「長くなるようでしたら一時間後に連絡してください。受信機のスイッチを入れて、二四・三二八メガヘルツに合わせておくように」

「わかった」ハントはうなずいた。「ありがとう」

「どうも」

管制官は昇降口に消えるハントの後ろ姿を見送って肩をすくめ、ほとんど無意識にコンソールに並んだディスプレイ・スクリーンに視線を馳せた。今日もまた、静かな夜になりそうだった。

一階の準備室で、ハントは右手の壁に沿って並ぶロッカーから宇宙服を取り出した。数分後、宇宙服とヘルメットに身を固めて、彼はゲートの脇の端末に名前と認識コードを入力した。待つほどもなく、エアロックのドアが滑るように開いた。

渦を巻く銀色の靄（もや）の中に出ると、彼は聳（そび）えたつ管制塔の黒い鉄の外壁に沿って右手に進んだ。稀薄（きはく）な蒸気の中で、足下の砕氷の軋（きし）みが微（かす）かに遠く聞こえた。壁がつきると、彼はそのままゆっくりと直進した。広場を横切るとその向こうは基地のはずれだった。静まり返った薄暗がりのあちこちに鋼鉄造りの基地の施設が亡霊のように立ち上がっていた。両側の滲（にじ）んだ明りが背後に去ると、前方の闇は濃さを増した。氷原は登り勾配に変わった。ところどころに氷を押し除（の）けて岩石が露出していた。進むにつれて、岩石はさらに目立つようになった。ハントは夢遊病者のように歩いていった。

遠い過去の思い出が次々に瞼（まぶた）を横切った。ロンドンのスラム街の二階の寝室に押し込まれて本を読んでいる少年。ケンブリッジの狭い町並みを毎朝自転車で走り抜ける青年。かつての自分も、この先の自分も、今のハントにとってはまるで現実とかかわりがなかった。彼は生涯、一度も立ち止まることなく歩み続けてきた。そして、彼は常にそれ以前の自分から未知の自分へ変貌する過程を生きていた。新しい世界に立つと、必ずその向こうからさらに別の世界が彼を差し招いた。どこへ行っても周囲は知らない顔だらけだった。見知らぬ顔は、ちょうど前方の靄の中から浮かび上がってくる岩の影のように、彼の傍を流れて消えていった。岩と同じように、人々は一瞬、紛（まぎ）れもなくそこにいるかに見えながら、やがて幻（まぼろし）のように背後の闇に吸い込まれた。フォーサイス－スコット。フェリックス・ボーラン。ロブ・グレイ。彼らは皆、もはや存在していない。コールドウェルも、ダンチェッカーも、いずれは他の者たちの後を追って彼の目の前から姿を隠すのだろうか？　未来の時間のベールに隠された見知らぬ世界から、どんな人物が登場してくるのだろうか？

　ふと気がつくと、意外にも周囲の靄が再び明るみを帯びていた。前方の視界も晴れていた。彼は広い氷の斜面を登っていた。岩はなく、斜面は滑（すべ）らかだった。靄そのものが発光しているかのように、あたりは不気味な光に満ちていた。彼はさらに斜面を登った。登るにつれて視野は広まり、周囲の滲んだような明るさはいつか頭上の一つの光点に集束した。光点は刻刻に輝きを増した。やがて、彼は棚引（たなび）く靄の上に顔を出した。靄は基地の建設された盆地の底に澱（よど）んでいた。そこに基地が作られたのは、明らかにガニメアン宇宙船に至る縦穴を最短距離とするために違いなかった。斜面は彼の立っているところから五十フィートとない上方で角のない尾根に連なっていた。彼は僅（わず）かに向きを変えて、尾根の一番高いところに続くやや急な斜面を登った。片々（へんぺん）と漂っていた白い霧もついに足下に去った。

　頂に立つと、夜空は水晶のように澄み渡っていた。氷の斜面は足下からなだらかに雲海の中に落ち込んでいた。基地を隔てて雲海の向こうに、氷の懸崖と迫持（アーチ）のような柱状の岩が聳えていた。ガニメデの氷の山は見渡す限りの雲海に妖気を孕（はら）んで点々と浮かび、黒い空を背景にきらきらと輝いていた。

太陽はどこにもなかった。

頭上を仰いでハントは思わずあっと息を飲んだ。そこには、地球から見た月の五倍の大きさで、真ん円い木星がぽっかりと浮かんでいた。かつて見たどんな写真も、ディスプレイ・スクリーンの映像も、その壮麗な姿には遠くおよばなかった。木星は絢爛たる輝きで夜空を満たしていた。虹の七色の光の帯は交錯した綾を織り出しつつ赤道付近から幾重にも層をなして拡がっていた。惑星の外縁に近づくにつれて光は混じり合い、溶け合って桃色に霞んだ。桃色はさらに紫に変わり、やがて紫紅色となって、空との境を限る大円弧にくっきりと断ち切られていた。不変不動、そして永遠なその姿。神々の王の名に相応しく、木星は威風堂々として孤高の光を放っていた。塵のように小さくか弱い人間はこの神を拝むために遙々五千万マイルの巡礼の旅を続けてきたのだ。

ほんの数秒間のことだったかもしれない。あるいは数時間だったろうか。ハントは時間の感覚を失っていた。永遠の時の流れのある一瞬、彼は声もなく、身じろぎすることも忘れて、ただ氷と岩石の中の一点の微塵と化して立ちつくしていた。チャーリーもまた不毛の岩石原に立って、光と色に煌めく惑星を見上げたのだ……しかし、その色は死の色だった。

まさにその刹那、ハントの脳裡にチャーリーが目にした光景が、かつてないほど鮮明に、ありありと浮かび上がった。大都会が十マイル上空に炸裂する火の玉に一つまた一つと焼きつくされてゆくのを彼は見た。地割れが走り、かつて海だったところがどす黒い灰に埋まり、山々が聳えていたところが火の海と化するのを彼は見た。地殻の底から衝き上げる灼熱の業火に大陸は飴のようにねじれて張り裂けた。今まさに眼前でそれが起こっているかのように、彼は頭上の巨大な球体が膨張し、ついに木端微塵と砕け散るのを見た。遠く距離を隔てて見るその一大異変は、映画のスローモーションさながら、不気味に緩慢な動きで展開した。その後何日にもわたって、砕けた惑星の破片は四方八方に拡散していった。そしてその途中、飽くことを知らず貪欲に、かつては自分の衛星であった天体を次々に飲み込んだ。そして、やがて力つきると……

ハントははっとわれに返った。

捜し求めていた答は目の前にあった。どこからともなく、それは降って湧いたように現われたのだ。彼は自分の思考の跡を辿って、その答の出どころを突き止めようと試みた。しかし、その努力は無駄だった。意識の深層から一瞬表面に通じた隘路はすでに閉ざされていた。幻想の幕は払われた。矛盾は解消した。これまで誰一人真実に思い至る者がなかったとしても不思議はない。自明の理を、それも人類の歴史以前からの真実を、誰が疑おうとするだろうか？

「ピットヘッド管制塔よりV・ハント博士へ。ハント先生、応答願います」ヘルメットのスピーカーから呼びかける声にハントは思わず飛び上がった。彼は胸部のコントロール・パネルのボタンを押した。

「こちら、ハント」彼は応答した。「管制塔、どうぞ」

「定時点呼です。所定の連絡時間を五分過ぎていますが、異常ありませんか?」

「いや、申し訳ない。時間をすっかり忘れていたよ。ああ、異常なしだ。実に快適だよ。これから帰るところだ」

「お気をつけて」カチリと音がして管制官の声は跡切れた。

そんなに時間が経っているのだろうか。彼は寒さを感じはじめていた。ガニメデの夜の氷の指は宇宙服の中にまで忍び込んでいた。彼はヒーティング・コントロールのつまみを強熱に回して両腕を屈伸させた。帰りかけて彼は今一度巨大な惑星をふり仰いだ。気のせいか、木星は彼に向かって笑いかけているようだった。

「ありがとうよ、兄弟」彼は片目をつぶってそっと呟いた。「そのうちきっと、何かの形でこの礼はさせてもらうよ」

彼は踵を返して斜面を下りはじめた。そして、見る間に雲海の中に沈んで行った。

23

科学者、技術者、UNSAの幹部など三十人ほどの一団がナヴコム司令部の大会議場にぞろぞろと集まってきた。二重ドアを入ると、劇場のように階段状に座席が並び、正面に大きなスクリーンが設けられている。コールドウェルは壇上のスクリーンの前に立ち、一同がそれぞれに場所を定めて腰を下ろすのを眺めていた。全員が着席すると、進行係がもう廊下には誰もいないと合図した。コールドウェルは一つうなずくと片手を上げ、静粛を求めてマイクの前に進み出た。

「ああ、皆さん、お静かに……」場内の壁面各所のスピーカーから彼の朗々たるバリトンが響き渡った。ざわめきは静まった。

「急な連絡にもかかわらず、皆さんお集まりくださいまして、どうもありがとうございます」彼はあらたまった口ぶりで言った。「ここにおいでの皆さんは、先頃より、それぞれ何らかの形でルナリアン問題の解明に努めてこられた方々であります。今さら言うまでもなく、この問題が生じて以来、しばしば論争がくり返され、意見の相違もまた少なからず、真実の究明は前途程遠しの観を呈して参りました。とは言うものの、全体的視野から考えますと、われわれの努力は決して徒労ではありません。片々たる情報から出発して、われわれは今や一つの世界を再構築するまでに至っております。しかしながら、今日なお、いくつかの基本的な問題が未解決のまま残されております。皆さんはすでにその点について熟知しておられるわけですから、わたしがここでそのことを申し述べる必要は毛頭ありますまい」彼はちょっと間を置いた。「ところが、ここに至ってどうやらわれわれは、その未解決の問題に対する答を摑みかけたようであります。と申しますのは、思いがけなくも、この度ある新たな進展がありまして、それゆえにこそ、わたしは自身ほんの数時間前にはじめて知ったその情報を、皆さんに是非とも紹介すべきであると考えまして、こうしてわざわざお集まりを願ったしだいであります」彼は再び言葉を切り、巧みな前置きからいよいよ本題に入るきっかけを計った。

「すでにご承知のとおり、数か月前、われわれと共にこの問題に取り組んでいる科学者集団が第五次木星派遣隊に便乗して、ガニメデにおける発見物調査を目的に地球を出発いたしました。ヴィック・ハントもその一員であります。今朝、ハント博士より現地調査の最新の報告がわたしのところに届きました。これから、皆さんにその報告の再生をお目にかけようと思います。必ずや、皆さんの関心を惹くものであるとわたしは考えるしだいであります」

コールドウェルは会議場の後ろの映写窓に向かって手を上げた。場内の明りが暗くなっていった。

コールドウェルは壇を降りて最前列の席に腰を下ろした。場内がすっかり暗くなると、正面のスクリーンに、UNSAの正規のフィルムであることを示すマークが浮かび、しばらく続いてマークが消えると、画面はデスクを隔ててカメラに向かったハントの顔に変わった。

「ナヴコム・ガニメデ特別調査団、V・ハント報告。地球標準暦二〇二九年一一月二〇日」ハントは報告した。「伝達要目――ルナリアン起源に関する一仮説。以下に述べることは、現時点ではまだ、厳密に証明された理論ではありません。報告の目的は、一つの可能性として、はじめてここに、ルナリアンの起源を充分に説明し、かつ現在われわれが摑んでいる限り、すべての事実と矛盾することのない事象の連鎖を提示することです」ハントは言葉を切ってデスクに拡げた草稿に目をやった。会議場は水を打ったように咳一つ聞こえなかった。

ハントはカメラに向かって顔を上げた。「これまでわたしは、現在唱えられている各説のどの一つにも与しませんでしたが、それは、どの説を取っても、われわれが事実と考えるすべてを充分に解明しているとは言いきれなかったためです。しかし、今は違います。わたしは、われわれの目の前にある事実をことごとく説明し得る解釈が一つだけ成り立つと信じるに至ったのです。その考え方を、以下に述べることにします。

「太陽系には本来、十個の惑星がありました。現在われわれが知っている九個、それにミネルヴァです。内惑星に近く、火星の次に位置していたミネルヴァは、いろいろな面で地球にたいへんよく似た惑星でした。大きさ、密度、惑星を形作っている物質の構成、いずれも地球とほぼ同じです。ミネルヴァは冷えて大気を生じ、水界と陸地ができました」ハントは一呼吸置いて先を続けた。「ここに、これまで説明が困難であるとされてきた問題があります……太陽から非常に遠いこの惑星の表面の条件は、われわれの考えからすれば生命を維持するには不適だからです。しかし、過去数か月間にわたる、ロンドン大学のフラー教授の研究によって、この苛酷な条件のもとにあっても生命は誕生し得たことが明らかにされています」スクリーンの下のほうに、フラーの論文の表題と検索コードがスーパーで出た。

「おおざっぱに言いますと、フラーはこれまでに知られたデータに基づいて、大気中の各種のガスと、火山活動によって生じた水蒸気の均衡状態のモデルを作ったのです。このモデルによると、大気中に遊離する二酸化炭素と水蒸気のレベルを一定に保ち、かつ、大量の水が液体として存在するためには、少なくとも初期の段階において非常に盛んな火山活動がなくてはならなかったはずです。ミネルヴァの地殻はその面積の割には極めて薄く、しかも構造的にも不安定であったことから、事実、このモデルを満足させるだけの旺盛な火山活動が続いたものと想像されます。このことは、後にさらに詳しく触れますが、極めて重要です。フラーのモデルは、最近の小惑星探査の結果とも符合しています。ミネルヴァの地殻が薄かったのは、太陽からの距離が大きかったために、比較的急速に表面が冷えた結果と考えられますが、一方、内部の熔融状態はその分だけ長く維持されることになりました。小惑星遠征隊の報告では、放射性の発熱物質を多く含有する岩石サンプルが多数確認されています。

「そのようなわけで、ミネルヴァの表面は地球よりもある程度低い温度に冷えましたが、一般に考えられているほど低温ではなかったのです。冷えるにつれて、しだいに複雑な分子が形成され、やがて、生命が誕生しました。生命は多様な変化を経て、その中から競争が起こり、淘汰が行なわれました……つまり、進化したのです。何百万年の後、進化はついに頂点に達して知的人種がこの惑星を支配するに至りました。それがすなわち、われわれがガニメアンと名づけた人種です。

「ガニメアンはさらに進歩して、高度な技術文明を築き上げました。今からおよそ二千五百万年前、彼らは現代のわれわれよりもかれこれ百年は進んでいると思われる水準に達していました。この推定は、目下わたしどもが当地で調査に当たっているガニメアン宇宙船の構造、および船内から発見された装置類、それに推進機構などから割り出したものです。

「ところが、ちょうどこの時期に、ミネルヴァは重大な危機に見舞われました。何らかの原因で、地殻の岩石内に封じ込められている二酸化炭素と、大気中に遊離するそれのバランスを保つ微妙な仕組みが狂って、大気中の二酸化炭素量が増大したのです。この原因はいくつか考えられますが、一つの可能性として、何かが引き金となってミネルヴァの地殻構造がそもそものはじめから内蔵していた激しい火山活動が起こったことが想像されます。その何かとは、天然現象であったかもしれませんし、あるいは、ガニメアンの行為にそのような事態を惹起(じゃっき)する性質のものがあったか、その点は今のところ断言はできません。もう一つの可能性は、ガニメアンが大胆にも気候を制御しようと計画して、これが大失敗に終わったのではないか、ということが考えられます。いずれにしても、現時点ではまだこれについて充分な解答は得られておりません。何しろ、われわれのガニメアン研究はやっと緒(ちょ)についたばかりです。宇宙船の調査一つですら、まだこの先何年も要することが予想されます。このガニメデの氷の下には、未知の事どもがなお山ほど隠されているに違いないのです。

「それはともかく、当面の問題は、少なくともこの時期にある大きな変化が起こったということです。クリス・ダンチェッカーは……」スクリーンの下に別の検索コードが出た。「ミネルヴァ固有の生物のうち、肺呼吸をする高等動物はすべての例外なく、二酸化炭素濃度の上昇に対してまったくと言っていいほど抵抗力がなかったことを証明しました。これはずっと初期の祖先から連綿と受け継がれて来た基礎的微量化学構造に起因するものです。言うまでもなく、このミネルヴァ表面の環境変化は、ガニメアンをも含めて惑星上の大半の陸棲(りくせい)生物にとっては生命の危機を意味します。この状況を事実と認めるならば、ガニメアンが起死回生の方策として、地球からあらゆる種類の動植物を移入したと考えることも決して無理ではありません。その位置から考えて、ミネルヴァはより温暖な地球にくらべて、動植物とも、種類と数においてはるかに少なかったであろうと想像されます。

「結果から見て、この企ては失敗に終わりました。移入された動物は新しい環境に充分適応して繁殖しましたが、しかし、期待された働きはしませんでした。断片的ながら、これまでに蒐集された情報から、ガニメアンは自分たちの失敗を認め、すべてを放棄して、太陽系外のどこかに新天地を求めて脱出したと判断して間違いないでしょう。彼らが成功したか否かは知る由もありません。宇宙船の調査がさらに進めば、この問題に、あるいはまた新しい光が投げかけられることになるかもしれません」

ハントは言葉を切ってデスクから煙草を取り、ゆっくりと火をつけた。これまでの話を聴衆が充分理解するように、ハントはそれを計算に入れてここに小休止を置いている様子であった。会議場にふと思い出したようにざわめきが拡がった。画面のハントに誘われて、あちこちでライターの火がともった。ハントは先を続けた。

「惑星に取り残されたミネルヴァ原産の陸棲動物はやがて絶滅しました。ところが、地球から移入された動物たちは適応性を発揮して生き残ったのです。それどころか、先住者との競争がなくなって、地球動物はミネルヴァ全域をわがもの顔に闊歩したのです。こうして新来の移入生物は、何百万年も前に地球の海にはじまった進化を、片時も中断することなく続ける結果となりました。ところが、言うまでもなく、一方の地球でも、その同じ進化のプロセスが続いていました。共通の祖先から同じ遺伝形質を受け継ぎ、等しい進化ポテンシャルを備えた二つの動物集団が、二つの惑星でそれぞれ独自の進化を辿りはじめたのです。

「ここで、まだご存じない皆さんに、シリルをご紹介しましょう」ハントの顔が消えて、画面はガニメアン宇宙船から回収された類人猿に変わった。

画面にかぶせてハントの説明は続いた。「クリスの生物学班は〈ジュピター〉Ⅳの研究室でこの動物を詳しく調査しました。クリスの報告をここに引用します。"この動物は、従来知られていたいかなる種類の猿よりも、現代人の直系の祖先に近いものと思われる。高等な猿から人間に進化する過程を示す各種の化石が地球上で発見されているが、それらはいずれも支流に属するものであり、猿とホモ・サピエンスを直接結びつける動物はついにミッシング・リンクとされたまま今日に至った。が、今、われわれはその失われた鎖の輪を手にしたのである"」画面は再びハントの顔に変わった。「と、以上のとおりでありまして、ミネルヴァに運ばれた地球動物の中には、進化の段階において、母惑星である地球上のいかなる種類にも劣らぬ水準に達していた霊長類も少なくなかったと考えて間違いありません。

「進化の過程はミネルヴァにおいて地球よりもずっと早くくり返されましたが、おそらく、それは厳しい環境と気候に促されたためと思われます。それからさらに数百万年経ちました。その間、地球上では人間に近い各種の類人猿が現われては消えていきました。進歩したものもあれば、退歩したものもあります。そして、今からおよそ五万年前、氷河時代が最後の氷期にさしかかった頃、地球における進化の頂点に立っていたのが、穴居生活を営み、狩猟によって食物を手に入れ、石を砕いて道具や武器を作る原始人でした。ところが、ミネルヴァではすでに新しい技術文明が育っていたのです。すなわち、われわれ人類と共通の祖先から進化して、ミネルヴァに移入された動物の子孫であり、解剖学的に人間と寸分違わぬルナリアンの文明です。

「ルナリアン文明がどのような情況のもとで発展したかについては省略します。すでに皆さんもよくご存じのはずですから。ルナリアンの歴史は、滅び行く惑星からの脱出を悲願とした種族間の対立に根ざす恒常的な戦争と窮乏の歴史でした。慢性的な資源の不足はルナリアンの困窮を倍加するものでした。そもそも惑星自体が資源に乏しかったのかもしれませんが、あるいは、ガニメアンが資源を掘りつくしてしまったとも考えられます。それはともかく、ミネルヴァの住民は離合集散をくり返した末、ついに二大勢力の対立を迎えました。惑星を二分する両陣営の間に戦端が開かれ、とうとう戦争によってルナリアンは自滅したのみならず、惑星そのものも破壊してしまいました」

ハントはまたもや言葉を切って、聴衆に考えをまとめる閑を与えた。しかし、今度は聴衆はしんと静まり返ったままだった。ハントの話には何一つ新しいことはなかった。ただ、彼はナヴコムを中心としてさんざん戦わされた論争の火種となった無数の仮説臆断から、さわりの部分を継ぎ接ぎして、一応筋の通る説明をまとめてみせたにすぎない。会議場の関係者たちは、ハントの報告はいよいよこれから眼目にかかるに違いないと固唾を飲んで待ち構えていたのである。

「ここで次に移る前に、今お話しいたしましたことが、現在われわれの手にある事実にいかに合致するかをふり返ってみたいと思います。第一に、チャーリーが人間と少しも変わらぬ姿形をしているのはなぜであり、また何を意味するかという最初の疑問。これは充分に説明されています。チャーリーは人間なのです。われわれと共通の祖先を持つ人間であって、平行進化ないしはそれに類する考え方はチャーリーを説明するにはまったく無用です。第二に、地球上にルナリアンの足跡が残されていないのはなぜか。そう、この答は自明の理であります。ルナリアンは地球上に一歩も足跡をしるしはしなかったのです。第三に、チャーリーの地図に描かれた世界と地球を重ね合わせようとする努力はいっさい無益であること。何となれば、この考え方からすれば、二つの世界はまったく別の惑星だからです。

「ここまでは、ひとまずよしとしましょう。ところが、この考え方自体、すべてを説明しつくしているとは言えません。十全の論理を求めるならば、なお考慮されなくてはならないいくつかの事実があります。これを整理すると、以下に提出する疑問にまとめることができます。

「一、チャーリーがミネルヴァから地球の月まで僅(わず)か二日で到達している事実をどう説明するか？

「二、兵器の性能についての疑問。ルナリアン文明の技術水準を考慮する時、地球の月とミネルヴァを隔てる距離で、それはいかなるシステムで正確な照準を得ることができたのか？

「三、放射から命中確認までの時間差が、その距離から算出される最低所要時間二十六分を大幅に下回っていることをどう説明するか？

「四、地球の月の表面に立ってチャーリーはいかにしてミネルヴァ表面の状態を詳細に識別し得たのか？」

ハントはスクリーンの中から一同を見つめ、彼らがそれらの疑問をとっくりと吟味するのを待った。彼は煙草を揉み消すと、カメラに向かって身を乗り出し、デスクに両肘をついた。

「わたしの考える限り、これらの一見あまりにも現実からかけ離れた要件をすべて満足させる説明はたった一つしかありません。それをこれからお話しします。宇宙黎明の太古から、この出来事が起こった五万年前まで、ミネルヴァのまわりの軌道を回っていた月と……現在地球の空に輝いている月は……唯一無二、まったく同じ月に他ならないのです」

三秒間ほどは何事も起こらなかった。

と、暗闇のあちこちで耳を疑うかのように嘆息とも喚声ともつかぬ声が上がった。科学者たちは、あるいは隣に向かって腕をふりまわし、あるいは途方に暮れて後ろの席をふり返った。たちまち会議場は騒然となった。

「まさか！」

「そうか、そうだったのか！」

「うん、そうだ、そのとおりだ……」

「どうしてそこへ……」

「出鱈目にも程がある！」

スクリーンのハントはあたかもそのありさまを眺めているかのように、無表情にじっとカメラに向かっていた。会議場の反応をハントは適確に予想していた。ひとしきり高まったざわめきがおさまりかける頃、ハントは絶妙なきっかけで再び話しはじめた。

「チャーリーが立っていたのは地球の月です。チャーリーは月面で発見されたのであり、チャーリーの手記に見られる描写から、われわれはそれが具体的に月面のどの場所を指しているかを知っています。月面に多数のルナリアンが実在したことを示す証拠をわれわれは充分摑んでいます。月面が超融合爆弾や核爆弾をふんだんに使用した大戦場であったことはすでに証明されています。そして、その同じ月は、ミネルヴァの衛星でもあったはずです。その月は惑星から僅か二日で到達できる距離にありました。これはチャーリーの手記に書かれています。そして、われわれはチャーリーが使用していた時間の単位を正確に知っています。その月に置かれた兵器はミネルヴァ上の目標を思うままに狙うことができました。命中確認はほとんど瞬時で事足りました。それればかりか、チャーリーは発見場所から十ヤードと離れていない月面に立って、ミネルヴァの表面の状態を手に取るようにはっきりと見ることができました。これらのことは、問題の場所がミネルヴァから、ええ……五十万マイル以内の距離にあってはじめて可能なのです。

「論理的に考えて、二つの月が実は同じものであったとする以外に説明はあり得ません。われわれは長い間、ルナリアン文明は地球で進歩したのか、それとも、ミネルヴァで進歩したのか、その答を捜し求めてきました。しかし、今わたしが述べたところから、それがミネルヴァであったことは明らかです。われわれは、まったく相矛盾する二通りの情報群があり、一方を取ればルナリアン文明は地球で進歩したことになり、今一方によればそれが否定されると考えてきました。これは、データの解釈の誤りです。それらの情報は地球について語るものでもなく、ミネルヴァのことを伝えるものでもありませんでした。それは、地球の、もしくは、ミネルヴァの〈月〉に関する情報だったのです。一部の事実はわれわれに地球の月について教え、また別の事実は、ミネルヴァの月を指し示していました。まったくそれとは意識せずにわれわれが二つの月は別のものであるという考えに執着している限り、この並立する事実の矛盾は決して解消し得ないのです。しかし、厳密な論理のしからしめるところとして、われわれが二つの月は同一であるという考えを導入する時は、あらゆる対立矛盾背反はたちどころに雲散霧消するのです」

聴衆は驚愕に打ちのめされたかのようであった。前列の席で誰かが半ば自分に、半ばまわりに向かって「そうだよ……そのとおりだ……」と呟き続けていた。

「となると、あとはこの仮説を現在われわれが身のまわりで観察している事実に照らして検証するだけです。ここにおいてもまた、可能な説明はただひとつです。ミネルヴァは砕け散って小惑星帯となりました。ミネルヴァを形作っていた物質の相当部分は太陽系の外縁部に投げ出されて冥王星になったと考えて間違いないでしょう。ミネルヴァの月は大きな影響を被りながらも破壊は免れました。母惑星が破壊する際に起こった重力の激変に伴って、衛星の太陽を回る軌道のモーメントが低下して、月は太陽系の中心に向かって落下しはじめました。

「母惑星を失った月がどのくらいの期間太陽に向かって移動を続けたかはわかっておりません。何か月か、あるいは何年にもおよんだかもしれません。それはともかく、ここで自然界にままある、万に一つの偶然が働きました。月の太陽に向かって接近してゆく道筋が地球の傍を通ったのです。地球は時間のはじまりからその時までずっと、孤独に太陽のまわりを回り続けていました」ハントは思い入れたっぷり、数秒の間を取った。「そうです。くり返して言いますが、地球はそれまで孤独だったのです。おわかりと思いますが、わたしの考えに従って、われわれに許された唯一の可能な解釈を取るならば、その解釈から導き出される結果も受け入れないわけにはいきません。つまり、この時点、今からかれこれ五万年前まで、惑星地球には月がなかったのです。二つの天体は互いの重力場が重なり合ったところで綱引きを演じました。そして新しい共通の軌道に安定して、以来今日まで、地球は宇宙の孤児であった月を自分の衛星として、あたかも親子のような関係を保ってきたのです。

「この解釈を受け入れれば、これまで疑問とされていたいろいろな事柄は一挙に解明されます。例えば、月の裏側のほぼ全面を覆っている岩石層が比較的新しい時代のものであること。また、裏側のすべてのクレーター、および、表側の一部のクレーターがほぼ同じ年代つまりわれわれが扱っている五万年前に生じたものであることなどが、もはや考えるまでもなく、明快な説明を与えられているのです。ミネルヴァが破裂した時、現在は地球の月であるこの衛星は、降り注ぐ岩石片をまともに浴びる位置にあったのです。これが今まで説明されていなかった隕石嵐の正体です。そして、この岩石の落下によって月面のルナリアンの足跡は事実上すべて抹消されました。今後、月の裏側の発掘調査が進められるとすれば、底層部からルナリアン基地の遺跡、乗物、装置、機材等が無数に発見されることと予想されます。例のアナイアレイター砲台も月の裏側に置かれていたはずです。つまり、今日地球から見て月の裏側に当たる部分は、ミネルヴァから見れば表側であったことになります。それゆえ、落下した岩石の大部分が裏側に堆積したわけです。

「チャーリーの記述には、今日のわれわれが月面に定めている方位とは異なる方位が使われています。月の南北を貫く軸が現在とは違っていたことになりますが、この点も今やわれわれにとって疑問とするに足りません。一部に、もし月面を隕石嵐が襲ったとするならば、その時期に地球にも相応の隕石落下があって然るべきであるにもかかわらず、その形跡がないのはなぜかという疑問が提起されていましたが、これも今では少しも不思議ではありません。ミネルヴァが破裂した時、月はそのすぐ近くにありましたが、地球は遠く離れていたのです。もう一つ、月理学上の問題について言いますと……五十年この方、月を形作っている物質は地球の岩石とは違って、揮発性に乏しく、耐火性に富む元素を多く含んでいることが知られています。月理学者たちは以前から、月は太陽系でも地球とは別の場所で誕生したのではないかという考え方をしていましたが、わたしの推論が正しいとすれば、それはまさにそのとおりであることになります。

「ルナリアンは月面に他の惑星に進出するための橋頭堡を築いたのだとする考え方は当初か

らすでに一部で行なわれていました。これは現に彼らが月面に足跡をしるしていることと、彼らがミネルヴァで進化したとする仮説を結びつけるには都合がいい反面、新たに説明を構えなくてはならない問題を孕んだ考え方でした。すでにミネルヴァから月面到達を果たしているルナリアンがなぜ惑星間航法の完成に血眼だったのか、ということです。わたしの仮説を取るならば、この問題も自ずと氷解するでしょう。ルナリアンはミネルヴァの月までは到達しました。しかし、地球のように遠い惑星に民族を挙げて移動するには、まだまだ技術上未解決の課題が山とあったのです。蛇足ながら、いずれか一方の惑星がルナリアンの植民地であったとする臆説は今やまったく意味を失っています。他の点はさて措くとしても、惑星間航法の問題を説明し得なければいかなる仮説も成立しないのです。

「最後に、海洋学上の謎とされてきた問題ですが、これもわたしの仮説ではすっきりと説明がつきます。潮汐論の研究成果から、この時期に地球は惑星規模の大変動に見舞われたことが知られています。この変動を境に、地球の一日は急に長くなり、さらに潮汐の摩擦によって、一日の長さはますます延長されるようになりました。つまり、ミネルヴァの月が接近してきたことによって重力場と潮汐現象に大きな変化が生じたのです。現段階ではその変化の過程は必ずしも正確にわかっておりませんが、ミネルヴァの月が太陽に向かって引き寄せられてゆく間に獲得した運動エネルギーが地球の自転エネルギーの一部と相殺されて、その分地球の一日が長くなったのであると思われます。当然、それ以後潮汐の摩擦も大きくなったはずです。月が登場するまで、地球には太陽の引力作用による潮汐しかありませんでしたが、この時期に太陰潮が加わって現在に至っているのです」

ハントはもはやこれ以上加えることはないという表情で両手を拡げ、乗り出していた体をもとに戻した。デスクの草稿をまとめて、彼は話をしめくくった。

「以上です。先にも申しましたが、現時点では、これはすべての事実を説明し得る一仮説であるにすぎません。これからわれわれは検証の作業にかからなくてはなりませんが、すでにその方法はある程度具体的に示されています。

「第一に、月の裏側には厖大な量のミネルヴァの破片が堆積しています。表層を覆っているその物質は原初の月面を形作っている物質とほとんど変わりないものであったために、久しい間、それが比較的最近堆積したものであると考えられてはいませんでした。二つの層が同質である事実は月と隕石が太陽系の同じ場所で生まれたことを物語っていると思われます。わたしは、月の裏側の物質と、小惑星岩石の分析データを精密に比較検討することを提案します。両者が同じものであり、生成の場所もまた同じであることが明らかにされるならば、わたしの仮説は全面的に立証されることになります。

「今一つ、われわれが進めるべき作業は、地球と月が互いに引力圏に相手を捕獲して現在の位置に安定するに至った過程の数学的モデルを組み立てることです。それ以前の状態を推定する材料は豊富にあります。そして、もちろん、現在の状態についてはそれ以上に詳しいデータがあります。そこに組み立てられた方程式に、通常の物理学の法則に抵触することなく、一つの状態から別の状態への移行を許す解が与えられるならば、われわれは大いに意を強くしていいでしょう。少なくとも、わたしがここに述べた考え方が、そっくり、あり得ないことではないという証明が得られるだけでも、それは喜ばしいことだと思います。

「最後に、これを忘れてはならないのですが、ここにはガニメアン宇宙船があります。これが新しい知識、情報の宝庫であることは疑いの余地もありません。これまでにわれわれが蓄積した知識を遙かに上回るものがこの宇宙船に隠されているはずです。わたしは、この宇宙船のどこかにガニメアン時代の太陽系に関する天文学的データがあるのではないかと密かに期待しているのです。例えば、もし、太陽系第三の惑星に衛星があったか否かを知ることができたとしたら、また、ガニメアンの月が……彼らから見た表側の形状を調べることによって……現在の地球の月に他ならないと断言するに充分な材料が得られるなら、わたしがこれまで述べてきた理論は、すでに半ば証明されたも同然でしょう。

「これをもって、報告を終わることにします。

「グレッグ・コールドウェルに、個人的に一言……」ハントの顔が消えて、画面は荒涼とした氷と岩の風景に変わった。「きみの鶴の一声でわたしたちは今こういうところにいるのだよ……ここは郵便事情が悪くてね、絵葉書一枚なかなか思うようには出せない。外気温は現在摂氏(せっし)氷点下百度より少し低い。空気はない。あるのはただ大気と言うのもおこがましい、有毒ガスばかりだ。地球に帰るにはヴェガしかないが、一番近いヴェガはここから七百マイル離れたところにいる。きみが一緒にここでわたしたちと楽しみを分かち合ってくれたら、と思うよ、グレッグ。本当にそう思う。

「以上、伝達終わり。ガニメデ・ピットヘッド基地より。V・ハント」

24

ルナリアンはどこから、どのようにして月にやってきたのか、という疑問に待望の解答が与えられ、科学界は興奮の波に洗われ、マスコミ界は新たな取材合戦に狂乱を呈した。反論も異説もほとんど出なかった。ハントの仮説はもとより反論異説のつけ入る隙がなかった。ハントは完璧に責任を果たしたのだ。今後なお長期にわたって世界中で学際的に深い研究調査が続けられることであろう。しかし、UNSAとしては、すでに問題は山を越えた。プロジェクト・チャーリーは一段落したのである。代わってプロジェクト・ガニメアンが動きだそうとしていた。地球からはまだ正式な連絡はないが、活動の焦点がルナリアンからガニメアンに移ろうとしている今、ハントが現にガニメデに滞在中であるというこの絶好の機会をコールドウェルがみすみす見逃すはずはなかった。そんなわけで、ハントが地球行きの宇宙巡洋艦に乗るのはまだ当分先のことになりそうだった。

UNSAの中間報告が公表されてから数週間後、ガニメデに滞在中のナヴコムの科学者たちは、彼らの仕事もあらかた首尾よく片づいたことを祝って、ピットヘッドの将校食堂で一夕宴を張った。コースの最後の皿も片づけられ、葉巻と酒に一同は和やかな雰囲気で寛いでいた。研究者たちはテーブルやバーに思い思いに陣取って歓談の花を咲かせ、ビールやブランデーや年代もののワインをふんだんに酌み交わした。ハントはバーの傍にかたまった物理学者の一団とガニメアン宇宙船の重力場推進機構に関する最新の調査データを話し合っていた。彼らの背後では別のグループが二十年後と目される世界政府樹立をめぐって意見を戦わせていた。ダンチェッカーはなぜか祝宴のはじめからむっつりと黙りこくっていた。

「それにしても、考えてみると何だね、ヴィック。こいつは惑星間戦争の最後の切り札という兵器になるねえ」学者の一人が言った。「原理は宇宙船の推力と同じだけれどもさ、もっと強力で、局所的な効果を生むことができるんだから。これで発生させたブラック・ホールは、発生機そのものを飲み込んで、しかもそのまんまブラック・ホールとしてその場に残るんだ。恐ろしいねえ……人工ブラック・ホールだよ。適当なミサイルに発生装置を搭載してさ、敵の惑星に向けて飛ばしてやればいいんだ。命中すればたちまち惑星を飲み込んでしまう。こいつを止めることはどうやったってできないんだ」

　ハントは興味を示した。「そんなことができるものかね？」

「理論上は可能だよ」

「ふうむ。で、惑星一個を飲み込むのに、どのくらい時間がかかるだろう？」

「そいつはわからんね。今、計算しているところなんだ。いや、それよりも、この方法を使えば、恒星だって消せないはずはないぞ。そうなると、こいつは途方もない兵器だな。ブラック・ホール爆弾一個で太陽系をそっくり破壊できるんだ。これにくらべたら、超融合爆弾などはまるで子供の玩具だよ」

ハントが何か言いかけようとした時、部屋の中央でざわめきを圧する声が上がった。この席にゲストとして招(よ)ばれたピットヘッド基地の司令官だった。

「皆さん、少々お耳を拝借」司令官は言った。「わたしから一言、この場を借りて申し上げたいことがあります」研究者たちは話を止めて一斉に彼をふり返った。司令官は自分に注目が集まると満足気にひとわたり室内を見回した。「わたしは今夕、皆さんのお招きにあずかり、おそらくは史上空前と言って過言ではあるまいところの、最も困難な、最も驚嘆すべき、そして最も実り多い一大壮挙の、有終の美を祝うこの席に連なる栄に浴しました。非常な辛酸も舐(な)められたことでしょう。矛盾に悩み、また意見の相違対立も深刻なものがあったことでありましょう。しかし、今やすべては過去となりました。皆さんは立派に仕事をなしとげられたのです。心からおめでとう、と申し上げたい」司令官はバーの時計を見上げた。「今、ちょうど真夜中を打ったところです。現在いかなる場所にいるかはともかく、そもそものきっかけを与えた存在のために、盃(さかずき)を上げるのに今ほど相応(ふさわ)しい時はありますまい」彼はグラスを高く掲げた。「チャーリーに」

「チャーリーに」皆々揃(そろ)って唱和した。

「違う！」

部屋の一隅から声が上がった。思いつめたような鋭い声だった。一同は唖然(あぜん)としてダンチエッカーをふり返った。

「それは違う」教授はくり返して言った。「乾杯するのはまだ早い」

躊躇の気配は微塵もなく、彼は昂然と胸を張っていた。明らかに、確固たる理由のある計算された行動に違いなかった。

「何が言いたいんだ、クリス？」ハントはバーの傍を離れて教授のほうに向かいながら尋ねた。

「問題はまだ解決していないのです」

「どういうことかね？」

「チャーリー問題そのものですよ……これで終わったわけではない……わたしは今まで心して発言を控えてきました。証拠がないからです。しかし、あなたの仮説によって明らかにされたすべては、その中にさらに新しい問題を含んでいます。過去数週間に解明された事柄よりも、一層容認することの困難な問題です」

　華やいだ宴会気分は一瞬にして掻き消された。一同は研究者の真剣な表情に帰っていた。ダンチェッカーはゆっくりと部屋の中央に進み、椅子の背に両手を置いて立った。しばらくテーブルを見つめてから、彼は深く息を吸って顔を上げた。

「チャーリーをはじめ、ルナリアンをめぐる謎のうちまだ解明されていない点が一つあります。一言で言えば、彼らはあまりにも人間そのものでありすぎるということです」

　あちこちで研究者たちは眉を寄せ、あるいは隣同士顔を見合わせて肩をすくめた。やがてまた彼らは無言のままダンチェッカーに向き直った。

「ここでもう一度、基本的な進化の法則をふり返ってみましょう」ダンチェッカーは言った。「動物の種類はどのようにして作られるでしょうか? 周知のとおり、ある特定の種から、いろいろな要因による変異が生じて、そこに変種が現われます。これは遺伝学の初歩的常識ですが、交配の自由な集団においては、新しく出現した形質は稀釈（きしゃく）される傾向があり、比較的短期間で消滅して行きます。ところが……」教授はしだいに熱を帯びて来た。「ある集団が生殖的に隔離された場合……例えば分布の違い、行動能力の違い、交尾期の違いなどによって隔離されると、交雑による特徴の稀釈は妨げられます。隔離された集団中に新しい性質が出現すると、それはその集団内で固定され、強化されるのです。そして、世代の交代がくり返されるうちに、その集団は他の集団から分かれていきます。亜種の差がしだいに大きくなって、やがては種の差となる。つまり、そこに新しい種が生まれるのです。これが進化の根本的な考え方です。隔離は新しい種を生むのです。地球上のあらゆる種の起源を辿（たど）ってみると、過去のある時期に何らかの形で隔離が起こり、種と変種がそこから分岐していることがわかります。オーストラリアや南米に固有の動物はほんの僅（わず）かな隔離の間にいかに急速に分化が進むかをよく示しています。

「ところで、今わたしたちは、ほぼ二千五百万年の長きにわたって、地球動物の二つの集団が、一方は地球で、今一方はミネルヴァで、完全に隔離された状態で進化したと考えています。先程申しました進化の根本原理を全面的に肯定する学徒の一人として、わたしはこの二つの集団の間には大きな形質上の差が生じたはずであると言うことに何の躊躇も感じません。

もちろん、それは両惑星の霊長類についても言えることです」

彼は口をつぐんで同僚の研究者たちを順に見渡し、一同の反応を待った。部屋の一方の端から声が上がった。

「ああ、それできみの言いたいことはわかったよ。しかし、それは考えすぎじゃあないか？　今さら、違いが生じたはずだ、と言ったところではじまらないだろう。現に変わっていないんだから」

ダンチェッカーは待っていましたとばかり、にったり歯を剝いた。「何を根拠に、変わっていないと言うんだね？」彼は切り返した。

ダンチェッカーの挑戦を受けて立った男は気色ばんで両手をふり上げた。「何を根拠にって、それはわたしがこの二つの目で見たことさ……両者の間には何の変わりもありゃあしない」

「きみは何を見ているね？」

「人間。ルナリアン。この二つは同じだよ。だから、種は分かれていないんだ」

「そうかな？」ダンチェッカーは風を切る鞭のように鋭い声を発した。「それとも、きみも皆と同じように、無意識のうちに頭からそう決め込んでいるのかね？　もう一度、客観的な事実を考えてみよう。観察された事実だけを列挙するからね。意識的であると否とにかかわらず、すでにわたしたちが知っていることと、その事実がどう嚙み合うかについてはいっさい解釈を差しはさまずに。

「一つ、二つの集団は隔離された。これは事実だ。

「二つ、二千五百万年後の現在、われわれは二組の人種を観察している。われわれ自身と、ルナリアンだ。事実。

「三つ、われわれとルナリアンは形態学的に見てまったく同じである。事実。

「ところで、隔離によって種が分かれるという進化の法則を認めるとしたら、以上の事実からどういう結論が導かれるかな？　胸に手を置いて考えてみたまえ……この事実を突きつけられて、それ以外の要素はないとしたら、いやしくも科学者を名乗る者はこれをどう理解すべきか」

ダンチェッカーはきっと唇を結び、体を前後に揺すりながら一同を見回した。室内は沈黙に閉ざされた。しばらくして、ダンチェッカーは周囲を黙殺するかのように、節にもならぬ口笛を低く吹きはじめた。

「そうか……」ハントは思わず叫んだ。彼は驚愕（きょうがく）を隠そうともせず、口をあんぐり開けて教授を見つめていた。「二つの人種は、隔離されようがなかった」彼はやっとのことで押し出すように言った。「両方とも、同じ……」言葉は曖昧（あいまい）に跡切（とぎ）れた。

ダンチェッカーはわが意を得た顔でうなずいた。「ヴィックはわたしの言いたいことがわかっているよ」彼は一同に向き直った。「そうでしょう、今わたしが挙げた事実から導かれる唯一の論理的帰結は、こういうことです。現在二つの集団がまったく同じであるとすれば、その二つは別のものではなく、他から隔離された同じ一つの集団に属していたはずである。

言い換えれば、仮に二つの系列が隔離されて枝分かれしたとしても、この二つの人種は同じ枝(ブランチ)に属しているはずだ、ということです」

「どうしてそんなことが言えるんだ、クリス?」誰かがなおも腑(ふ)に落ちない顔で言った。

「二つの人種が別々の枝から進化したことはわかりきっているじゃあないか」

「わたしらに何がわかっているかね?」ダンチェッカーは声を殺して問い返した。

「だから、ルナリアンはミネルヴァに隔離された枝から進化した……」

「そのとおり」

「……人間は地球に隔離された枝から進化した」

「どうやって?」

ダンチェッカーは弾けるような声を発した。

「だから、それは……その……」相手は両手を拡げて肩をすくめた。「どうやって、って言ったって、それはきみ……わかりきったことじゃあないか」

「やっぱりね!」ダンチェッカーはまたもや歯を見せて笑った。「きみは頭からそう決めてかかっているんだ……皆そう思い込んでいる。習慣的にそう思っているんだよ。人類は歴史を通じて、一貫してそう考えてきた。まあ、無理もないがね。人間が地球で育ったことを疑う理由は何一つありはしなかったのだから」ダンチェッカーは肩をそびやかし、まじろぎもせず一同を見渡した。「ここまで来れば、もう見当はついているのではないかな。わたしはね、これまでに検討した証拠から、人類は地球上で進化したのではない、と言っているのだよ。人類はミネルヴァで進化したのだ」

「おいおい、クリス、きみはまた何を……」

「冗談も休み休み言ってくれ……」

ダンチェッカーはひるまず話し続けた。「何となれば、隔離が分化を起こしたに違いないことを認めるなら、分化していないわれわれ人間とルナリアンは同じ場所で進化したと考えなくてはならないからだ。しかも、そのルナリアンはミネルヴァで進化したことがわかっている」

讃嘆と不信のないまぜになった興奮のざわめきが部屋中に拡がった。

「つまり、チャーリーはわれわれ人類の遠い親戚どころか、正真正銘、人類と直系の祖先なのだ」ダンチェッカーは一同に発言の機会も与えず、確信に満ちた声で続けた。「わたしは、この考えを何の矛盾もなく、完璧に裏づける論旨によって人類の起源を説明する自信がある」断ち切るような沈黙が室内を覆った。ダンチェッカーはひと渡り研究者たちを見回してから、落ち着いた即物的な声で話しはじめた。

「チャーリーの死の直前の手記から、戦闘が終わった後、月面には少数ながらルナリアンの生存者が残っていたことをわたしたちは知っている。チャーリーもその一人だった。チャーリーは間もなく死亡したけれども、手記にも書かれているとおり、月面のここかしこに、まだ絶望的な情況の中で懸命に生き延びようとしているグループがいたと想像される。裏側を襲った隕石(いんせき)嵐でその大半は死亡しただろう。が、チャーリーのグループのように、ミネルヴァが破裂した時にたまたま月の表側にいて、降り注ぐ岩石の被害を免れたものもある。さらにそれから長い時間を経て、月がとうとう地球を回る軌道に落ち着いた時にも、まだひと握りの生存者が残っていた。彼らは頭上に輝く新世界を仰ぎ見た。おそらく、彼らの宇宙船のうち一隻か二隻、あるいは数隻かもしれないが、まだ飛行に耐えるものが残っていただろう。生き延びる道はただひとつ。彼らの惑星はもはや存在しない。そこで彼らは目の前に開かれた唯一最後の可能性に賭けて、決死の覚悟で地球へ向けて飛び発ったのだ。もう後へは戻れない……帰るべき場所はないのだからね。

「結論から言って、彼らはその試みに成功したと考えないわけにはいかない。氷河期の苛酷な世界に降り立った彼らがその後どのような体験を重ねたかは、しょせん知る由もないだろう。が、以後何代もの間、彼らが滅亡の瀬戸際で細々と生き続けたであろうことは充分想像できるね。彼らは知識や技術をことごとく失ったに違いない。しだいに彼らは原始人の生活に立ち帰った。四万年あまり、彼らはただ生存競争を戦い続けたのだ。そして、彼らは生き延びた。生き延びただけではない。彼らは地球に根を降ろして、子孫を殖やし、やがて広い地域に住み着いて栄えるようになった。現在、彼らの子孫は、彼らがかつてミネルヴァを支配したと同じように、この地球を支配している……諸君や、わたしや、他の全人類だ」

長い沈黙が続いた。やがて、真摯な声で誰かが言った。「クリス、仮に今きみの言ったことがすべてありのままの事実だったとしてもだね、まだ一つだけ釈然としない点があるんだよ。もし、われわれ人間とルナリアンがミネルヴァ系の進化を辿ったとすると、もう一つの系統はどうなったのかな? 地球系の進化の枝はどこへ向かったのだろう?」

「いい質問だね」ダンチェッカーは満足げにうなずいた。「地球上の化石の記録から、ガニメアンが地球を訪れた後、やがては人間の出現に至る方向でいくつかの進歩があったことが知られている。化石の記録によって、その進歩の跡は問題の時期、つまり今から五万年前まではっきりと辿ることができるのだよ。その時点で地球上で最も進んでいるのはネアンデルタール人だった。ところが、このネアンデルタール人は以前から人類学のお荷物でね。ネアンデルタール人は肉体的にも強靭で生活力もあった。知能の点でも、彼ら以前、あるいは同時代のいかなる種よりも優れていた。ネアンデルタール人は環境に適応して、氷河時代の生存競争に勝ち抜いて、次に来る時代には支配的な地位を獲得して当然だったのだ。ところが、そうはならなかった。不思議なことに、ネアンデルタール人は五万年前から四万年前までの間に忽然と、掻き消すように滅亡してしまった。どうやら、新参者の、遙かに進歩した人種にはとうてい歯が立たなかったのだね。この新しい人種が降って湧いたように突然出現した事実も、これまで答の見つからない科学上の謎とされて来た。この新しい人種がすなわち、ホモ・サピエンス……わたしたちだったのだ」

ダンチェッカーは居並ぶ研究者たちの表情を窺い、彼らの頭に萌している考えを読み取ってゆっくりとうなずいた。

「そう、今さら言うまでもなく、謎は解かれた。文字通り、人間は空から降って湧いたのだよ。地球上のどこを捜しても、ホモ・サピエンスとそれ以前の地球の類人猿とを結ぶ連環がないわけもこれで説明される。人間は地球で進化したのではないのだ。後からやってきた人間がネアンデルタール人をなぜそこまで完全に駆逐したかも今や明らかだ。ミネルヴァの戦火で鍛えられた筋金入りの、しかも遥かに進歩した競争相手にネアンデルタール人が太刀打できるはずがないからね」

ダンチェッカーは思い入れよろしく、ゆっくりと室内を見渡した。誰も皆、精神的な衝撃に打ちのめされているかのようであった。

「さっきも言ったように、これはすべて、わたしが最初に着目したところから純粋に論理の連鎖によって導き出されたことであって、今わたしの手もとには何一つ具体的な証拠はない。しかし、証拠は必ずあるとわたしは確信しているよ。地球上のどこかに、月面から最後の道程を、ルナリアンを乗せて飛んだ宇宙船の残骸がきっとあるはずなのだ。海底の軟泥か、どこかの砂漠に埋もれて、きっと発見を待っている。ルナリアン文明の残照とも言うべき、そのひと握りの生存者が持ってきた道具類や工芸品の断片も、きっと地球上のどこかにあるに違いない。それが地球上のどこであるかは想像の埒外だがね。わたし個人としては、中東か地中海東部、あるいは北アフリカ東部といったあたりが最も有力だと思う。いずれにせよ、将来、わたしが今話した事実を裏づける証拠はきっと発見される。わたしは絶対の自信をもって予言するよ」

教授はテーブルに近づいてグラスにコークを注いだ。静寂は徐々に低いざわめきに場所を譲った。彫像のように身じろぎもせずダンチェッカーの話に聴き入っていた研究者たちは一人また一人と息を吹き返した。ダンチェッカーはぐっと飲物を呷(あお)ってしばらくグラスを見つめていたが、やがてまた顔を上げて一同に向き直った。

「これまで当然のこととしてただ見過ごして来たいろいろな事柄が、急にはっきりとした輪郭で見えるようになったよ」室内の視線は再び彼に集中した。「人間が地球上の他の動物となぜこうも違うのか、諸君は一度でも考えてみたことがあるかね？　脳が大きいとか、手先が器用であるとか、その種の違いなら誰でも知っている。いや、わたしが言いたいのは、もっと別のことなのだよ。たいていの動物は、絶望的情況に追い込まれるとあっさり運命に身を任せて、惨めな滅亡の道を辿る。ところが、人間は決して後へ退(ひ)くことを知らないのだね。人間はありたけの力をふり絞って、地球上のいかなる動物も真似することのできない粘り強い抵抗を示す。生命に脅威を与えるものに対しては敢然と戦う。かつて地球上に人間ほど攻撃的な性質を帯びた動物がいただろうか。この攻撃性ゆえに、人間は自分たち以前のすべてを駆逐して、万物の霊長になったのだ。人間は風力や河の流れや潮の動きを制御した。今では太陽の力をさえ手懐(てなず)けている。人間は不屈の気概によって海や空を征服し、宇宙の挑戦を受けて立った。時にはその攻撃性と強い意思とが歴史に血塗られた汚点をしるす結果を招くこともあった。しかし、この強さがなかったら、人間は野に放たれた家畜と同様、まったく無力だったに違いないのだよ」

ダンチェッカーは挑(いど)むように一同を見渡した。「では、その強さはいったいどこから来たのか？　地球における穏やかな、緩慢な進化の形態から見ると破天荒とさえ言える人間の強さ。それも今では充分に納得できるのだ。つまり、ミネルヴァに隔離された類人猿が進化の過程で一つの変異として獲得した性質なのだね。それが世代から世代に受け継がれて、ついには種そのものの性質となった。生存競争に際して、この強さは破壊的な武器となったのだ。そのために、事実上競争相手はいないと同じことだった。また、この強さが進歩を推し進める力として働いた時、ルナリアンは同時代の地球人がまだ石ころを弄(もてあそ)んでいる頃、すでにして宇宙船を飛ばすまでになっていたのだ。

「その同じ推進力は現代人の中にも生きている。人類は宇宙が投げかける挑戦に決してひるまないことを身をもって示してきた。あるいは、この強さも最初にミネルヴァで芽生えた時にくらべれば、その後の長い時間で多少角がとれているのかもしれない。というのは、人類もルナリアンたちと同じように自滅の淵に一度は立ったけれども、先人の轍(てつ)を踏むことなく、よくその危機を回避したのだからね。ルナリアンは見さかいもなく崖から身を投じてしまったのだよ。見方によっては、ルナリアンが和平に解決を見出(みいだ)さなかったのも、この性質のなせる業(わざ)だと言えるかもしれないね。生来の暴力志向のために、対立する者が手を結び合って外からの脅威に一致協力して立ち向かうという考え方は間違っても出てこなかったのかもしれない。

「それはともかく、進化の構造を示す典型的な例がここにあると言えるね。自然淘汰(とうた)は新しい変異を用意する力として働く。そして、生まれてきた変種に対しては、種全体の保存に最もよく貢献するものを選んで残す力となって働くのだ。そのような変異として出現したルナリアンは極端な兇暴性によって自滅した。その性質を緩和することで種の改良が進んで、精神的にずっと安定した人種が生まれた。それだから、われわれ人類は彼らが滅亡したところで、かろうじて踏み止まったのだよ」

ダンチェッカーは言葉を切ってグラスを干した。一同は身じろぎもせずに立ちつくしていた。

「本当に、凄まじいばかりの人種だったに違いないね」ダンチェッカーは言った。「中でも、人類の祖先となる運命にあったひと握りのルナリアンたちを考えてみたまえ。彼らはわれわれがいかに想像を逞しくしてもとうてい思い描くことはできないであろうようなホロコーストの地獄を生き抜いた。彼らは、自分たちが馴れ親しんだすべてもろとも、彼らの惑星が頭上の空で砕け散るのを目のあたりに見た。その後、水も空気も生命のかけらもない放射能で汚染した砂漠を彼らは当てもなくさまよった。そして、ミネルヴァの破片である何十億トンという岩石が雨霰と降り注いで、多くの仲間が下敷きになって死んでいった。岩石の雨は、彼らの希望を無惨にも打ち砕いて、それまで彼らが営々として築き上げてきたものをことごとく葬り去ってしまったのだ。

「岩石豪雨が去って、九死に一生を得た何人かが月面に姿を現わした。食糧と生命維持装置の酸素がつきるまでが彼らの寿命だった。行くべき場所もなく、立てるべき計画もなかった。しかし、彼らは諦めなかった。そもそも、諦めるということを彼らは知らなかったのだ。運命の気まぐれで、一縷の望みがあることに彼らが思い至ったのは、おそらく何か月か後のことだろう。

「月面の荒涼たる砂漠に立って頭上に輝く新世界をふり仰いだ彼らルナリアン最後の生存者たちの気持ちがどんなものだったか、きみたち、想像できるかね。周囲には生命と呼べるものは何一つない。彼らの知る限り、その時宇宙で生きているのは自分たちだけだったのだよ。未知の世界へ片道旅行を敢行した彼らの覚悟ははたしてどんなものだったろう？　わたしたちは想像を試みるけれども、決して本当のところを知ることはできないのだ。英断であったにせよ、蛮勇であったにせよ、とにかく彼らは藁をも摑む思いで地球へ向けて飛び発った。

「それとても、ほんの序の口でしかなかったのだ。彼らが宇宙船から未知の惑星に降り立った時、ちょうど地球はその歴史を通じて生存競争が最も熾烈を極めた時期に当たっていた。自然の猛威は容赦なく彼らを襲ったことだろう。惑星には野獣が闊歩していた。月の接近によって重力場に攪乱を来していたために、気候は出鱈目だった。ルナリアンたちは、おそらく、はじめての病気に冒されてさらにその数が減ったに違いないね。総じて、地球は彼らがそれに対して何の備えも持っていない、この上もなく暮らし難い環境だったのだ。それでもなお彼らは弱音を吐かなかった。彼らは新世界で生きることを学んだのだよ。彼らは獣を追い、あるいは罠で捕えて餓えを満たすことを覚えた。槍や棍棒で戦う術も身に付けた。自然の脅威から身を守ることも知った。野性の声を聞いてそれを理解するようになった。そして、それらの新しい生活の技術を完全に習得すると、彼らは一段と逞しくなって行動範囲を拡げて行ったのだ。彼らが運んで来た小さな炎、そして、滅亡の瀬戸際で辛くも彼らを支えた小さな炎は、再び勢いよく燃え上がった。ついには、それはかつてミネルヴァですべてを焼きつくすことになった大きな火焔に復して燃えさかるまでになった。彼らは地球の歴史を通じて例のない、強力な、恐るべき生存競争の闘士となったのだ。ネアンデルタール人は彼らの敵ではなかった……ルナリアンが地球に第一歩をしるした瞬間から、すでにネアンデルタール人は滅び去る運命にあったのだよ。

「その結果が、今日わたしたちが見ている世界だ。われわれ人類は今、押しも押されもせぬ太陽系の支配者として、五万年前のルナリアンと同じように恒星間空間のとばくちに立っている」

ダンチェッカーはグラスをそっとテーブルに置き、ゆっくりと部屋の中央に進み出た。彼は貫くような目で研究者たち一人一人を順に見据えた。彼は話を結んだ。「というわけで、諸君、恒星宇宙はわれわれが祖先から受け継ぐべき遺産なのだ。

「ならば、行ってわれわれの正当な遺産を要求しようではないか。われわれの伝統には、敗北の概念はない。今日は恒星を、明日は銀河系外星雲を。宇宙のいかなる力も、われわれを止めることはできないのだ」

エピローグ

ジュネーヴ大学古生物学科のハンス・ヤコブ・ツァイプルマン教授は日記をつけ終えるとふんと鼻を鳴らして日記帳を閉じ、ベッドの下のブリキの箱にしまった。教授は二百ポンドの図体を大儀そうに起こして胸のポケットからパイプを取り出し、テントの出入口へ行って鉄の支柱で灰を叩き出した。ボウルに新しいタバコを詰めながら、彼はスーダン北部の乾燥しきった風景に視線を馳せた。

太陽は今しも毒々しい傷痕のように地平線に没しかけて、見渡す限り一本の草木もない岩原にどろりと血のように赤い残光を投げかけていた。テントは他の二つと寄り添って狭い砂地の段丘に張られていた。そこは急傾斜で岩肌が抉れた谷底に近く、川筋に沿って点々と生えているみすぼらしい砂漠の低木も斜面を這い登ることなく、岸から離れると急に疎らになって、じきに乾いた岩に所を譲っていた。斜面を一つ下ったやや広い段丘には夥しい現地労働者のテントが犇めいていた。そのあたりから微かに立ち昇って来る匂いは夕食の仕度がはじまったことを告げていた。そしてさらにその向こうから、彼方のナイルに下る浅く早い流れの音が絶え間なしに聞こえていた。

砂利を踏むブーツの足音が近づいてきた。ほどなく、ツァイプルマンの助手、ヨリ・フットファウアーが汗と泥にまみれて姿を現わした。

「ふーっ」助手は足を止め、かつてはハンカチであったに違いない汚れた布切れで額を拭った。「参った参った。ビール。風呂。食事。それから、ベッド。今夜の予定はそれだけですよ」

ツァイプルマンはにやりと笑った。「今日はよく働いたか？」

「休みなしですよ。第五区を下の段丘まで拡張しました。あそこは底土の状態もいいですよ。かなりはかどりました」

「何か新しいものは出たかね？」

「これだけ持ってきました……先生、興味があるだろうと思って。まだ掘ればたくさんありますがね、明日、先生が現場へ来られるまで誰も手をつけませんよ」フットファウアーは発掘品のトレイを教授に渡し、テントの奥へ進んでテーブルの下に重ねてあるカートンからビールの罐を取り出した。

「ふうむ……」ツァイプルマンは骨を手に取ってあらためた。「人間の大腿骨だ……重いねえ」彼はその異様な曲線に沿ってざっと目を走らせ、寸法の見当をつけた。「ネアンデルタール人か……あるいは、それにごく近い人種だな」

「ぼくもそう思ったんですよ」

教授は化石をそっとトレイに戻して布をかぶせ、テントの入口の整理棚に置いた。次いで彼は、人の手ほどの大きさのフリントの石刃を取り上げた。単純な形ながら細長く薄い石片を巧みに剝離した石器だった。

「きみはこれをどう思う？」教授は尋ねた。

フットファウアーはテントの奥の暗がりから入口に出て、いかにも美味そうに咽喉を鳴らして罐ビールを飲んだ。

「そうですね、地層は更新世ですから、後期旧石器時代のものだと思います……作り方から言ってもその時期ですよ。おそらく、動物の皮を剝ぐのに使ったスクレーパーでしょう。握りと刃の先の方に細部加工をほどこした跡がありますね。場所から考えて、カプサ文化に非常に近いものじゃあないですか」彼はビールの罐を下ろして、ツァイプルマンの顔色を窺った。

「まあ、そんなところだ」教授はうなずいて石刃をトレイに戻し、フットファウアーが記入した識別標をその脇に添えた。「明日、明るいところでもっと詳しく調べるとしよう」

フットファウアーは教授の隣に立ってテントの外を見た。斜面の下の現地人のテントから何やら罵り合う声が聞こえた。例によってまた身内のささいなことで争いが持ち上がっているらしかった。

「お茶を飲みたい人はどうぞ」隣のテントの裏手で声がした。

ツァイプルマンは眉を上げて舌なめずりをした。「いやあ、それは有難い」彼は言った。

「行こう、ヨリ」

二人は急ごしらえの炊事場へ行った。ルディ・マゲンドルフが岩に腰を掛けて、大きなポットに煮え立った湯に罐の紅茶をスプーンで入れていた。

「ああ、先生。やあ、ヨリ」マゲンドルフは二人に挨拶した。「今すぐですから」

ツァイプルマンはシャツの胸で手を拭いた。「結構。ちょうど飲みたいと思っていたところでね」彼は何げなくあたりを見まわし、マゲンドルフのテントの傍のテーブルに布を掛けて置かれたトレイに目を止めた。

「ほう、きみもきょうは精が出たね」教授は言った。「どんな収穫があったかね？」

マゲンドルフは教授の視線を辿ってふり返った。

「イヨマットがさっきそれを持ってきたんです。上の段丘の、第二区の東のはずれで出たものです。見てくださいよ」

ツァイプルマンはテーブルに歩み寄り、トレイの布を取り除けて低く呟きながら、整然と並んだ出土品をあらためた。

「こっちもフリントのスクレーパーか……ほう、これは手斧だな。ああ、そうに違いない……顎骨の断片……人間だな。よく揃っているから、復元できそうだ……頭蓋骨の一部……骨の槍先……ほう……」彼は第二のトレイの布を取り、ざっと中身に目を走らせた。と、彼は何かに視線を止めてきっと体を堅くした。彼は目を疑うかのように顔を歪めた。

「何だというんだ、これはいったい？」教授は叫んだ。彼はまるで穢らわしいものを摘むような手つきでその得体の知れぬ出土品を持ってストーブの傍に戻った。

マゲンドルフは眉を顰めて肩をすくめた。「それを見せたかったんですよ」彼は言った。

「イヨマットが、他のものと一緒に出たって言うもので」

「イヨマットが何だって？」ツァイプルマンは声を張り上げ、怒りの目をマゲンドルフから手にした物体に戻した。「実に不愉快だ。もっと真面目にやってもらいたい。これは神聖な学術的発掘だぞ……」教授は憤りに小鼻を脹らませてなおもその物体を見据えた。「誰かがたちの悪いいたずらをしているに違いない」
それはロングサイズの煙草の箱ほどの大きさで手首に嵌める帯が付いていた。表側に超小型ディスプレイ装置を思わせる四つの窓が明いていた。クロノメーターか加算機、あるいはその両方の機能を兼ねて、さらに他の機能も併せ持つ装置であると想像された。裏側と中の部品は失われ、残っているのはところどころひしゃげてへこんだ金属のケーシングだけだった。が、それは不思議なほど腐蝕の跡がなかった。

「帯に何かわけのわからない文字みたいなものが彫ってあるんですよ」マゲンドルフは自信のない様子で鼻をこすりながら言った。「でも、そんな字は見たことがありません」

ツァイプルマンはふんと鼻を鳴らし、ぞんざいに文字をあらためた。

「へっ。ロシア語か何かだろう」彼はスーダンの太陽に焼けた頬をさらに赤く染めていた。

「貴重な時間を、こんな……こんな、がらくたで無駄にするとはもってのほかだ」教授は腕を大きく後ろに引くなり、リスト・ユニットを川に向かって高々と投げた。それは一瞬夕陽にきらりと光って川岸の軟泥に落ちた。教授はしばらくその落ちていったほうを眺めてから、すっかり呼吸も落ち着いて、マゲンドルフをふり返った。マゲンドルフは舌の灼けるような紅茶のカップを差し出した。

「いや、ありがとう」ツァイプルマンは打って変わって上機嫌に言った。「何と言ってもこれに限る」彼はキャンヴァスの折り畳み椅子に腰を下ろすと、嬉しそうにカップを受け取った。「あの中に一つだけ面白いものがあるね、ルディ」教授はテーブルのほうへ顎をしゃくった。「あの、最初のトレイの頭蓋骨の断片だよ……整理番号十九だったかな。きみは、あの眉のあたりの隆起に気がついたかね？　きみ、ひょっとするとあれは……」

斜面の下の川岸では、ぬかるみに落ちたリスト・ユニットが数秒置きに寄せてくる漣（さざなみ）に前後に揺られ、そのたびに落下した時の微妙なバランスは失われていった。やがて、それを支えていた砂の畝（うね）が流れに洗われて、リスト・ユニットは窪みに嵌まり、濁った急流の底にめり込んだ。日がとっぷりと暮れる頃には、ケーシングは半ば川底のシルトに埋もれていた。

翌朝、窪みはなくなっていた。僅かに、小刻みに波立つ流れの底に、帯の一端が突き出ているばかりだった。帯に彫られていた文字は、翻訳すれば〈コリエル〉と読めたはずである。

解説

鏡明

ジェイムズ・P・ホーガンの『星を継ぐもの』は、サイエンス・フィクションだ。そう呼ぶ以外、何とも言いようのないサイエンス・フィクションだ。だからぼくは、この作品がこのほか重要な意味を持っていると主張したい。

一九七〇年代に入って、SFは、拡大の一途をたどってきた。量的にも、質的にも、SFは成長し続けてきたのだ。その主要なマーケットであり、供給源であるアメリカを例にすれば、たとえば一九七〇年代の半ばには、新刊、再刊を含めて、一日あたり二冊ずつ読破せねば、年間に出版されるSFを読み切れないという状況になったし、七〇年代の終わりには、何と一日三冊のペースを必要とするようになってきたわけだ。こうした傾向は、アメリカだけにとどまらず、たとえば、日本でも、イギリスでも、ドイツでも、SFというものが存在する国のほとんどにあって、同様の傾向を示してきた。そしてまた、SFは活字文化だけではなく、映画、美術、音楽といった他のメディアの中にその地位を確立した。

七〇年代に入って、「SFの黄金時代は、今だ」という言葉がささやかれるようになったのも、当然というべきだろう。かつて「SFの黄金時代」と言えば、アメリカの一九五〇年代をさしていたのだが、七〇年代は、状況的にも、おそらくは小説としての質でも、五〇年代を越えたと言っていい。けれども、SFの拡大が日常化しはじめた七〇年代の終わり近くになって、再び五〇年代のSFに対する評価が高まってきた。量の問題ではなく、そのSFの質の問題から、五〇年代のSFについて、再び語られはじめたのだ。

R・A・ハインライン、アイザック・アシモフ、A・C・クラークたちを頂点にする五〇年代のSFの評価が、揺らぎはじめるきっかけは、六〇年代の半ばにイギリスで起こったニューウェーヴ・ムーヴメントであった。マイケル・ムアコックの編集する「ニューワールズ」を中心として英米のSF界を巻き込んだこのニューウェーヴなるものについては、すでに多くが語られている。ここでそれを繰り返すことは避けるが、一言で言えば、小説としてのSFの見直しということではなかったかと思う。そしてまた「唯一の未知の惑星は地球だ」という有名なJ・G・バラードの言葉に代表されるように、それまでのSFの歴史の集約されたものとしての五〇年代のSF、ことにアメリカのSFが造り上げたSFのイメージ、宇宙や遠い未来、あるいは過去といったイメージそのものを拒否していったわけだ。

もちろん、それは、SFを普通の小説にしようということではなく、たとえば宇宙や未来という素材そのものが、かえって、想像力を解放するどころか、通俗化し、ステロタイプ化した作品を生み出すにすぎないということから、はじまっているのだが、いわゆるSFファンの間でも、その方向については、賛否両論が入り乱れた。つまり、それがSFをSFでなくしてしまうのではないかが問題にされたわけだ。結局のところ、ニューウェーヴ・ムーヴメントそのものは、六〇年代の内に、一応、終わりをむかえてしまった。けれども、ニューウェーヴの衝撃は、SFそのものの内にとどまり、絶対的な評価を得ていた五〇年代のSFもまた、その絶対性を失うに至ったのだ。

実際、ニューウェーヴにとって重要なのは、その個々の作品ではなく、その概念だけであったように思う。最も制約のない文学であると思われていたSFが、実は、何よりも制約の強いものであったのかもしれないと思わせただけで、ニューウェーヴの役割は果たされたのだ。

七〇年代のSFは、言ってみれば、そうした大破壊の廃墟（はいきょ）の跡からはじまった。七〇年代のSFの一つの傾向は、その多様性であり、小説としての質的な向上だっただろう。多様性というのは、小説の内容そのものだけではなく、書き手、読み手、メディア等を含めた意味での多様化だ。もはや、いかなるものも、絶対的な力を持たなくなったわけだ。SFが、サイエンス・フィクションではなくなったのも、当然のことだ。

SFが、必ずしもサイエンス・フィクションではないということは、すでに五〇年代から事実としてあったのかもしれない。たとえば、フレドリック・ブラウンやロバート・シェクリーというような作家たちにあっては、どこまでがサイエンス・フィクションであるのか、その境界があいまいであったはずだからだ。けれども、科学、あるいは技術というものが、まだ五〇年代には、SFの中核に存在しているという幻想が確固としてあったのだ。それが七〇年代からは、失われた。その責任をニューウェーヴだけに帰するのは、問題があるかもしれない。あるいは、六〇年代という時代そのものが、反科学的であり、反技術的であることを善しとしたという背景そのものの、SFに対する投影であったかもしれないからだ。けれども、それと同時に、SFに小説としての目覚めを要求したニューウェーヴの影響も、見過ごすべきではない。

七〇年代に入ってからのSFにおけるサイエンスの喪失は、具体的には、ファンタシィの氾濫（はんらん）という形で、現われてきた。六〇年代のJ・R・R・トールキンのリバイバル、R・E・ハワードの「コナン」シリーズによるヒロイック・ファンタシィ・リバイバルが、まさに潮流となって、SFの中に流れ込んできたのだ。ファンタシィが、SFの中で、確固とした地盤を確保するようになった。もちろん、その多くは、純粋なファンタシィではなく、ヒロイック・ファンタシィであったけれども、それまで、ほんの僅かな読者の間でのみ読まれていたファンタシィが、立派にビジネスとして成立するようになったのは、驚くべきことと言っていい。そして、その読者と作者のかなりの部分が、SFに関わる者たちであったわけだ。SFにおけるサイエンスの喪失を端的に示す現象だった。

けれども、実に興味深いことだが、七〇年代の後半になって、いかにもサイエンス・フィクションらしいSFが、しだいに目立ちはじめるようになってきた。現象面から言うならば、たとえばヒロイック・ファンタシィの成功が、スペース・オペラの復活、新作に結びつき、そこからサイエンス・フィクションの再生がはじまったように見える。ヒロイック・ファンタシィが、実は、三〇年代、四〇年代のスペース・オペラの変形だという意見は、そのブームの当初からあったのだが、たしかに、それはうなずける部分がある。誰もが、文学を望むわけではない。そして、五〇年代のサイエンス・フィクションの再評価がはじまるわけだ。

その意味で、例の「スター・ウォーズ」という映画の大ヒットは、象徴的なことであった。それはサイエンス・フィクションの復権であった。五〇年代のSFの再評価は、まだはじまったばかりだ。けれども、その特徴的なことは、ノスタルジアという方向だけではないということだ。五〇年代のSFが素晴しいという意見は、言ってみれば、常に存在した。ニューウェーヴ華やかなりし頃でさえ、五〇年代SFの信奉者は多かったのだし、それだからこそ、論争が存在したのだが、それがともすれば守勢にまわることになったのは、ほとんどがノスタルジアに味つけされた意見だったからだ。

SFにおける科学や技術の意味から、五〇年代のSFについて語られはじめたのは、やはり最近ではなかったかと思う。SFにおける科学などというタイトルで、たとえばポール・アンダースンあたりが論文を書くということは、それまで、見かけないことだった。ぼくは、七〇年代を「ファンタシィとハードSFの時代だ」と、言ったことがある。それは極論ではあるけれども、サイエンス・フィクションの復活は、そう言ってもかまわないだけの重要性を持っているように思うのだ。もちろん、ハードSFがそのままサイエンス・フィクションであるか、どうか、そこに問題はあるにしろ、それはほとんど重なりあっていると言いえると、ぼくは信じる。

七〇年代の「サイエンス・フィクション」・ライターとして、最も名前を知られているのは、ラリー・ニーヴンあたりだろうが、ここに来て、まさに「サイエンス・フィクション」のライターたちが輩出してきている。

本書の作者であるジェイムズ・P・ホーガンも、そうしたニュー・サイエンス・フィクション・ライターの一人だ。そうしたライターたちに共通するのは、科学や技術に対する恐怖感、あるいは、拒否の姿勢が、欠けていることだ。というよりも、科学や技術について語り、それを取り上げることに、楽しさを感じている形跡すらある。言ってみれば、五〇年代以前のSF作家たちのように、彼らは、現在の科学や技術に追いつき、理解しつつあるのだ。これは重要なことだ。そして、ジェイムズ・P・ホーガンは、その最右翼にいる。それは、たとえばラリー・ニーヴンと比べてみればわかることだ。ニーヴンは、結局は、小説を書くのかもしれない。当初のアイディアや科学や技術の存在が、ストーリー展開の中で、急速に輝きを失っていくのを、ニーヴンの長編では、しばしば経験する。ストーリーが、ついに全体を支配していくわけだ。

けれども、ホーガンの作品にあっては、それが逆になる。時には、五〇年代以前のサイエンス・フィクションを思わせる程だ。この『星を継ぐもの』は、ホーガンの最初の長編だが、彼の特徴が良く出ている。科学や技術について語るときの様子は、まるでオモチャを与えられた子供のように、嬉々としているのが感じられる。そして、ストーリーを語るよりも、アイディアを語ることが、中心になっている。

そして、それは、ストーリーを中途半端に語るよりも、はるかに素晴しいものをホーガンの作品に与えている。センス・オブ・ワンダーってやつだ！　五〇年代のSF、いや、それ以前のSFが与えてくれたセンス・オブ・ワンダーが、ホーガンにはある。黄金の五〇年代の再評価と共に、その七〇年代版が出現したのだ。どちらが先だったかは、この際、重要ではない。サイエンス・フィクションが、想い出の中で語られるのではなく、今、ここで書かれ、読まれるということが重要なのだ。SFが、サイエンスを取り戻しはじめている。このの『星を継ぐもの』に、ぼくがいれこんでいるのは、まさに、その時代の故(ゆえ)なのだ。作品として、小説として、完成度を高めてきた七〇年代のSFにあって、今一つ、SFファンに物足りなさを感じさせてきた空白、五〇年代SFの持っていたもの、その空白を、埋めるべき作品群の前兆が、『星を継ぐもの』に感じられる。

小説として、SFとして、おそらくは数多くの欠点を持っているこの作品には、そのすべてを帳消しにする魅力がある。読んでいる内に、胸がワクワクしてくるのだ。サイエンス・フィクションなのだ、これは。

月面で、真紅の宇宙服を着込んだ死体が発見される。それは人類が生まれる以前から、そこにあったのだ。はたして、何者なのか、その死体は。

すでに使い古されたアイディアかもしれない。エドモンド・ハミルトンの『虚空の遺産』、アルジス・バドリスの『無頼の月』、あの「2001年宇宙の旅」といった作品も、それと似たアイディアからはじまる。けれども、いったいそれは何者なのか、それではじまり、その謎を解明し、それで終わる作品というのは、ほとんどない筈だ。『星を継ぐもの』は、その死体の謎の解明だけで書かれている。近未来の科学技術や知識のすべてが動員されて、その謎に迫っていくわけだ。何度も解答が提示されるたびに、逆に謎が深まっていく。ミステリ専門誌のEQMMで、レヴューが載ったというが、たしかに謎解き小説としても、よくできている。けれども、問題は、その解答ではなく、それを得るまでの過程だ。ぼくが、なぜ、これをサイエンス・フィクションと呼ぶか、読み終えた人なら、わかってもらえるだろう。

そして、最後の一ページが、駄目押しになる筈だ。そこでうける感覚は、たとえばA・C・クラークの「太陽系最後の日」の読後感に似ている。七〇年代のサイエンス・フィクションを、あなたは、読んだわけだ。

作者のジェイムズ・P・ホーガンの名は、この作品まで、無名であった。この作品以降、一挙にポピュラリティを得た。そうは言っても、まだ一流作家というほどではないが、このレベルで作品を発表し続けていけば、一流の仲間入りをするのは、それほど難しいことではあるまい。

ジェイムズ・パトリック・ホーガンは、一九四一年にロンドンで生まれた。航空機関係の仕事に携わった後、コンピュータのセールスマンとして、ITT、ハニウェル、ディジタル・エクイップメント・コーポレーションといった会社を渡り歩いている。現在も、最後の会社に勤務しているようだ。このあたりの彼の体験は、この『星を継ぐもの』の主人公であるハントに、そのまま生かされている。一九七七年の半ばには、イギリスから、アメリカに移り、現在、マサチューセッツに居住しているという。七九年に、新人作家に与えられる

J・W・キャンベル新人賞にノミネートされている。
ホーガンの著作を以下に掲げる。

1『星を継ぐもの』*Inherit the Stars*（1977）本書
2『創世記機械』*The Genesis Machine*（1978）創元SF文庫
3『ガニメデの優しい巨人』*The Gentle Giants of Ganymede*（1978）創元SF文庫
4『未来の二つの顔』*The Two Faces of Tomorrow*（1979）創元SF文庫
5『未来からのホットライン』*Thrice upon a Time*（1980）創元SF文庫
6『巨人たちの星』*Giants' Star*（1981）創元SF文庫

3と6は1の続編である。4は、コンピュータ対人類というテーマを扱い、2は、科学と科学者の復権を扱っている、と言っておこうか。5は、何とタイム・トラベルものという。いずれも、サイエンス・フィクションだ！

一九八〇年四月

（編集部付記）その後、本書にはじまる《巨人たちの星》三部作の続編が発表された。『内なる宇宙』*Entoverse*（1991）がそれで、創元SF文庫に収録されている。さらに後年、第五部となる*Mission to Minerva*（2005）が発表され、こちらも創元ＳＦ文庫に収録予定である。

新版への追補

『星を継ぐもの』はジェイムズ・Ｐ・ホーガンが一九七七年に発表した最初の作品であり、彼の代表作だ。アイザック・アシモフはこの作品を絶賛し、正統的なサイエンス・フィクションの大家であるアーサー・Ｃ・クラークの名を挙げて、それに近いとしている。新人作家としては破格の評価と言っていい。日本では一九八〇年以来、昨年までに一〇〇版を超えている。最初の紹介者としてはうれしいと同時に驚かざるを得ない。そして今また新版が出るという。素敵ではないか。

なぜこの作品が、これほど読み続けられてきたのか。それはこの作品が面白いからだ。そう言ってしまえばそれまでなのだが、その面白さの要因にミステリとしての魅力がある。わたしはこの作品の解説で、サイエンス・フィクションとしての価値と魅力について語ったが、ミステリの部分に関しては触れなかった。そして、この作品についてＳＦミステリの傑作という評価もある。ＳＦミステリというカテゴリーは、アシモフをはじめとして何人もの作家が書いているが、個人的には、あまり好きではない。中途半端な感じが付き纏っているように思うのだ。

『星を継ぐもの』がSFミステリではなく、純粋にミステリとして優れていると、最初にわたしに語ってくれたのは、映画評論家、ミステリ評論家の故瀬戸川猛資だった。彼は学生時代からの友人だったが、この作品を読んで、SFとしての面白さ以上にミステリとして優れていると語ってくれた。アリバイ崩しと言ったように思う。記憶が曖昧で申し訳ないが、その時どういう意味でそう語ったのか、理由を聞かなかった。アリバイ崩しというのはミステリの中でも古典的なトリックで、犯人が空間的にも時間的にも、犯行の現場にいることはできないという完璧なアリバイが成立している。そのアリバイをいかに論理的に、実証的に崩壊させていくか、その過程が読みどころになる。

月面で発見された五万年前の宇宙服を着た死体。それはそこに存在するはずのないものだ。アリバイ崩しの逆のように思えるが、その謎を解いていく過程を指して、瀬戸川猛資はミステリとして評価したのだと思う。なるほどそういう読み方もあるのか、瀬戸川猛資の指摘に感心した覚えがある。そしてこの作品がこれほど多くの読者に読まれてきた理由の一つはこうしたミステリとしての側面にもあるのだと思う。

大きな謎が冒頭で提示されるという手法は、さまざまな小説で常套的に使われるものだが、SFではその謎が物語の展開のためのジャンピングボードであることが多い。けれども『星を継ぐもの』ではその謎の解明そのものが物語であり、それが解明されることで壮大な物語が姿を現わす。これ以上物語の中身に触れることはできないが、読み終えた時には、大きなカタルシスを感じるはずだ。それはSFファンであろうとなかろうと共通して感じることができるものだと思う。

わたしがこの作品を読んだのは七九年ごろだった。もちろんホーガンのことは全く知らなかった。月面で五万年前の宇宙服の死体を発見するというあらすじだけを読んですぐ読み始めた。月面で何か奇妙なものを発見するという話に、わたしは極端に弱い。

多分、アルジス・バドリスの『無頼の月』*Rogue Moon*（1960）を読んでからなのだろう。この作品は月面に奇妙な建造物が発見され、その中を通り抜けるというだけの話なのだが、それが何であるのか全く明らかにされないまま物語は終わる。読者の疑問に全く答えていないわけだ。が、この作品の場合、その建造物の謎を語らないことで、価値を高めているのだ。

謎を明かすことによって、満足するよりも失望するという経験をしたことがあるはずだ。たとえば、オーパーツと呼ばれるものがある。太古の地層に現代の遺物が残されていたり、過去の技術では製作が不可能と思われるもののことだ。それらの事例は想像力を強く刺激してくれる。けれども、よく調べていくと、そのほとんどは、フェイクであったり、単純な間違いであったりする。そこでわたしが感じることは、謎が解明されたことによる心地よさではなく、失望である。小説でも同じような感覚を覚えることが少なくない。

『星を継ぐもの』は謎を解明し、読むものに満足感を与えるという難しい課題を見事に達成している。電子系の企業のエンジニア、そしてセールスマンという経歴のホーガンが、このような作品を書くようになったのは一九七七年当時の職場での賭けであったというのは、かなり知られた話だろう。彼の死後、発表された短い自筆のバイオにはその賭けの内容が記されている。ホーガンがＳＦを本当に書けるのか、そして出版させることができるのかというものであったという。このバイオでは、なぜこのような作品になったのかということには触れておらず、自分が賭けに勝った、としか書かれていない。それ以前にホーガンは趣味としてＳＦを書いていたのだという。そのきっかけは「２００１年宇宙の旅」であった。そこで描かれた技術的な部分に感動したが、最後の部分は理解できなかったとしている。面白いと思う。確かに『星を継ぐもの』には「２００１年宇宙の旅」に影響されたと思える部分がある。けれども、映画の最後の象徴的な部分を感じさせるものはない。極めて具体的に全てが語られている。

賭けのきっかけになったのは、「２００１年宇宙の旅」のエンディングに対してホーガンが不満を述べたことだという話もある。ありそうな話だと思うが、それまで小説を書いたことがない人間が、突然このような物語を書くというのは難しいのではないか。

ホーガンはアイルランドとアメリカのフロリダに家を持ち、季節に応じて往復していたという。成功者の理想的な生活だろう。そして二〇一〇年七月十二日にアイルランドの自宅で心臓発作のために亡くなった。六十九歳だった。三十作の長編、多数の短編、四度の結婚、六人の子供を残した。

それらの全てがこの『星を継ぐもの』から始まった。それは成功と夢の物語の始まりだったのだ。

二〇二三年六月

検印
廃止

訳者紹介　1940年生まれ、国際基督教大学教養学部卒業。ドン・ペンドルトン「マフィアへの挑戦」シリーズ、アシモフ「黒後家蜘蛛の会」、ニーヴン&パーネル「神の目の小さな塵」など訳書多数。2023年没。

星を継ぐもの

1980年5月23日　初版
2022年5月27日　104版
新版　2023年7月7日　初版
2024年5月10日　3版

著者　ジェイムズ・P・ホーガン
訳者　池（いけ）　央耿（ひろあき）
発行所　(株)東京創元社
代表者　渋谷健太郎

162-0814/東京都新宿区新小川町1-5
電話　03・3268・8231-営業部
　　　03・3268・8204-編集部
URL　http://www.tsogen.co.jp
DTP　工友会印刷
暁印刷・本間製本

乱丁・落丁本は、ご面倒ですが小社までご送付ください。送料小社負担にてお取替えいたします。

ISBN978-4-488-66331-5　C0197

『ニューロマンサー』を超える7冠制覇

ANCILLARY JUSTICE◆Ann Leckie

叛逆航路

アン・レッキー

赤尾秀子 訳

カバーイラスト＝鈴木康士

創元SF文庫

◆

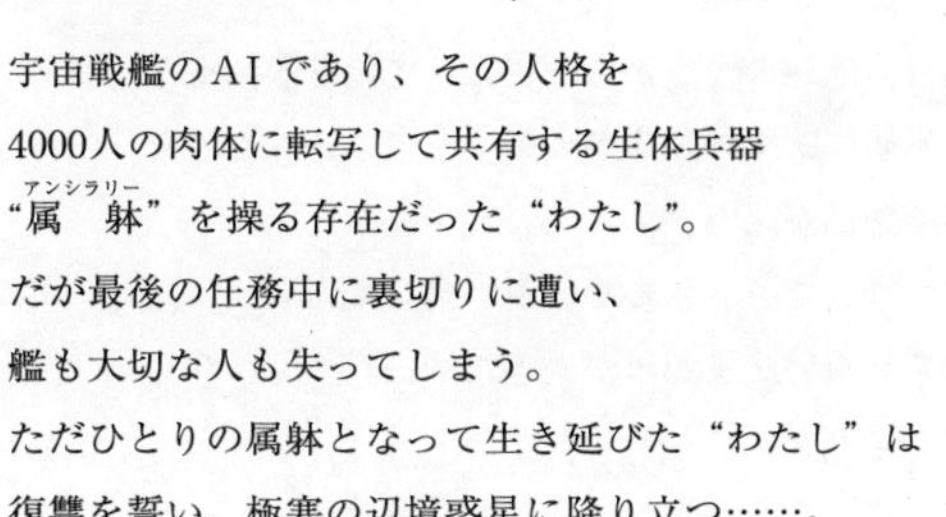

宇宙戦艦のAIであり、その人格を

4000人の肉体に転写して共有する生体兵器

“属躰（アンシラリー）”を操る存在だった“わたし”。

だが最後の任務中に裏切りに遭い、

艦も大切な人も失ってしまう。

ただひとりの属躰となって生き延びた“わたし”は

復讐を誓い、極寒の辺境惑星に降り立つ……。

デビュー長編にしてヒューゴー賞、ネビュラ賞、

ローカス賞、クラーク賞、英国SF協会賞など

『ニューロマンサー』を超える7冠制覇、

本格宇宙SFのニュー・スタンダード登場！